俺は雨季用の装束を
新調することになった。
何せ、俺にとっては
初めての雨季なのである。
異世界料理道
VOLUME 25
Cooking with wild game.

【第三章　マヒュドラの民】

「それじゃあ、仕事を始めよー！
わからないことがあったら何でも聞いてね！
リミたちがずっと見守ってるから！」

「おいこら、勝手に一人で動くなよ、ちびリミ」

「あなたは立派な森辺の民よ、アスタ……
わたしなんかより、よっぽど森辺の民に相応しい存在だわぁ……」
ヴィナ＝ルウは、ふいに微笑んだ。
そして、そのなめらかな頬に、
雨水ならぬものを静かに伝らせていく。

異世界料理道

VOLUME 25

Cooking with wild game.

Presented by

EDA

口絵・本文イラスト　こちも

MENU

登場人物紹介

〜森辺の民〜

津留見明日太／アスタ

日本生まれの見習い料理人。火災の事故で生命を落としたと記憶しているが、不可思議な力で異世界に導かれる。

アイ＝ファ

森辺の集落でただ一人の女狩人。一見は沈着だが、その内に熱い気性を隠している。アスタをファの家の家人として受け入れる。

ジザ＝ルウ

ルウ本家の長兄。厳格な性格で、森辺の掟を何よりも重んじている。ルウの血族の勇者の一人。

ルド＝ルウ

ルウ本家の末弟。やんちゃな性格。狩人としては人並み以上の力を有している。ルウの血族の勇者の一人。

ヴィナ＝ルウ

ルウ本家の長姉。類い稀なる美貌と色香の持ち主。東の民シュミラルに婿入りを願われる。

レイナ＝ルウ

ルウ本家の次姉。卓越した料理の腕を持ち、シーラ＝ルウとともにルウ家の屋台の責任者をつとめている。

ララ＝ルウ

ルウ本家の三姉。直情的な性格。シン＝ルウの存在を気にかけている。

リミ＝ルウ

ルウ本家の末妹。無邪気な性格。アイ＝ファとターラのことが大好き。菓子作りを得意にする。

シーラ＝ルウ

ルウの分家の長姉。シン＝ルウの姉。ひかえめな性格で、ダルム＝ルウにひそかに思いを寄せている。

ジバ＝ルウ

ルウ家の最長老。ドンダ＝ルウの祖母にあたる。アスタの料理のおかげで生きる気力を取り戻す。

ダリ＝サウティ

サウティ本家の家長にして、三族長の一人。若年だが、沈着さと大らかかをあわせ持っている。

リャダ＝ルウ

ドンダ＝ルウの弟で、シン＝ルウやシーラ＝ルウの父。右足に深手を負い、狩人の仕事から退く。沈着な気性。

ミル・フェイ＝サウティ

ダリ＝サウティの伴侶。沈着で厳格な気性。森の主を討伐する際、集落に逗留したアスタに心を開く。

トゥール＝ディン

出自はスンの分家。内向的な性格だが、アスタの仕事を懸命に手伝っている。菓子作りにおいて才能を開花させる。

ユン＝スドラ

森辺の小さき氏族、スドラ家の家人。アスタに強い憧憬の念を覚えている。

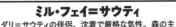

シュミラル

シムの商団《銀の壺》の団員。ヴィナ＝ルウとの婚儀を望み、リリン家の氏なき家人として迎え入れられる。

ギラン＝リリン

ルウの眷族であるリリン本家の家長。熟練の狩人。明朗な気性で、町の人間や生活に適度な好奇心を抱いている。

リリ＝ラヴィッツ

ファ家の行いに懐疑的なラヴィッツ家の、家長の伴侶。お地蔵様のような風貌で、柔和な気性だが、内心は読みにくい。

～町の民～

ユーミ

宿屋《西風亭》の娘。気さくで陽気な、十七歳の少女。森辺の民を忌避していた父親とアスタの架け橋となる。

ミラノ＝マス

宿屋《キミュスの尻尾亭》の主人。頑固だが義理堅い性格。様々な騒動を経て、アスタたちと交流を深める。

ナウディス

宿屋《南の大樹亭》の主人。朗らかな気性で、商売上手。南の民と懇意にしている。

ネイル

宿屋《玄翁亭》の主人。シムへの憧憬が強く、常に無表情を保っている。東の民と懇意にしている。

ポルアース

ダレイム伯爵家の第二子息。森辺の民の良き協力者。ジェノスを美食の町にするべく画策している。

メルフリード

ジェノス侯爵家の第一子息。森辺の民との調停役。冷徹な気性で、法や掟を何より重んじる。

サンジュラ

リフレイアの従者。シムの血を引く剣の達人。かつてアスタを誘拐した実行犯。リフレイアの存在を何より大事に思っている。

トルスト

リフレイアの後見人。誠実な人柄で、トゥラン伯爵家の再興に奔走している。

ラダジッド＝ギ＝ナファシアール

シムの商団《銀の壺》の団長の座をシュミラルから引き継ぐ。190センチを超える長身の持ち主。

バルシャ

盗賊団《赤髭党》の党首の伴侶。現在は罪を許されて、ルウ家の客分となっている。

～群像演舞～

リフレイア

トゥラン伯爵家の新たな当主。かつてアスタを誘拐した罪で、貴族の社交界から遠ざけられている。

シフォン＝チェル

リフレイアの侍女。北の民で、奴隷の身分。容姿端麗で、常に穏やかな表情を保っている。

ディアル

南の民。鉄具屋の跡取り娘。陽気で直情的な気性。現在はジェノスで販路を確保するために城下町に逗留している。

エレオ＝チェル

シフォン＝チェルの兄。北の民で、奴隷の身分。トゥランの農園で働かされている。

第一章★★★雨季、来たれり

1

ジェノスに、雨季がやってきた。

これは広大なる版図を誇《ほこ》る西の王国セルヴァにおいて、おもにジェノスの位置する南東部で顕著《けんちょ》に見られる気候の移り変わりであるらしい。その期間、日照時間は極端《きょくたん》に短くなり、一日の大半をしとしととした陰気《いんき》な雨に苛《さいな》まれることになる。ジェノスにおける雨というのはスコールのように強くて短いのが通例であるのに、この期間はまったく真逆の様相となってしまうわけだ。

さらには、気温もずいぶん低くなるという。俺《おれ》の感覚に照らしあわせると、普段《ふだん》は日本の初夏ぐらいの気温であるが、それがいきなり晩秋ぐらいの肌寒《はださむ》さにまで落ち込んでしまうようだった。

ということで、俺は雨季用の装束《しょうぞく》を新調することになった。何せ、俺にとっては初めての雨季なのである。本格的な雨季が到来《とうらい》する前に、俺は宿場町で一緒《いっしょ》に働くみんなのアドヴァイスに従って、長袖《ながそで》の上着と肌着《はだぎ》を購入《こうにゅう》することにした。

どちらもしっかりとした綿で作られており、形状はシャツやコートのような前合わせである。ボタンは木の実で、それに紐《ひも》をひっかけて固定する。上着のほうはけっこう色々なデザインのものが売られていたが、みんなにおすすめされたのはシム風の幾何学的《きかがくてき》な紋様《もんよう》が編みこまれたやつだった。

脚衣《きゃくい》のほうは、今のままでもすねの真ん中ぐらいまではカヴァーできていたし、あんまり裾《すそ》が長いと泥《どろ》がはねて汚《よご》れやすいということであったので、新調は差しひかえた。ただし、靴《くつ》だけは買い換《か》えることにした。現在の俺が使用しているのは故郷から持ち込んできたメイド・イン・ジャパンの作業用シューズであり、この形状だと雨や泥が入り込んで洗うのが大変なのではないかという意見が多かったので、俺もついにみんなと同じような革《かわ》の履物《はきもの》を購入することになったのだった。

革の履物というのは、いわゆるサンダルだ。サンダルはサンダルであるから、けっこう肌《はだ》の露出《ろしゅつ》は多い。つまり、最初から足が汚れる前提なのだ。雨季の間は玄関口《げんかんぐち》に水瓶《みずがめ》を置いて、足を清めてから家にあがるというのが森辺の習わしであるらしかった。

靴ずれなどが怖《こわ》かったために、頑《かたく》なに自前のシューズを履《は》き続けていた俺であるが、意外にこのジェノスで売られているサンダルというやつも、履き心地《ごこち》は悪くなかった。革のベルトを足首などに巻きつけてしっかりと固定するので不安定なことはまったくないし、底の側には木の板が張られているので、耐久性《たいきゅうせい》にも問題はない。さすがにクッション性までは望むべくもなかったが、長時間の移動では荷車を使っていることであるし、足への負担は気にするほどのものではないようだった。

そうして雨季用の装束と履物を新調した俺は、ついに故郷から持ち込んできた自前の服をすべて買い換えることになった。まあ、九ヶ月間も着用し続けていたので、Tシャツもシューズもだいぶんくたびれてきていた頃合《ころあ》いである。衣替《ころもが》えをするにはちょうどいいタイミングであったのだろう。

となると、最後に残されるのは頭に巻いている白タオルのみだが、ある意味ではこいつが一番難渋《なんじゅう》した。宿場町にも布や織物はそれなりに売られていたものの、ごわごわとした肌触《はだざわ》りのものが多く、なかなか頭に巻いてフィットするものが見つけられなかったのである。

そこで俺は、城下町の住民たる料理人のヤンに相談して、その二日後にはもう理想的なアイテムを授《さず》かることができていた。タオルのように毛羽が立ってはいないが、十分な厚みとやわらかさを持つ純白の毛織物である。聞くところによると、これは城下町において寝具《しんぐ》の敷物《しきもの》に使われる、いわゆるシーツであるのだそうだ。シーツに使われるぐらいの大きな一枚布であったので、俺はそれを裁断してもらい、十枚ぐらいのストックとともに白タオルの代用品を獲得《かくとく》することがかなったのだった。

これにて、フォームチェンジは完了《かんりょう》である。雨季が終わったら、今度はTシャツに代わる普段用の装束を買い求めねばならないだろう。何だったら、この白い毛織物でTシャツのような装束をこしらえてもらうのはどうだろう、と俺はひそかに考えていた。

なお、役目を終えたTシャツやタオルなども、さすがにあっさりと捨ててしまう気持ちにはなれなかったので、俺は《つるみ屋》のロゴマークが入った調理着の上下とともに、大事に保管しておくことにした。かつて着用していた下着や靴下《くつした》なども、丹念《たんねん》に洗った末に調理着のポケットにしまいこんであるのだ。二度と故郷には帰れない身であっても――いや、そうであるからこそ余計に、それらは俺にとって大事な思い出のよすがなのだった。

そして、さらにもう一点、ファの家においては購入すべきものが存在した。それは何あろう、寝具である。これは、アイ＝ファからの忠言で購入を決めたものであった。

「雨季の間は夜も冷えるので、厚手の一枚布をかぶって眠《ねむ》るものなのだ。しかし、私や家族が使っていたものは古くなったので、二年も前に捨ててしまった」

「それじゃあ、去年の雨季なんかはどうしてたんだ？」

「私には狩人《かりうど》の衣《ころも》があったので、不自由もなかった」

ということで、俺は以前から購入を考えていた敷布《しきふ》もまとめて買い求めることにした。もちろん、アイ＝ファの分も含《ふく》めて二人分である。ファの家だって広間はそこそこの広さであるのだから、毎日きちんと畳《たた》めば邪魔《じゃま》にはならないはずだった。

かくして、雨季に対する準備は整った。前の月から薪《まき》の備蓄《びちく》にも励《はげ》んでいたし、足りない分は炭を買うこともできる。他にも色々と対処が必要な案件は存在したが、事前に整えておけるのはそれぐらいのものであった。

そうして金の月が終わりに近づくとともに気温はじわじわと下がっていき、ついに朝から雨が降り始めて、本格的に雨季が到来したのだと断じられたのは、茶の月の四日――ダレイム伯《はく》爵《しゃく》家における舞踏会《ぶとうかい》から八日目のことであった。

その日も俺たちは、宿場町での商売に取り組んでいた。

が、客入りのほうは目に見えて落ちてしまっている。そもそも、街道《かいどう》を歩いている人間の数そのものが減ってしまっているのだ。色々と不自由なことの多いこの時期に、わざわざセルヴァの南東部に足をのばそうと考える旅人はそれほど存在しないということであった。

露店《ろてん》区域の屋台の数も、半分ぐらいに減ってしまっている。特に軽食の屋台などというものは、屋根つきの飲食スペースまで準備しておかないと商売にならないため、そういう備えのある店だけが出店している様子だった。

空は灰色の雲に覆《おお》われて、町並みも白く煙《けぶ》っている。霧《きり》のような、細い雨である。屋根に溜《た》まった雨水が流れ落ちて、ぴちゃぴちゃと街路にはねるその音色も、どことはなしに物悲しい。普段が明るくて燦々《さんさん》とした陽光に照らされていた宿場町だけに、まるでまったく見知らぬ町にでも放り込まれてしまったような心地であった。

新調した上着を着込んでいるし、目の前では鉄鍋《てつなべ》を火にかけているので、寒いことはまったくない。しかし、聞き慣れぬ霧雨《きりさめ》の音色に包まれて、色彩《しきさい》のぼんやりした通りの様子を眺《なが》めていると、寂寥《せきりょう》感にも似た感覚が否応無《いやおうな》しに押《お》し寄せてくるのだった。

(まごうことなき、こいつが閑散期《かんさんき》ってやつだな)

宿屋に卸《おろ》している生鮮肉《せいせんにく》とギバ料理に関しても、この時期だけは三割ぐらいの量に引き下げられてしまっている。また、屋台のほうでも八百食分の料理を四百食分まで絞《しぼ》っていた。ジェノス在住の人々と、やむをえない状況《じょうきょう》でジェノスを訪《おとず》れているわずかな旅人たちだけで、いったいどれだけの数をさばくことができるか、しばらくは様子見である。

ただし、従業員の数は減らしていない。ガズとラッツから、人員を眷族《けんぞく》の人々に交代したいという申し入れがあったので、その研修を進めてしまうことにしたのだ。普段であれば、もともとの七名に研修生をプラスするところを、研修生こみで七名にした、ということである。これならば、繁忙期《はんぼうき》に研修を進める際と人件費に大きな違《ちが》いは生じないはずだった。

新たなメンバーとして加わったのは、ガズの眷族であるマトゥアの女衆、およびラッツの眷族であるミームの女衆となる。それを迎《むか》える古参メンバーは、俺とトゥール＝ディンとユン＝スドラとヤミル＝レイ、そして日替《ひが》わりメンバーのフェイ＝ベイムだ。仕事に慣れるために、これからしばらくはマトゥアとミームの両名に連続で出勤してもらい、ベイム、ダゴラ、ラヴィッツの三名は二日置きにしてもらう予定であった。

とりあえず初日の本日は俺がマトゥアの女衆を、トゥール＝ディンがミームの女衆を預かることにした。フェイ＝ベイムはヤミル＝レイと組んでもらい、ユン＝スドラは食堂の担当である。俺やトゥール＝ディンが動きたいときはフェイ＝ベイムに声をかければ、事は足りそうであった。

「まさか、研修の初日が雨季の初日とぶつかるとは思いませんでしたね。家のほうは大丈夫《だいじょうぶ》ですか？」

俺がそのように呼びかけると、マトゥアの娘《むすめ》さんは元気に「はい」とうなずいた。

「色々と不便ではありますが、毎年のことなので大きな問題はありません。……これまでと異なるのは、ポイタンを乾燥《かんそう》させるのに手間がかかることぐらいでしょうか」

そう、煮《に》詰めたポイタンを干し固めるには、一時間ぐらい天日にさらす必要があるのだ。これだけ太陽が顔を覗《のぞ》かせる時間が限られてくると、どの家でもそれなりの苦労を強《し》いられているはずだった。

「でも、美味なる食事のためならば、どうということはありません。今さらポイタンをそのまま鍋の中に放り込む気持ちにはなれませんし……それに、太陽が出るとどの家でも慌《あわ》ててポイタンを干しにかかるというのも、滑稽《こっけい》でありつつ少し楽しいようにも感じられます」

そのように語りながら、マトゥアの娘さんは邪気《じゃき》のない顔で微笑《ほほえ》んだ。マトゥアもミーアも宿場町の手伝いには若い女衆を選出していたのだが、特にこのマトゥアの女衆は年若く、聞いてみたら十三歳《さい》になったばかりだという話であった。しかしまあ、屋台ではもっと幼いトゥール＝ディンやリミ＝ルウも働いているし、ララ＝ルウやツヴァイも同じぐらいの年頃《としごろ》であったから、とりたてて問題はないだろう。

「ところで、わたしのような若輩者《じゃくはいもの》に、そんなかしこまった喋《しゃべ》り方《かた》をする必要はありません。どうか他の若い女衆と同じように扱《あつか》ってください」

「それもそうだね。よそよそしく感じさせたら申し訳ないし、普通《ふつう》に喋らせていただくよ」

彼女《かのじょ》はこの場にいる全員と初顔あわせであると思われたが、気後《きおく》れしている様子はまったくなかった。なおかつ素直《すなお》で朗《ほが》らかそうであるし、町の人間に対しても、わりあい自然体である。これで物覚えも悪くなければ、早々に研修を終えられそうであった。

ちなみに俺が新しい上着を着込んでいるのと同じように、森辺の女衆もみんな雨季用の装束になっていた。半透明《はんとうめい》のヴェールだけはそのままで、上にはポンチョのような上着を羽織り、腰《こし》には膝下《ひざした》ぐらいまである腰巻きをしている。それらは普段の装束と同じく渦《うず》巻《ま》き模様が織り込まれていたので、カラフルなこと、この上なかった。

これで屋根の下から出るときは、ギバの毛皮のマントを着込む。ただし、狩人の衣と区別をつけるため、そのマントは裏表が逆に作られており、そして、毛のない表面は花の汁《しる》などで赤や緑に染めあげられていた。単色に仕上げたものや、タイダイ染めのように凝《こ》った模様をつけたもの、あるいは複数の色を迷彩柄《めいさいがら》のように散らしたものなど、そちらはそちらで色とりどりである。

なおかつ、ごわごわとした毛皮は敷物などと同じようにやわらかく仕上げられ、それがまた内側から保温の効果をもたらしてくれるのだ。そのマントにはしっかりとフードまで作られていたので、それさえ纏《まと》っていれば上半身はほとんど濡《ぬ》れずに済むようだった。下半身もしっとりと霧雨がしみこむぐらいのものなので、家に入ったときは腰巻きだけをはき替《か》えればいい、という寸法だ。

「ああ、まったく鬱陶《うっとう》しい天気だな！　降るなら降るで、どかっと降っちまえばいいものを！」

と、賑《にぎ》やかな声をあげながら、屋台の雨よけに駆《か》け込んでくるお客さんがあった。革のマントのフードをおろした、ジャガルのお客さんである。この時期ばかりは、彼《かれ》らも天敵であるシムの民《たみ》のような装《よそお》いをしなければならなかったのだった。

「お疲《つか》れ様《さま》です。雨の中でのお仕事は大変ですね」

「ああ、まったくだよ！　屋根の下で商売ができるお前さんたちが、羨《うらや》ましい限りだ！」

その言い様からして、行商人ではなく建築屋か何かなのだろうか。ジャガルのお客さんはひとしきり雨に対する不平を述べてから、あらためて鉄鍋の中身を覗き込んできた。

「で、今日はどういう料理なんだ？　実に美味《うま》そうな匂《にお》いだな！」

「本日は、タウ豆を使った煮《に》込み料理です。味付けにはタウ油も使っていますので、ジャガルの御方《おかた》にはおすすめですよ」

食材は、タウ豆の他にチャッチとネェノンも使っている。出汁《だし》には海草の乾物《かんぶつ》を使い、それを醤油《しょうゆ》に似たタウ油と砂糖とニャッタの蒸留酒で甘辛《あまから》く味付けをしていた。タウ油ばかりでなく、砂糖とニャッタの蒸留酒もジャガル産であるはずなので、いっそう南の民の口には合うことだろう。日本の清酒にも似たニャッタの蒸留酒は、やはり煮込み料理に最適なのである。

「こいつはいいな！　もう他の屋台を回るのも面倒《めんどう》だから、そいつを赤銅貨三枚分くれよ！あとはそっちの饅頭《まんじゅう》も頼《たの》む」

「はい。こちらは赤銅貨二枚になります」

隣《となり》の屋台から、フェイ＝ベイムが『ギバまん』をひとつ回してくる。それと煮込み料理の皿、および焼きフワノの添《そ》え物を受け取って、マントの内側に隠《かく》し入れつつ、ジャガルのお客さんは青空ならぬ食堂の屋根の下へと駆け去っていった。

　俺が担当している日替わりメニューを除いて、他の屋台はこれまで通りの献立《こんだて》を出している。ただ、添え物のポイタンがフワノに変更《へんこう》されたばかりである。ようやく本日から本格的な雨季となったため、宿場町で売りに出される野菜が変化していくのも、これからであるのだ。ティノやタラパやプラはもう現在の収穫《しゅうかく》分までしか使うことはできないので、しばらくはダレイムの倉庫に保管されたものでしのぎ、半月後ぐらいからは雨季用の野菜がいよいよ売りに出されるようだった。

　そんな中、ポイタンだけは商売用の分を確保することができず――というか、俺たちが恵《めぐ》まれた資本を乱用してポイタンを独占《どくせん》してしまうと、町の人々から大きな反感をくらってしまいそうなので、足並みをそろえようという方針でフワノを使うようになっていた。

　フワノはもともとポイタンの一・五倍ぐらいの価格であるし、雨季の間はさらに五割から十割増しとなる。それを値段に反映させるか、もしくはフワノの量を減らすか、はたまた同じ量を使って薄利多売《はくりたばい》を目指すかというのは店それぞれであるようなので、俺たちはポイタンのときと同じ量で同じ値段という薄利多売の道を選んでいた。

　当然のこと、原価率ははねあがってしまうので、純利益はかなり落ちることになる。しかも客足は、半分から三分の一ぐらいにまで減退する見込みであるのだ。これればかりは、一年の内の二ヶ月だけなのだからと、ひたすら耐《た》え忍《しの》ぶしかないのだろう。

「それにしても、ポイタンが売り切れてしまうなんて、ものすごい話ですね。それも、アスタがポイタンを美味《おい》しく食べられる方法をあみだした影響《えいきょう》なのですよね？」

「うん。森辺で食べる分が確保できて何よりだったよ。万が一にも数が足りなかったら、ファの家で代金を立て替えてフワノを購入するつもりだけどさ」

しかし、森辺で食べる分に関しては、すでに十分な数を予約注文していた。あとは畑のほうでアクシデントでも生じない限り、数が足りなくなることはないはずだ。ただし、それらはファとルウでいったんまとめ買いをする、という取り決めになっていたので、配給の方法ではいささか頭をひねることになった。各々《おのおの》の氏族が店頭で購入するのではなく、ファとルウの人間が森辺の集落に持ち帰って、それを各氏族に分配する、という形を取る必要に迫《せま》られたのだ。

こういう商売の帰り道に、俺たちがドーラの親父《おやじ》さんからポイタンを受け取る。それを集落に持ち帰り、各氏族から銅貨を受け取って分配する、という格好だ。なおかつ、ファの家は家人が留守にすることが多いので、分配の場所はルウ家一本に絞らせていただくことにした。家の遠い氏族には荷車を使ってもらえばいいし、それに、大抵《たいてい》の家は宿場町よりもルウ家のほうが短い時間で通うことができるだろう。立地的に、宿場町よりルウの集落のほうが遠いというのは、スンやラヴィッツあたりの中央区域の北寄りに住まっている人々ぐらいであろうと思われた。

（そのへんの取り決めをするのにもバタバタしちゃったけど、いったん段取りが整えば、来年からは問題ないだろう）

しかし本年は、それ以外にも頭を悩《なや》ませるべき案件があった。言わずと知れた、それは森辺に道を切り開くという開通工事の一件である。

　雨季の間はフワノを収穫することができないため、トゥランの奴隷《どれい》たちは手が空いてしまう。普段であれば、それはトゥランを守る塀《へい》の補修工事などに割り当てられるらしいのだが、今回はククルエルという東の商人の提案に従って、森辺の開通工事が敢行《かんこう》されることに決定されたのだった。

　それはジェノスのみならず、西の王国セルヴァと東の王国シムを結ぶ街道を新たに構築しようという、壮大《そうだい》な試みである。なおかつそれは、十年ほど前にミラノ＝マスの義兄《ぎけい》とレイト少年の父親が確立しようと考えていた販路《はんろ》でもあった。

　この試みが成功すれば、これまでよりも短い時間で、かつ安全に、セルヴァとシムを行き来できるようになる。それによって、セルヴァの領内で一番大きな恩恵《おんけい》を受けるのは、その街道の出発点となるジェノスであるはずだった。そうであるからこそ、ジェノスの領主マルスタインもこのように大がかりな工事に着手する決断をしたのである。

　その工事は、すでに開始されている。フワノの収穫は金の月いっぱいで完了となったので、茶の月に入ると同時に工事も開始されたのだ。つまり、今現在も森辺では、大勢の北の民が過《か》酷《こく》な仕事に取り組んでいるさなかであるはずなのだった。

（その工事の段取りをつけるのにも、そうとう手間がかかったらしいからな。本当にダリ＝サウティはお疲れ様だ）

　その開通工事は、集落の南端《なんたん》から東に向かって進められる。よって、工事の責任者と話を詰《つ》めるのは、森辺の南端に家をかまえるサウティの家長にして族長たるダリ＝サウティに一任されてしまったのだった。百名以上にも及《およ》ぶマヒュドラの民たちと、それを監視《かんし》する町の衛兵たち。彼ら全員が無事に仕事を進められるよう、ダリ＝サウティが入念に段取りを整えなければならなくなったわけである。それはきっと、大変な苦労であったに違いない。

そしてまた、俺自身もダリ＝サウティに相談を持ちかけられていた。まだ詳細《しょうさい》は知らされていないのだが、本日の商売の後、サウティの集落に立ち寄ってほしいと願われていたのである。

このような状況で、いったい俺に何ができるというのか。それはまったく見当もつかなかったが、もちろん俺の側に異存はなかった。いったいどのような形で工事が進められているのかは気になっていたところであったし、それに俺は——エレオ＝チェルという人物の消息が気にかかっていた。

エレオ＝チェルは、トゥラン伯爵家《はくしゃくけ》で侍女《じじょ》として働くシフォン＝チェルの兄にあたる人物である。太陽神の復活祭を迎える直前、俺はこの宿場町でただひとたびだけ、彼と顔をあわせることになった。彼は露店区域のスペースを広げるための工事に駆り出されていたのだ。

金褐色《きんかつしょく》の髪《かみ》と、紫色《むらさきいろ》の瞳《ひとみ》。そして日に焼けた赤銅色《しゃくどういろ》の肌を持つ、彼は魁偉《かいい》なる大男だった。身長はドンダ＝ルウと同等で、身体《からだ》の分厚さはそれ以上と言えば、少しはそのスケールが伝わるだろうか。

そんな彼が、足を鎖《くさり》に繋《つな》がれて、奴隷として働かされていた。そして彼はこっそり仕事の場を抜《ぬ》け出すと、俺のもとにまで忍び込んできて、「妹のシフォン＝チェルはどうしているか」

と問うてきたのだ。衛兵たちの会話から、俺がトゥラン伯爵家を訪れたことのある身だと聞きつけてきたらしい。それで彼は、何年も前に生き別れとなった妹の消息を、俺に問うてきたのだった。

（北の民を奴隷として扱うってのは、ジェノスのみならずセルヴァ全体の方針なんだろうから、俺なんかにはどうすることもできないけど……何か少しでもいいから、彼らの力になることはできないかな……）

俺は、シフォン＝チェルという女性に強い恩義を感じていた。俺がトゥラン伯爵邸《はくしゃくてい》にさらわれた際、世話係を任命された彼女は色々な場面で俺を気遣《きづか》ってくれたのである。特に、俺が無謀《むぼう》にも脱出《だっしゅつ》を試みようとしたときなどは、その危険性を訴《うった》えつつ、ひそかに協力してくれていた。俺を逃《に》がせば自分が鞭《むち》で打たれるかもしれないのに、それでも彼女は逃亡《とうぼう》の手助けをしてくれたのだ。

彼女やリフレイアたちが居を移された後は、もはや顔をあわせる機会も失われてしまった。しかし、そうであるからこそ、俺は余計にシフォン＝チェルに対して恩義や申し訳なさを感じるようになってしまったのだった。

（もちろん、彼らの力になりたいなんて、俺の思い上がりにすぎないんだろうけど……なんとかできないもんかなあ）

俺がそんな風に考えたとき、長身の人影《ひとかげ》が屋台の前に立った。見上げると、フードの陰《かげ》から見覚えのある顔がうなずきかけてくる。

「ああ、ラダジッド。いらっしゃいませ。毎日、ありがとうございます」

「はい。こちらの料理、何ですか？」

それはシムの商団《銀の壺《つぼ》》の新しき団長、ラダジッドであった。身長百九十センチはあろうかという、東の民としてもとりわけ長身の人物である。

「こちらはタウ豆などを使った、ジャガル風の料理です。ご希望でしたら、こまかく砕《くだ》いたチットの実をおつけしますよ」

「是非《ぜひ》、お願いします。半人前、お願いします」

隣の屋台では『ギバ・カレー』が売りに出されているので、そちらのほうをメインに据《す》えるのだろう。マトゥアの女衆に銅貨を支払《しはら》いながら、ラダジッドはさらに語りかけてきた。

「雨季、やってきました。それでも、シュミラル、森の中でしょうか？」

「はい。雨でも狩人の仕事に変わりはないようです。さすがに収穫量《しゅうかくりょう》は落ちてしまうようですが」

「心配です。雨、猟犬《りょうけん》、感覚、鈍《にぶ》らせるはずです」

「ええ。ですがそれはギバのほうも同じことなので、極端に危険が増すわけではないと思う……と、シュミラルが言っていたのを人づてに聞きました」

そう、シュミラルが森辺の家人となって、すでに十日以上が経過したというのに、俺はほとんど言葉を交《か》わす機会を得られていなかった。シュミラルの住まうリリンの家というのは、ルウの眷族の中でもかなり南寄りに位置するのである。それでファの家はルウの集落よりも北側に位置するので、自分から足をのばさない限りは、顔をあわせることもできないのだった。

　俺がそれを敢行したのは、ただ一度だけ。舞踏会の翌日の休業日のみである。シュミラルは中天から夕刻まで森に入っているため、商売のある日はなかなか時間を合わせることが難しかったのだ。なおかつ、シュミラルは現在、リリンの氏《うじ》をもらえるようにと奮闘《ふんとう》しているさなかとなる。ただ心配だからという理由でシュミラルのもとを訪れるのは気が引けたし、体面も悪かった。元来、森辺の民というのは明確な用事でもない限り、あまり余所《よそ》の家を訪問するという習わしも存在しなかったのだった。

　それはヴィナ＝ルウも同じことで、彼女は連日溜息《ためいき》が止まらないらしい。溜息のつきすぎでミーア・レイ母さんに叱《しか》られたという話であるから、かなりの重症《じゅうしょう》である。姉妹《しまい》の中でも特にララ＝ルウあたりは、そんなヴィナ＝ルウのことをたいそう心配している様子であった。

「でも、今日はリリンの近くの家に用事がありますので、帰りにちょっと顔を見てこようと思っています。シュミラルがどんな様子だったか、明日にでもお伝えしますね」

「ありがとうございます。アスタ、とても感謝します」

　そのように述べながら、ラダジッドは物思わしげに目を伏《ふ》せた。

「私たち、シムに帰るまで、あと十日ほどです。その前に、ひとたびだけでも、言葉交わす、無理でしょうか？」

「いえ、朝方や夕刻であれば、あちらも時間は取れるはずです。リリンの家長にも話を聞いてみましょう」

「はい。お願いします」

そうしてラダジッドは『ギバ・カレー』も注文してから、食堂のほうに去っていった。

《銀の壺》は、シュミラルの都合で半月ばかりも戻《もど》ってくるのが遅《おく》れてしまったため、滞在《たいざい》期間の半分ばかりが雨季とぶつかることになってしまったのだ。まあメイン業務である城下町の民との商売には不都合もないのであろうが、宿場町における手売りの商売などは、かなり厳しい状況であるらしい。これだけ通行人が少なければ、それも道理である。

だけどラダジッドたちは、それでシュミラルを責めることもなく、その安否を心配ばかりしている。それぐらいの絆《きずな》で結ばれているからこそ、シュミラルは西方神に神を乗り換えても《銀の壺》に籍《せき》を残すことを許されたのだろう。

(でも、そんなラダジッドたちとも十ヶ月ぐらいは離《はな》ればなれになっちゃうんだな。……シュミラルは、リリンの人たちとうまくやれているんだろうか)

やっぱり雨というものは、人をアンニュイにさせるものである。

そぼ降る雨を見つめながら、俺はこぼれ落ちそうになる溜息を何とか呑《の》みくだしてみせた。

2

宿場町での商売の後、俺たちはサウティの集落に向かうことになった。

しかし、呼ばれていたのは俺ひとりであるし、帰りにはリリンの家に寄らせてもらおうという目論見《もくろみ》もあったので、トゥール＝ディンたちには明日のための下ごしらえを進めておいていただく必要があった。

ということで、みんなにはファファの荷車で戻ってもらい、俺は単身でサウティの集落に向かおうかと考えていたのだが、ルウ家の人々に同行を願われることになった。開通工事の責任者であるダリ＝サウティが、ファの家のアスタに何を頼もうという心づもりであるのか、それを見定めるべしというお言葉をドンダ＝ルウから賜《たまわ》ったらしい。

ちなみにドンダ＝ルウは、茶の月からついに狩人としての仕事を再開させていた。森の主《ぬし》に右肩《みぎかた》をえぐられて、三ヶ月ばかりも療養《りょうよう》とリハビリに励んでいたドンダ＝ルウが、ついに狩人として復活したのだ。その前夜は珍《めずら》しいぐらいに昂揚《こうよう》して、あびるように果実酒を飲んでいたと、レイナ＝ルウたちからはそのように聞いていた。

そうして俺は、ルウ家の面々とともにサウティの集落を目指すことになったわけであるが――その顔ぶれは、リミ＝ルウ、ヴィナ＝ルウ、リャダ＝ルウ、バルシャというものであった。ルウ本家の家人から手空《てす》きの二名と、それを護衛する二名が選出されたとのことだ。元来、余所の集落を訪れるのに護衛役などは不要であるのだが、現在サウティの集落のそばには衛兵や北の民たちがわんさかひしめいている。そんな場所を訪れるのに、かまど番だけでは心もとないということで、狩人の仕事には参加していないその両名が同行することになったのだった。

バルシャはもちろん武者フォームであるし、リャダ＝ルウも刀と弓矢を携《たずさ》えていた。先日のドンダ＝ルウとの稽古《けいこ》のさまを思い返すに、リャダ＝ルウもいまだ右足以外は衰《おとろ》えていないのだ。走ったり、重いものを担《かつ》いだり、長時間歩いたりすることが難しいため、狩人としての仕事に励むことはできないが、町の人間が相手であれば十分に戦力たりうるという話であった。

「五人だったら、荷車も一台で十分ですね。どうせルウの集落は帰り道にあるのですから、ギルルの荷車で一緒に行きましょう」

そうして俺たちは、いざサウティの集落へと向かうことになった。もちろんというか何というか、俺のほうから同乗を願ったのは、リリン家への訪問にヴィナ＝ルウを巻き込むためである。まさか彼らも、この雨の中を徒歩で帰るとは言い出すまい。勤勉なる森辺の民は用事もないのに他の氏族の家を訪れようとはしないので、俺もこのように画策する羽目になったのだった。

（リリンの家に寄りたいと打ち明けるのは、サウティでの用事が済んでからでいいよな。こうなったら、夕刻ぐらいまでサウティに居残って、確実にシュミラルと会わせてあげたいな）

明日の下準備は、トゥール＝ディンたちに任せておけば大丈夫だろう。かまどの間を俺抜きでみんなに使わせるという話も、朝の内にアイ＝ファへと話を通している。あとは母なる森の導くままにだ。

「サウティの家に行くのは、ひさしぶりだねー！　ドンダ父さんが怪我《けが》したとき以来だから、紫《むらさき》と銀と金の月が終わって……三ヶ月ぐらいは経《た》ってるんだね！」

溜息の止まらないヴィナ＝ルウのかたわらで、今日もリミ＝ルウは元気いっぱいである。そこにバルシャとリャダ＝ルウという顔ぶれは、なかなか新鮮《しんせん》な組み合わせであった。

「そういえばさ、ルウ家でのお勉強会はまだ始めないの？　せっかくミケルとマイムがいるのにーって、レイナ姉とかが残念がってたよ？」

「うん、もちろん俺も聞いてるよ。ただ、ダイとかスンとかで調理の手ほどきのおさらいをしたくなっちゃってさ。少し期間を空けてから、もう一度同じ手ほどきをすると、けっこう効果的に腕《うで》が上がるんだよ」

「ふーん、そっかー」

「それにさ、ミケルが元気に歩けるようになるまで、あとちょっとだろう？　ミケルが動けない間はマイムもつきっきりで看病したいだろうから、勉強会に誘《さそ》っても断られると思ったんだよね。だから、二人をいっぺんに誘えるようになるまでは、急ぐ必要もないのかなって考えたんだ」

「なるほどー！　アスタ、あったまいいー！」

料理の腕前《うでまえ》をほめられることは多くとも、頭がいいと評されることは滅多《めった》にない我《わ》が身《み》である。こんなリミ＝ルウが、俺は大好きなのだった。

「それにしても、ここいらの雨季ってのは聞きしにまさるね。こんな朝から降りっぱなしで、土砂崩《どしゃくず》れの危険とかはないのかい？」

バルシャがそのように発言すると、リャダ＝ルウが「問題はない」と答えていた。

「森辺の集落は、地盤《じばん》がしっかりしているのだ。だから、粘《ねば》りの強い砂も取れるし、家や道が崩れることもない。……そういう質《たち》なので、もともと畑にはできないような土地なのだと、最長老からそのように聞いた覚えがある」

「ああ、それにここいらは高台だから、雨水もみんな町のほうに流れちまうのかね。何にせよ、こんな鬱陶しい季節はさっさと過ぎてほしいもんだよ」

「しかし、この雨が森や町に恵みをもたらすのだとも聞いている。すべては森と神々の意思なのだろう」

リャダ＝ルウの言う通り、このような雨の中でも荷車の運転に大きな支障はなかった。もちろん視界は悪くなるものの、黄色く踏《ふ》み固《かた》められた道は、しっかり荷車の重量を支えてくれている。大きな水たまりを回避《かいひ》して進めば、ぬかるみに車輪を取られることもなさそうだった。ギルルを始めとするトトスたちも、雨を苦にはしていないようだ。いつも通りのぼけっとした顔で、変わらず元気に疾駆《しっく》している。つくづく心強い限りである。

そうして談笑《だんしょう》と溜息に満ちた時間が過ぎ去り、いよいよサウティの集落に近づいてきた。今のところ、衛兵や北の民の姿は見当たらない。森辺の本当の最南端にはサウティの眷族が住まっているはずなので、そちらまで進まないことには工事のさまを見物することもかなわないのかもしれなかった。

そんな風に考えながら、俺はサウティの集落へと荷車を乗り入れる。変わらずに雨が降っているので、広場にも人影は見当たらない。が、以前とは異なる痕跡《こんせき》を見出《みいだ》すことができた。ルウの集落よりもやや小ぶりのその広場に、でかでかと革の屋根が張られていたのだ。

これは、どういう騒《さわ》ぎなのだろう。ほとんど広場の半分ぐらいを覆う規模である。木の柱が何本も地面に打ち込まれて、宿場町の青空食堂をも上回るスペースが、雨から守られていたのだった。

俺は首を傾《かし》げつつ、そのスペースを迂回《うかい》して本家を目指す。そうして俺が御者台《ぎょしゃだい》から濡れた地面に降り立つと、同時に家屋の戸が開かれた。きっと窓から俺たちの姿が見えたのだろう。現れたのは、舞踏会でもご一緒したミル・フェイ＝サウティであった。

「ようこそ、サウティの家に。お待ちしておりました、アスタ。……ルウ家の方々もご一緒ですか？」

「はい。何か変事でも生じたのかと、ドンダ＝ルウに同行を命じられたそうです」

「変事……変事ではないのですが、アスタにご相談があるのです。まずはこちらにおいでください」

俺たちと同じように雨よけのフードつきマントをかぶったミル・フェイ＝サウティが、家の裏手へと歩き出す。俺はそれに追従して、途中《とちゅう》でギルルを木陰《こかげ》に繋いでから、みんなと一緒にかまどの間へと導かれることになった。

三ヶ月ぶりに訪れる、懐《なつ》かしきかまどの間である。俺たちはその中に収まって、濡れそぼった雨具を壁《かべ》に掛《か》けさせてもらってから、あらためてミル・フェイ＝サウティと相対した。

「まずは、このような場所までご足労いただいて、感謝の言葉を述べさせていただきます。そして、家長ダリは狩人の仕事に出向いておりますため、わたしのほうからその言葉を伝えさせていただきます」

「あ、ダリ＝サウティもついに仕事を再開させることができたのですか」

「はい。それもアスタたちに力を添えていただけたおかげです。他の男衆も、狩人としての力を失った二名を除けば、みな力を取り戻すことがかないました」

あまり表情を動かさないミル・フェイ＝サウティが、目を細めてわずかに口もとをほころばせた。それからすぐに真面目な表情を取り戻し、あらためて語り始める。

「それで、まずは状況をご説明せねばなりませんが……森辺に道を切り開くという仕事が始まり、今日で四日目となりました。その間、彼らはこのサウティの集落で昼の食事をとることになったのです」

「ああ、あの広場に張られた屋根はそのためのものですか。いったい何事かと思いました」

「はい。これより南には眷族の家がありますが、そちらにはあれほど大勢の人間を招くことのできる広場はありませんので、サウティが場所を貸すことになったのです。雨季の間は婚儀《こんぎ》をあげるような人間もおりませんし、それで不都合が生じることはないと思います」

「なるほど。それで、俺にご相談というのは？」

「はい。それは……あの北の民という者たちが食べている食事についてなのです」

そう言って、ミル・フェイ＝サウティは小さく息をついた。

「実はこちらに、その食事を一食分だけ取り分けています。今から温めなおしますので、それを食していただけませんか？」

「ええ？　それはもちろん、異存はありませんが……ますます謎《なぞ》めいてきましたね」

ミル・フェイ＝サウティはうなずきながら、かまどのひとつに火を入れ始めた。そのかまどの上には、ごく小さな鉄鍋が載《の》せられている。そこにかぶせられていた木の板が取り上げられると、実に珍妙《ちんみょう》な料理が俺たちの目にさらされることになった。

「何でしょう、これは？　まるでオートミールみたいですね」

「おーとみーる？」

「そういう料理が、俺の故郷にあったのです。でも、これは……」

一言で言うと、それは粗末《そまつ》な料理であった。まあ、奴隷という身分にある人々が食するものなのだから、それもしかたのないことなのだろう。得体の知れない乳白色のペーストで、野菜や肉の欠片《かけら》がちらほらと覗いているのが、せめてもの救いであった。

やがて、かまどの間に熱せられた料理の香りが満ち始める。好奇心《こうきしん》に目を輝《かがや》かせていたリミ＝ルウは、ウサギのように鼻をひくつかせた。

「香りは、けっこう美味しそう！　この白い色は、カロンの乳だったんだねー」

「ええ。カロンの乳と、ポイタンに似たフワノという食材ですね」

料理はお椀《わん》に一杯《ぱい》分ぐらいしか残されていなかったので、すぐに温めなおすことができた。それを木の皿に移《うつ》し替えてから、ミル・フェイ＝サウティが「どうぞ」と差し出してくる。

「昼間にわたしも食していますので、身体に悪いことは決してないと、森に誓《ちか》います」

「そのようなことは疑っておりませんよ。北の民たちだって、これを食べているわけですからね」

俺は木匙《きさじ》でそいつをすくい、口の中に投じ入れてみた。

とたんに、「うう」と情けない声をもらしてしまう。

「なんというか……お世辞にも美味しいとは言い難《がた》いお味ですね」

「はい。それでも血抜《ちぬ》きをしていないギバ肉を使った汁物《しるもの》よりは、よほど食べやすいかもしれませんが」

それは確かに、ミル・フェイ＝サウティの言う通りである。何かおかしな味がするわけでもないし、香りのほうはカロン乳の甘《あま》やかな風味がきいている。

ただし、食感が最悪であった。かつてのポイタン汁に劣《おと》らず粉っぽくて、すべての食材がぐずぐずになってしまっている。肉も野菜も何が使われているのか判然としないほどで、味付けといえばカロン乳の風味と塩辛《しおから》さばかりであった。

美味いか不味《まず》いかで言えば、まあ不味い部類であろう。カロン乳の甘い風味と塩辛さも、相性《あいしょう》がいいとは言い難い。香りは甘いのに実際はしょっぱくて、そして食感は出来損《そこ》ないのオートミールだ。まるで泥水《どろみず》、とまでは言わないが、それにしたって褒《ほ》める部分を見つけることは難しかった。

そんな中、「リミも食べたーい！」という発言があったので、新しい木匙が準備された。味見に関しては、木匙の二度づけなどをしない限りは、家人でなくとも共有が許されるのである。

とりあえず、リャダ＝ルウを除く全員がひと口ずつその不出来な料理を味わうことになった。

「あははー、まずいねこりゃ」

「美味とは言い難い味ねぇ……できることなら、これ以上は食べたくないわぁ……」

「何か、余り物をぶち込んで煮込んだだけの食事だね。この粉っぽささえ何とかすりゃあ、我《が》慢《まん》できないことはなさそうだけど」

「まさしく、その通りのものだと思います。使われている食材を、ご覧になりますか？」

ミル・フェイ＝サウティが雨具を着込んで、今度は食料庫へと俺《おれ》たちをいざなった。食料庫は、足の踏み場《ば》がないぐらいの有り様である。床《ゆか》一面に、巨大《きょだい》な壺や木箱などがずらりと並べられてしまっていたのだ。

「これらの食材で、さきほどの料理は作られています。どうぞご覧になってください」

壺にも木箱にもすべて蓋《ふた》がかぶせられていたので、俺はかたっぱしから拝見させていただくことにした。

その大半は、野菜クズであった。アリアやネェノン、ナナールやシィマ、ギーゴやプラやチャンやロヒョイや――――もとの値段の別を問わずに、さまざまな野菜の切れ端《はし》がぎっしりと詰め込まれている。中には高級食材であるキノコ類の柄《え》の部分や、そうかと思えば俺でさえ捨ててしまうシールの皮などといったものまでもが含まれていた。

それ以外は、塩《しお》漬《づ》けの肉とカロンの乳である。肉のほうも切れ端ばかりで、中には肉片《にくへん》のこびりついたカロンのあばらやキミュスの足などが丸ごと突っ込まれたりもしていた。ようやく塊《かたまり》の部位を探しあてたかと思ったら、それは青色に染まりかけてしまっている。このような肉は、たとえ塩漬けでも明日中に食べてしまわなくてはお腹《なか》を壊《こわ》してしまいそうであった。

それに、カロン乳だって日持ちは悪いはずである。匂いからして、まだ傷《いた》んではいないようであるが、ちょっと心配になるところだ。雨季で気温が低いのが、せめてもの慰《なぐさ》めであっただろう。

「察するところ、これは城下町で集められた余り物の食材であるようですね」

「はい。やはりアスタには察せられますか」

「それはまあ、宿場町ではなかなか使う人もいない食材まで含まれておりましたので。……これが北の民たちの食料ということですか」

「はい。彼らはトゥランにおいても、同じものを口にしてきたそうです」

トゥランにおいては、もう何年も前から奴隷を使役《しえき》してきたはずである。その間に、どのような形で食事を供するかはしっかりと定められているのだろう。また、数多くの料理店と親交のあったサイクレウスならば、こういう食材の余り物を回収するルートを構築するのも容易であったはずだ。

「ただひとつ異なるのは、ポイタンではなくフワノというものが使われている点です。雨季になるまではポイタンが使われていたそうですが、今ではもう一個たりとも手に入らないそうですね」

「ええ、宿場町の住民でも争奪戦《そうだつせん》が繰《く》り広げられているぐらいですからね。でも、ポイタンの代わりに高値であるフワノが使われることになったというのは、ちょっと皮肉な話ですね」

「その皮肉に苦しめられているのは、北の民たちなのです。フワノというものは値段が高いため、そのぶん量を減らされてしまったそうなのです」

　俺は、言葉に詰まることになった。

　ミル・フェイ＝サウティは、真剣《しんけん》きわまりない眼差《まなざ》しで俺を見つめている。

「北の民たちに粗末な食事が与《あた》えられているのは、ジェノスの貴族の取り決めたことです。ですが、その食事は粗末であるばかりでなく、量まで減らされることになってしまいました。アスタはそれを、どのようにお考えですか？」

「どのようにって……もちろん、心苦しいです。まさか、北の民たちにそんなしわ寄せがいっているなんて、俺は思いもしませんでした」

「家長ダリも、そのように考えました。アスタが同じ考えに至り、とても嬉《うれ》しく思います」

　そのように言って、ミル・フェイ＝サウティはわずかに視線をやわらげた。

「もちろん、減らされたのはフワノというものだけですが、あれはポイタンと同じぐらい大事な食料なのでしょう？　森辺の集落でも、貧しい人間は十分なアリアとポイタンを口にすることができず、それで力を弱めることになっていきます。北の民も、この雨季で力を弱めることになるのではないかと、家長ダリもその点を心配しておりました」

「ええ、まったく同感です。しかも彼らは普段《ふだん》以上に過酷な労働を強いられているのでしょうから、余計に心配です」

　単純計算でも、フワノというのはポイタンより一・五倍ほども値が張るのである。それで同じ予算しかつかえないということは、一日の摂取量《せっしゅりょう》が三分の二にまで減じられてしまうということだ。炭水化物の摂取量がそこまで減らされてしまうというのは、肉体労働に従事する身としてはとてつもなく過酷な話であるはずだった。

「昨日になって、家長ダリはようやくその事実を知ることができました。それで、今日の朝に眷族の長《おさ》たちと話し合い、今日の夜にはルウとザザに使者を出すことになっています。それで他の族長たちに賛同を得られたなら、足りないフワノの代金は森辺の民が支払いたい、という旨《むね》を貴族たちに伝えようと考えています」

「森辺の民が？　……ああ、もしかしたら、報償金《ほうしょうきん》をそれに当てようというお考えですか？」

「はい。それで足りるものなのかは、計算をしないとわからないのでしょうが」

このたびの開通工事には、百名以上の北の民が参加させられているはずである。それらの者たちが一日に食べるフワノの三分の一の代金、というのは――確かに、かなり細々とした計算が必要になりそうなところであった。

「足りなければ、ファの家で支払います。いえ、いっそファの家で全額をまかないたいぐらいです。ポイタンが品切れになってしまったのは、そもそも俺がきっかけなのですから――」

「ですが、アスタは森辺の民に美味なる食事というものを教えるために、ポイタンの新しい食べ方を考案したのでしょう？　それにその技術を町に広めたのは、悪辣《あくらつ》な貴族に痛撃《つうげき》を与えるためであったと聞いています」

「ええ、まあ、それはその通りですが――」

「ならば、ファの家だけが背負うべき問題ではありません。そもそもアスタは森辺の家人なのですから、すべての労苦は同胞《どうほう》全員で背負うべきです」

厳しさと優《やさ》しさの混在した眼差しで、ミル・フェイ＝サウティはそのように言いたてた。

俺は、「どうもすみません」と頭を下げてみせる。

「確かに俺が浅はかでした。考えが足りなくて恥《は》ずかしいです」

「アスタはいまだお若い身なのですから、そこまで気になさる必要はありません。何にせよ、我々の行いによって他者が不幸になるというのは、決して見逃《みのが》せる話ではありません。ドンダ＝ルウやグラフ＝ザザも、きっと家長ダリの言葉を受け入れてくれることでしょう」

それが、森辺の民というものなのである。

俺はひそかに、森辺の同胞の誇《ほこ》り高さにまた心を揺《ゆ》さぶられることになった。

「わたしたちは、これからルウとザザに使者を出そうと思います。……そして、ここからがアスタに対する申し入れなのですが……」

「はい。何でも遠慮《えんりょ》なく仰《おっしゃ》ってください」

「では、家長ダリからの言葉をそのままお伝えします。アスタはこれらの食材を使って、もっと美味なる料理を作りあげることはかないませんか？」

「え？　これらの食材を使って、ですか？」

「はい。北の民がポイタン汁にも等しい不出来な食事で飢《う》えをしのいでいることに、家長ダリは心を痛めることになったようです。せめてフワノをポイタンのように焼きあげれば、もう少しまともな食事に仕上げられるのではないかと提案したのですが、それは衛兵たちに突《つ》っぱねられてしまいました」

　百名以上分ものフワノを焼きあげるのは相当な手間であるし、燃料だって必要になってくる。ましてや現在は雨季であるのだから、燃料そのものも貴重であるはずだ。奴隷などのために、そのような手間や予算はかけられない——というのも、ジェノスの貴族たちにしてみれば、正当な言い分なのだろう。

　だけど俺は、ダリ＝サウティに大いに共感することができた。

「わかりました。同じ材料で、同じ作業時間で、同じ予算内に収めればいいわけですね。ちょっと考えてみましょう」

「ありがとうございます。……しかしアスタは、朝から昼まで働きづめなのですよね？　北の民の女衆は朝から食事の準備をして、それからすぐに男衆の手伝いへと回されてしまうのです」

「あ、食事の準備は自分たちでしているのですか。その女衆は何名ほどで、時間はどれぐらいかけているのでしょう？」

「人数は五名で、時間は……そうですね、太陽が出てからしばらくの後にやってきて、中天に至るまでの半分ぐらいの時間をあてている感じでしょうか」

　夜明けから中天までは、ざっと六、七時間ていどだ。トゥランからの移動時間を考えれば、およそ三時間ぐらいという計算になる。

「たった五人で百人以上の食事を作るわけですから、なかなかの手間ですよね。……よし、わかりました。とにかくどのような料理にするべきか、まずはそいつを練ってみます」

「ですが、アスタ自身は仕事を離れられないのですよね？」

「はい。だけど、俺自身がマヒュドラの女衆に手ほどきをする必要はないでしょう。俺がミル・フェイ＝サウティたちに手ほどきをして、それを彼女《かのじょ》たちに伝えてもらえればと思います」

「え？　わ、わたしたちが北の民に手ほどきをするのですか？」

「はい。そのようなお時間は取れませんか？」

「いいえ、時間の問題ではなく、わたしたちの腕前では……」

「そんなことはありませんよ。ともにかまどを預かった身なのですから、ミル・フェイ＝サウティたちの腕前はわきまえています。いま考えている内容でいけそうなら、サウティの女衆でも十分に仕事を果たせますよ」

「アスタは、すでにどのような内容にするかを決めているのですか？」

「はい。というか、あまりに選択肢《せんたくし》が少ないので、否応無《いやおうな》しに決まってしまいそうなのですよね」

ミル・フェイ＝サウティは、感じ入ったように首を振《ふ》り始めた。

「まったく、驚《おどろ》かされてしまいます。いかにアスタでも、このような余り物でまともな料理を作るのは難しいかと、家長もわたしも半分はあきらめかけていたのですが……」

「そんなことはありませんよ。たとえ余り物でも、ここに準備されているのは高級食材を含《ふく》めた宝の山です。ちょっと調味料が物足りないところですが、美味しく仕上げることは難しくないと思います」

何せこの場には、大量のカロン乳が準備されているのだ。カロン乳は安値であるので、城下町の料理人たちも傷む覚悟《かくご》で大量に購入《こうにゅう》しているのだろう。そういえば、かつてのトゥラン伯爵邸でも、使うあてのないカロン乳が大量にストックされていたものであった。このカロン乳を一番槍《やり》として、俺は戦略を練る心づもりである。

「問題は、下ごしらえにちょっと時間がかかってしまうことですね。こういう時間に、俺たちが食材をいじることは許されるのでしょうか?」

「はい。場所を貸しているのですから、そのようなことで文句は言わせません」

「それなら、きっと大丈夫《だいじょうぶ》です。商売の後でしたら、俺もこうして手伝いには来られますし、五日に一度は自由な日もありますので、そのときはマヒュドラの女衆の手際《てぎわ》を実際に見させていただきたく思います」

俺の言葉に、ミル・フェイ＝サウティはやわらかく微笑《ほほえ》んだ。ちょっと不意打ちの、魅力的《みりょくてき》な笑顔《えがお》である。

「ありがとうございます。家長ダリも、きっと喜ぶことでしょう。アスタが森辺の家人であることを、わたしは誇りに思います」

「こちらこそ、ダリ＝サウティやミル・フェイ＝サウティが北の民の扱《あつか》いに心を痛めていることを、とても嬉しく思います。俺たちは、彼らに何の恨《うら》みもありませんものね」

「はい。北と西の争いについては、何も口を差しはさめる立場ではありませんが……ジェノスの貴族たちは、自らの意思で北の民を森辺の集落に送り込んだのです。ならばこの地では、森辺の流儀《りゅうぎ》に従っていただきましょう」

ミル・フェイ＝サウティは果断であったが、決して貴族たちを侮《あなど》っているわけではないという思いも、ひしひしと伝わってきた。相手を上位の存在と認めつつ、ただ自分たちの矜持《きょうじ》だけは譲《ゆず》らない、という思いでいるのだろう。先日の舞踏会《ぶとうかい》で初めて城下町に足を踏み入れて、実際に貴族たちと顔をあわせたミル・フェイ＝サウティだからこそ、そのような心境に至ったのかもしれなかった。

（ただの自己満足に過ぎないかもしれないけれど、北の民《たみ》に美味しい食事を届けることができるなら、本望《ほんもう》だ。……その中に、エレオ＝チェルは含まれているんだろうか）

そのように考えながら、俺は床一面に敷《し》きつめられた食材の山に視線を巡《めぐ》らせた。

黒い口をぽっかりと開けた壺や木箱たちは、やれるものならやってみろと声もなく笑っているかのようだった。

3

「よし、これで完成です」

サウティの本家を訪《おとず》れて、およそ二時間後。北の民に向けた料理の試作品を、俺たちはようよう作りあげることができていた。

食材は、城下町から持ち込まれたものをそのまま使わせていただいている。同じ食材で再現しなくてはならないのだから、これればかりは致《いた》し方《かた》がない。減ってしまった食材は、明日にでも宿場町で相応のものを購入してお返しする所存であった。

作業を手伝うかまど番は、ミル・フェイ＝サウティを含めて五名に増えていた。マヒュドラの女衆も五名であるなら、同じ人数のかまど番がマンツーマンで手ほどきをするべきであろう、という話に落ち着いたのだ。集められたのは、同じ集落に住まうサウティの分家とヴェラの女衆である。いずれも森の主の一件で、ともにかまどを預かった人々であった。

ルウ家から訪れた四名はずっと静かに俺たちの仕事を見守っていたが、試作品が完成するなり、リミ＝ルウが待ちかまえていたように歓声《かんせい》をあげた。

「すごいすごーい！　香りからして、ぜんぜん違《ちが》うね！」

そのように言いながら、リミ＝ルウは尻尾《しっぽ》を振る子犬のごとく、俺に取りすがってきた。

「それでさ、これはしちゅーなの？　しちゅーだよね？　すっごく美味しそう！」

「うん。この条件では、これ以外の料理を思いつかなかったんだよね」

リミ＝ルウの言う通り、これはシチューを模した料理であった。カロン乳が大量にあったので、それを利用したクリームシチュー風の料理である。ジェノスで手に入る食材をフル活用すればかなり完璧《かんぺき》に近いクリームシチューをこしらえることができるのだが、この場にある食材でもそれなりの出来栄《ば》えに仕上げることはかなったはずだった。

カロンの乳はみんなで懸命《けんめい》に攪拌《かくはん》して、乳脂《にゅうし》と脱脂乳《だっしにゅう》に分離《ぶんり》させた。このカロン乳は昨日持ちこまれたものであったので、最初から分離が進んでいたのが幸いであった。その乳脂でフワノを炒《いた》めて、ベースとなるルーをこしらえた。

食材の種類はこれだけ豊富であるのだから、出汁《だし》をとるのに不自由はない。特に、カロンのあばらやキミュスの足が骨ごと塩漬けにされているのがありがたかった。それを各種の野菜と一緒《いっしょ》に煮《に》込めば、いくらでも上質な出汁をとることができたのである。

何より重要であったのは、その食材を入れる順番と火加減であった。かつての森辺の民と一緒で、食材を何の区別もなく放り込み、強火でごうごうと煮込んでしまうから、あのようにぐずぐずの仕上がりになってしまうのだ。しかも使われているのは肉や野菜の切れ端なのだから、そんな扱いではのきなみペースト状になってしまうことだろう。

まずは骨ガラとそれにこびりついた肉片でしっかりと出汁をとり、あとは形の残りやすい野菜から順番に投じていく。ティノやチャッチやネェノンなどは早めで、チャンやナナールなどは終盤《しゅうばん》だ。城下町の料理人は安値のアリアを貧しき民のための食材と見なしているので、あまりこちらにも回ってきていないのが惜《お》しいところであった。

しかしまた、野菜のクズにはけっこう大ぶりなものも混入されていた。城下町の料理人は、惜しみなく食材を消費するものなのである。ティノは表側や芯《しん》に近い硬《かた》めの部分がのきなみ廃《はい》棄《き》されていたし、ネェノンやチャムチャムなども、真ん中の部分だけくりぬいて捨てられたものがたくさん見受けられた。ヴァルカスやティマロなどの、「不要な部分は捨ててしまえばいい」というスタンスが、このような形で俺たちに恩恵《おんけい》をもたらすことになったのだった。

（キノコをカサしか使わないで、柄の部分をまるまる廃棄しちゃうなんて、いかにもヴァルカ

スらしい手口だもんな。ひょっとしたら、本当にヴァルカスたちが廃棄した分も含まれているんじゃなかろうか)

なおかつその場には、クリームシチューには適さない食材というものも存在した。ルッコラのようなロヒョイ、ニラのようなペペ、ダイコンのようなシィマなどが、その代表格である。タケノコのようなチャムチャムや、ズッキーニのようなチャンなどは、案外調和するような気がしたので、シチューで使わせていただいた。が、香草《こうそう》としての側面も持つロヒョイやペペなどは香りが強すぎたし、ダイコンのごときシィマをクリームシチューにぶち込む蛮勇《ばんゆう》を振り絞《しぼ》ることはできなかった。

だが、それらもすべて北の民にとっての大事な栄養源であるし、衛兵たちも食材を余らせることは許さなかっただろう。余らせるぐらいなら鍋《なべ》にぶち込めと言われる図が、俺には容易《たやす》く想像することができた。

ということで、それらを使った二品目である。シチューに適さない食材は、すべて細かく刻んでしまい、フワノの蒸《む》し饅頭《まんじゆう》で使わせていただくことにした。俺は商売の帰り道であったので、『ギバまん』のための蒸し籠《かご》を携えていたのである。

この蒸し籠は、火にかけた鉄鍋の上部にセットすることで、その蒸気を利用している。つまりは、シチューを煮込むと同時に、フワノの蒸し焼きもこしらえることがかなうのだ。これならば、消費する薪《まき》の量に変わりはないので、衛兵たちからも文句は出ないはずだった。

ロヒョイやペペやシィマ、それに使い道のわからないシールの皮や、ベリー系の酸《す》っぱいア

ロウなども、まとめてこまかく刻んでしまう。それをカロンやキミュスの肉のミンチと混ぜ込んで、饅頭のタネとする。クリームシチューの品質を保つために、こちらのほうがびっくり箱のような料理に仕上がってしまうのは、如何《いかん》ともし難いところであった。

しかし、運び込まれる食材は日によって種類も分量も異なってくるのだ。毎日つきっきりで面倒《めんどう》を見られない以上、それに対応できるような手段を講じる他ない。ニラのごときぺぺはけっこう強く味の中核《ちゅうかく》を担《にな》ってくれるので、それと調和しないアロウなどがあまり大量に搬入《はんにゅう》されないことを祈《いの》るばかりだ。あとはなるべく多くの肉をこちらで使い、そちらの塩気でカバーする他なかった。

ということで、即席《そくせき》クリームシチューと肉野菜の饅頭の完成である。饅頭も、見栄《みば》えだけは売り物の『ギバまん』と変わりはないので、外見的にはずいぶん立派に見えたことだろう。

「どうでしょうね。饅頭のほうは、かなり挑戦的《ちょうせんてき》な仕上がりになってしまいましたが」

「食べてみないとわかんないよー！　味見味見ー！」

無邪気《むじゃき》に過ぎるリミ＝ルウの様子に、サウティやヴェラの女衆はくすくすと笑っている。

ともあれ、味見である。シチューのほうはごく少量しか作っていなかったので、俺たちはまた同じ皿からそれをいただくことになった。

「うーん、美味《おい》しいよ！　さすがにレイナ姉のしちゅーにはかなわないけど、ララやヴィナ姉が作るのとおんなじぐらい美味しい！」

「リミ、あなたねぇ……」

「あ、ヴィナ姉たちがへたっぴって言ってるんじゃないよ？　それぐらい、このしちゅーが美味しいってこと！」

「……もういいわよぉ……」

ヴィナ＝ルウには申し訳なかったが、俺としても大きな不満の出る仕上がりではなかった。やはりピコの葉やタウ油や酒類などの調味料を使用していないので、味の奥《おく》ゆきには物足りなさが生じるものの、クリームシチューとしての体裁《ていさい》は整えられている。普段であれば使用しないチャムチャムやチャンなども、意外にいい効果を生んでいるのではないかとさえ思われた。それに骨ガラの出汁に関しても、キミュスの上品さとカロンの重厚《じゅうこう》さが、なかなか上手《うま》くマッチしているようだ。

饅頭のほうも、かろうじて無難と呼べるような出来栄えであった。とても美味、とは言い難いが、不味いことはない、ぐらいの出来にはなっているのではないだろうか。使いたくもないアロウやシールの皮を使用していることを考えれば、まあ上等だ。とりあえず、ニラのごときペペの風味がきいているし、カロンも肉質は上等なので、それが救いとなっていた。これこそタウ油やミャームーでもあれば格段に美味しく仕上げられそうなところであったが、ない袖《そで》は振れないので致し方がない。

「うーん、こっちはあんまりだけど……なんか、宿場町で売ってそうな料理だね」

と、小さく切り分けられた饅頭を食べ終えた後、リミ＝ルウはそのように述べていた。

「とにかく色んな食材を使っちゃえーって、あれこれ詰《つ》め込んだ感じ？　そういうところが、なんかそっくり！」

「ああ、言われてみれば、そうかもしれないね」

宿場町の人々は、いまだに豊富な食材をもてあましている感がある。この急ごしらえの饅頭は、そういった料理に近い仕上がりなのかもしれなかった。

「俺としては、これが限界いっぱいかなあ……ああ、せめてタウ油があれば、もっときちんと味を作れるんだけど」

俺がそのように言ったとき、別の方角からも声があがった。

「あの、アスタ……正直な感想を述べさせていただいてもよろしいでしょうか？」

それは、ヴェラの女衆であった。何やら、複雑な面持《おもも》ちで微笑んでいる。

「少なくとも、こちらの汁物に関しては、わたしたちが普段口にしている料理よりも美味に感じられます。これでギバの肉さえ使われていたなら、家族も大喜びするほどでしょう」

「え？　あ、そうなのですか？」

「はい。わたしたちの家ではそれほどさまざまな食材を使うことはできませんし、これはアスタが城下町の食材を使ってこしらえたものなのですから、それが当然の話なのですが……」

そういえば、サウティの一族はルウやザザほど豊かではないのである。なおかつ現在は、ファの家にギバ肉を売っている小さき氏族のほうがサウティよりも豊かになっている可能性も存在する。

しかし、森の主の一件で受けたダメージから回復すれば、サウティも森辺で三番目に豊かな氏族であったはずだ。そこのところを踏まえれば、そこまで生活は困窮《こんきゅう》していないはずであった。

「こちらのクリームシチューという料理で決め手になっているのは、カロンの乳と骨ガラです。カロンの乳は果実酒と同じていどの値段ですし、骨ガラはギバでも上質な出汁が取れます。ちょうど骨ガラの扱いが形になってきたところですし、明日からはそれもみなさんにお伝えしましょうか」

「え？　明日もサウティの家まで足をのばしてくださるのですか？」

驚くミル・フェイ＝サウティに、俺は「はい」とうなずきかける。

「今日一日の手ほどきでは、さすがにミル・フェイ＝サウティたちも心配でしょう？　マヒュドラの女衆には明日からでもこの技術を伝えていただきたいところですが、とりあえず明日以降もおさらいをするためにお邪魔《じゃま》させていただきたいです」

「でも、アスタには家での仕事が……」

「雨季になって宿場町での仕事が楽になったところですし、何も問題はありませんよ。トゥール＝ディンやユン＝スドラたちは、もう俺抜《ぬ》きでも下ごしらえをこなせるほどの力がついているのです。現に今日も、そうして仕事をこなしてくれているのですからね」

それでもまだミル・フェイ＝サウティが心配そうな顔をしているので、俺はさらに言葉を重ねることにした。

「こうして俺が仕事を抜ける際は、代わりにフォウやランなどから何名かの女衆に手伝いを頼《たの》むことになります。雨季になって、少し仕事が減ってしまったところであったので、むしろそちらの人々は喜んでくれるぐらいだと思いますよ。働けば働くだけ、賃金が発生するのですからね」

「でも、その賃金というのはアスタが支払《しはら》っているのでしょう？　それでは、アスタの損になるばかりではありませんか」

「いえ、たかだか赤銅貨数枚のことですから。……あ、不遜《ふそん》に聞こえてしまったらすいません！」

俺は自分の迂闊《うかつ》さに少なからず慌《あわ》ててしまったが、ミル・フェイ＝サウティの眼差しはやわらかいままであった。

「自分の損をかえりみず、一族の誇りと他者への慈《いつく》しみを重んずるその姿は、とても素晴《すば》らしいと思います。アスタはまるで……族長のように民のことを考えているのですね」

「い、いいえ、俺はそんな思いあがったことは――」

「賞賛しているのですから、そのように困った顔をなさらないでください。族長と言ったのは、もののたとえです」

と、ついにミル・フェイ＝サウティは口もとに手をやって笑い始めてしまった。

「アスタから習い覚えたこの技《わざ》を、なるべく正確に北の民へと伝えたいと思います。下準備として、わたしたちは何を為《な》しておくべきでしょうか？」

「とりあえず、乳脂の準備と、あとは野菜の選別だけで十分だと思います。それで、明日からはなるべく鍋を煮込んでいる間に、その作業もマヒュドラの人々が自力でこなせるように手ほどきをしてあげてください。最終的に彼女たちが自分たちだけの力で料理を作れるようになったら、もう衛兵や貴族たちも文句のつけようはなくなるでしょうからね」

「わかりました。そのように励《はげ》みます」

これにて、サウティにおける仕事は一段落であった。初日としては、これで十分なぐらいだろう。雨季は二ヶ月も続くのだから、ミル・フェイ＝サウティたちもマヒュドラの女衆も、焦《あせ》らずじっくりと取り組んでいただきたいところであった。

ということで、俺たちはサウティの家を退去することにした。この時節はほとんど日時計も役立たずになってしまうが、窓の外は早くも暗くなりかけてしまっている。そろそろ下りの五の刻ぐらいにはなっているように思われた。

「それでは、また明日。ダリ＝サウティにもよろしくお伝えください」

「はい。今日は本当にありがとうございました」

ミル・フェイ＝サウティらに見送られながら、俺たちはまた雨具を纏《まと》って、サウティの集落を後にした。本当に、日没間際《にちぼつまぎわ》のような薄暗《うすぐら》さである。雨は降ったり止《や》んだりで、森辺の風景をも陰気《いんき》に染めあげてしまっている。

「すっかり遅《おそ》くなってしまいましたね。……それであの、実は言いそびれていたことがあったのですが……」

俺は慎重《しんちょう》に手綱《たづな》を操《あやつ》りつつ、リリンの家に寄ってみたいのだという旨を伝えることになった。後ろを向けない俺の背中に、「いいと思うよ！」という元気な声がぶつかってくる。

「サウティの用事がいつまでかかるかわからなかったから、もうリミたちには家の仕事も残されてないだろうしね！　晩餐《ばんさん》の時間までに帰れれば大丈夫だよー！」

「ちょ、ちょっと、リミ……アスタも、いきなり何を言い出すのよぉ……」

「だって、こういう機会でもないと、俺はシュミラルと言葉を交《か》わすこともできないのですよ。それに、《銀の壺《つぼ》》のラダジッドからギラン＝リリンへの言伝《ことづて》もありますしね。申し訳ないのですが、みなさんもおつきあい願えませんか？」

「あたしはもちろん、かまいやしないよ」

「俺も特に用事はない。このような天気では、薪を割ることも剣術《けんじゅつ》を教えることもかなわないしな」

　ということで、一名を除けば満場一致《まんじょういっち》であった。その結果に満足して口もとをゆるめたところで、耳もとに吐息《といき》を吹《ふ》きかけられる。

「アスタ、あなた……わたしを陥《おとしい》れたのねぇ……？」

「お、陥れてなんかいませんよ。ヴィナ＝ルウが同行することだって、ルウの集落に立ち寄るまで知らされていなかったんですから。俺はサウティに来てほしいと願われたときから、ずっとリリンの家に立ち寄るつもりでいたんです」

「………………」

「ヴィナ＝ルウは、シュミラルがどういう人間であるかを見極《みきわ》めようという時期なのでしょう？　それなら、たまには顔をあわせるべきではないですか？」

なるべくリミ＝ルウたちに聞こえぬよう声をひそめて囁《ささや》き返すと、いきなり右のもみあげをひねりあげられた。

「あ、あの、痛いです！　皮膚《ひふ》、皮膚が剥《は》げそうで！」

「……わたしとあの人のことを、アスタにどうこう指図されるいわれはないと思うんだけどぉ……？」

「仰る通りです！　どうもごめんなさい！」

「ねー、二人でぼしょぼしょ何をやってるの？」

リミ＝ルウのおかげで、俺はもみあげとその周辺の皮膚を剥ぎ取られずに済んだ。その痛みに涙目《なみだめ》になりながら、耳や頬《ほお》ではなく髪《かみ》をひねりあげてきたのは、男女みだりに触《ふ》れ合うべからずという習わしに従ったのかな、などと考える。

（何せヴィナ＝ルウとは、出会ったその日に夜這《よば》いをかけられた間柄《あいだがら》だからなぁ……できればシュミラルには一生知られたくないところだ）

それとも、そんな事実を押《お》し隠《かく》すほうが不実なことなのだろうか？　それでも、少なくとも両者の関係性が落ち着くまでは、そんな不毛な出来事をシュミラルの耳に入れたくはなかった。

（そんなこともあったねと、笑い話にできる日が来るまでは——って、俺とヴィナ＝ルウが口にしなければ、誰《だれ》に伝わりようもないんだけどさ）

俺がそのように考えたとき、リミ＝ルウが「もう少しでリリンの家だよー」と伝えてきた。

俺も一度はリリンの家を訪れた身であるが、あのときは北側から向かっていたので、まったく勝手が違ってしまっている。リミ＝ルウのナビはとても心強かった。

「うーんとね、さっきの横道がムファのはずだから、次の次の横道のはずだねー」

「ありがとう。リミ＝ルウもリリンの家に行ったことがあるんだね」

「うん！　昔、ジバ婆《ばあ》とのお散歩で、眷族《けんぞく》の家はぜーんぶ回ったの！」

聞いてみると、リミ＝ルウ以外は初めてリリン家を訪問するのだという話であった。親筋の人間が眷族の家に出向く機会が、まず数えるぐらいしかないのだそうだ。収穫祭《しゅうかくさい》や大きな婚儀などはすべて親筋たるルウ家で行われるのだから、それも道理なのだろう。しかしそうなると、ヴィナ＝ルウはシュミラルが森辺のいずこに住まっているかも知らないまま、この十日余りを過ごしていたということであった。

（それじゃあ、あまりにも忍《しの》びない。雨季の間は眷族が集まる用事もないだろうし、ヴィナ＝ルウは顔をあわせないまま何ヶ月も過ごすつもりだったんだろうか）

そんなに溜息《ためいき》をつき続けたら、幸せどころか生気まで抜けていってしまいそうである。かえすがえすも、本日ヴィナ＝ルウを同行させることができたのは僥倖《ぎょうこう》であった。

「次の横道だよー。道が細いから、気をつけてね！」

リミ＝ルウの指示で、俺は横道に荷車を乗り入れた。確かに、細い道だ。荷車が通ることを想定していないのだから、まあ当然の話である。

俺は幌《ほろ》や車輪を木の枝にぶつけてしまわないように気をつけながら、慎重にギルルの足を進めた。豊かな緑に頭上をふさがれてしまい、あたりはいよいよ薄暗くなってしまう。

そうして道を抜けると、いきなり視界が開けた。思ったよりも大きな集落で、リリンには十数名の家人しかいないと聞いているのに、家が四つも並んでいる。まあ、空き家が多いのは森辺の常である。どんなに小さな氏族でも、最初から小さかったわけではないのだ。

「あの右端《みぎはし》の家が本家だよー。もう暗いから、男衆も帰ってきてるんじゃないかな！」

リミ＝ルウの指し示した家も、とりたてて大きなものではなかった。どの家もが、ファの家と同じていどの規模である。

俺はぬかるみに車輪を取られないように気をつけながら、リリンの本家へと近づいていく。窓からは明かりが漏《も》れており、戸板の外までがやがやと騒《さわ》ぐ声が聞こえてきていた。

「確かに男衆も帰ってきているみたいですね。みなさんはどうされますか？」

ヴィナ＝ルウ以外は、すでに全員が腰《こし》を浮《う》かせていた。荷台の隅《すみ》っこで小さくなっているヴィナ＝ルウの頭を、バルシャが笑いながらちょんと小突《こづ》く。

「どうしたのさ？　まさかここまで来て、顔もあわさないまま帰るわけじゃないだろうね？」

「だってぇ……わたし、そんなつもりじゃなかったし……雨で髪もぺちゃんこだし……」

「そんなことに文句をつける男なら、盛大《せいだい》に張り飛ばしちまえばいいじゃないか」

「ねー、行こうよぉ。シュミラルもすっごく喜ぶよー？」

そうしてヴィナ＝ルウが腰を上げるまで、三十秒ほどの時間を要することになった。雨はほとんど止み気味であったので、もともと着込んでいた俺以外は雨具なしで地に降り立つ。言いだしっぺの責任として、俺が戸板を叩《たた》くことにした。

「失礼します。ファの家のアスタと、ルウの家のヴィナ＝ルウ、リミ＝ルウ、リャダ＝ルウ、バルシャです。リリンの家長か、家人のシュミラルはいらっしゃいますか？」

しばらくは、無反応であった。

けっこう賑《にぎ》やかな気配であるのに、誰も出てこようとしない。

ひょっとしたら、すでに晩餐の最中であるのかな――と、俺が首を傾《かし》げそうになったところで、ようやく戸板が引き開けられた。

その瞬間《しゅんかん》、思わず俺はハッとしてしまう。何というか、非常に強烈《きょうれつ》な個性を持つ女性が、そこに立ち尽《つ》くしていたのだ。

「ファの家のアスタに、ルウの家のみなさんですか……ようこそ、リリンの家に」

その女性が憂いげに首を傾《かたむ》けながら、そのように述べたてた。森辺では珍《めず》しい金褐色《きんかっしょく》の髪をした、とても美しい女衆である。しかし、ただ美しいだけではない。その女衆は、なんとも説明し難い不思議な雰囲気《ふんいき》を纏っていた。

アイ＝ファやラウ＝レイと同じ色合いをした髪は、短く切りそろえられている。首筋などは完全に露出《ろしゅつ》する格好で、右耳の上には髪飾《かみかざ》りがつけられており、左側だけ前髪が頬のあたりまでかかっていた。

瞳《ひとみ》は、透《す》き通るような水色だ。睫毛《まつげ》が長く、ほんの少しだけまなじりが下がっており、とても穏《おだ》やかな眼差しを俺に向けてきている。それで目鼻立ちはこれ以上ないぐらい、精密に整っていた。何がどうというわけではないのだが、あるべき場所にあるべきものが配置されているような感覚だ。鼻は高すぎず低すぎず、唇《くちびる》は厚すぎず薄《うす》すぎず、シムっぽさもジャガルっぽさも感じられない、きわめて無国籍《むこくせき》な顔立ちであった。

そして、ものすごくスレンダーな体形をしている。雨季用のポンチョみたいな上着を着込んでいるので、それほど身体《からだ》のラインは出ていないのだが、肩幅《かたはば》はせまく、腕《うで》も細かった。それでいて、身長は俺と変わらないぐらいもありそうだ。

年齢《ねんれい》などは、見当もつかない。十五歳《さい》以上三十歳以下でどれでもあてはまりそうな、何やら超然《ちょうぜん》とした雰囲気なのである。その雰囲気こそが、彼女を一番不可思議な存在に見せている要因であるようだった。

「申し訳ありません。ただいま、ちょっと取り込んでおりまして……あ、わたくしは家長ギランの伴侶《はんりょ》で、ウル・レイ＝リリンと申します」

「ギ、ギラン＝リリンのご伴侶でしたか。ファの家のアスタです。初めまして」

「初めまして」とウル・レイ＝リリンが微笑《びしょう》を浮かべる。透明《とうめい》な、妖精《ようせい》のごとき微笑である。

そうして彼女は同じ表情をたたえたまま、屋内を振り返った。

「家長、ファの家のアスタと、ルウ家のみなさんがお見えです。また今にも降りだしそうな気配ですので、家に招いてもよろしいでしょうか？」

「いいぞ！」と遠くのほうから声が返ってきた。

俺たちは土間に上がり込み、水瓶《みずがめ》の水で足を清めてから、リリンの家へと足を踏《ふ》み入れた。

その目の前には、綺麗《きれい》な刺繍《ししゅう》のされた帳《とばり》が掛《か》けられている。きっと冷気を防ぐための処置なのだろう。俺は脱《ぬ》いだ雨具を土間に掛けさせてもらってから、その内側へと入室を果たした。

帳の向こうは、広間である。その奥で、四、五名の男女がこちらに背を向けて屈《かが》み込んでいた。

「よく来たな、アスタ。……それに、ルウの長姉《ちょうし》も一緒だったか」

その内の一人が身を起こし、こちらに笑いかけてくる。リリンの家長、ギラン＝リリンである。そちらに挨拶《あいさつ》をしようとして、俺は立ちすくんだ。ギラン＝リリンが立ち上がったことによって、その向こう側に隠されていたものが俺たちの前にさらされたのだ。

「シュミラル！　いったいどうしたのですか？」

「大事ない。ちょっと胸のあたりを痛めただけだ」

答えたのはギラン＝リリンで、シュミラルは横たわったままであった。

俺は拳《こぶし》を握《にぎ》りしめながら、ヴィナ＝ルウのほうを振り返る。ヴィナ＝ルウもまた、顔面蒼白《そうはく》になって立ち尽くしていた。

「雨のせいで、猟犬《りょうけん》の目や鼻が鈍《にぶ》ったらしい。飢えたギバと出くわして、そいつに体当たりをされてしまったのだ」

「ほ、本当に大丈夫なのですか？　シュミラルは返事もできないようですが……」

「牙《きば》や角は避《さ》けていたし、あばらも砕《くだ》けてはいなかったから、大事ない。数日も経《た》てば、もとの力を取り戻《もど》すだろう」

ギラン＝リリンは、普段通りの柔和《にゅうわ》な笑顔であった。そんな彼《かれ》の足もとで、シュミラルは力なく横たわっている。シュミラルは上半身の装束《しょうぞく》を脱がされて、胸一面に包帯を巻かれてしまっていた。

「今も呼吸が不自由で、声を出せぬだけだろう。よかったら、近くで呼びかけてやってくれ」

ギラン＝リリンの合図で、その場に屈み込んでいた人々が場所を空けてくれた。彼らは、シュミラルに治療《ちりょう》をほどこしてくれていたのだ。

近づくと、薬草の香りが鼻腔《びこう》を刺《さ》してきた。打ち身の際に使用する、リーロと少し似た青臭《あおくさ》い香りである。ヴィナ＝ルウも足首を痛めたとき、同じようなものを患部《かんぶ》に塗《ぬ》っていた。

俺《おれ》たちは、五人でシュミラルを取り囲む。シュミラルはまぶたを閉ざしたまま、浅くて短い苦しそうな息をついていた。その顔は冷《ひ》や汗《あせ》に濡《ぬ》れ、ほどいた白銀の髪が痩《や》せた頬に張りついている。かまどから照りつけるオレンジ色の光がその顔に濃《こ》い陰影《いんえい》をもたらして、シュミラルをいっそう苦しげに見せていた。

「シュミラル、大丈夫ですか？　アスタです。ヴィナ＝ルウも一緒ですよ」

声が大きくなりすぎないように気をつけながら、俺はそのように呼びかけてみせた。シュミラルは薄くまぶたを開け、力なく俺を見つめてくる。

「アスタ、ヴィナ＝ルウ……何故《なぜ》、リリンの家に？」

「無理に口をきく必要はありませんよ。今日はサウティの家に用事があったので、その帰りに立ち寄ってみたのです」

「そうですか……」

シュミラルの声は細く、咽喉《のど》にからんでしまっていた。たとえ骨折などはしていなくとも、相当のダメージであったのだ。俺は自分が取り乱してしまわないよう、懸命に抑制《よくせい》しなければならなかった。

「俺が未熟であったせいで、シュミラルに傷を負わせてしまいました。シュミラルを導かねばならない立場なのに、口惜《くちお》しいです」

と、脇《わき》にどいていた男衆の一人が、そのように述べたてた。二十歳《はたち》になるかどうかという、若い狩人だ。その引き締《し》まった面《おもて》には、言葉の通りの表情が浮かべられている。

「飢えたギバに出くわして、足場が悪かったから木の上に逃《のが》れることにしたのだ。しかし、そやつは手を滑《すべ》らせて、ギバの鼻先に落ちてしまった。それを庇《かば》って、シュミラルは手傷を負ってしまったのだ」

ギラン＝リリンが、反対の方角から言葉を重ねてくる。その声は、とても優しい響《ひび》きを帯びていた。

「シュミラルの助けがなければ、そやつは咽喉もとを牙でえぐられていたかもしれん。それを助けた上で、シュミラルは自分の生命《いのち》をも守った。狩人として、これ以上ないぐらいの働きだ」

「いえ……ギバ、かわしきれなかった、未熟、思います……」

「そうだな。お前には今以上に狩人としての力をつける余地が残されているだろう。そういう意味では、まだまだ熟しきってはいない」

ギラン＝リリンの温かい言葉に、シュミラルはうっすらと微笑んだ。

それから、ゆっくりとヴィナ＝ルウのほうに視線を差し向ける。

「恥ずかしい姿、見られてしまいました。……ヴィナ＝ルウ、元気ですか？」

「……わたしのことなんて、どうでもいいじゃない……」

ヴィナ＝ルウは、最初からずっとうつむいてしまっていた。横にいる俺からは、長い髪が邪魔になって表情をうかがうこともできはしない。

「細い身体……あなたはそんなに細いのに、狩人としての仕事を続けていくつもりなのぉ……？」

「はい。……修練、積めば、もう少し、力つけること、可能なはずです」

森辺の狩人に比べれば、もちろんシュミラルの身体は細かった。シムの民は、基本的に縦長の体形をしているのである。身長に比して肩幅や腰がほっそりしているし、手足が長いものだから、余計に細長く見えてしまう。

しかし俺の目から見れば、まったく貧弱《ひんじゃく》な感じはしなかった。あまり起伏《きふく》はないものの、腕も腹も引き締まっている。余分な脂肪《しぼう》がないために、腹筋などはくっきり割れており、これはこれでアスリートのような身体つきであるように思えた。

「できれば、昨日、お会いしたかったです。昨日、収穫《しゅうかく》、あげること、できました」

「……わたしが来たのは、迷惑《めいわく》だったたって言うのぉ……？」

「いえ。ですが、力ない姿、恥ずかしい、思います」

「……同胞を助けて傷ついたんだから、それは誇りに思うべきじゃなぁい……？」

ヴィナ＝ルウは、懸命に感情を殺した声を振り絞っている。ただ、隣《となり》に座している俺には、その声がわずかに震《ふる》えていることだけは感じ取れた。

「失礼します。薬の準備ができました」と、そこにウル・レイ＝リリンが近づいてくる。その華奢《きゃしゃ》な指先には、薬草の香りを放つ木皿が携《たずさ》えられていた。

「ロムの葉です。これを口にすれば、楽に眠《ねむ》ることができますよ。……家長」

「ああ」とギラン＝リリンも寄ってきて、シュミラルの肩《かた》にそっと手を添《そ》えた。その手が力強くシュミラルを引き起こし、自分の胸《むな》もとにもたれさせる。

するとウル・レイ＝リリンがシュミラルの前で膝《ひざ》を折り、木皿からすくった薬を木匙《きさじ》で口もとに届けた。かつてアイ＝ファが左肘《ひだりひじ》を脱臼《だっきゅう》した際に服用した、ロムの葉である。これには解《げ》熱《ねつ》と鎮痛《ちんつう》の効能があるはずだった。

家長夫妻に甲斐甲斐《かいがい》しく介護《かいご》されながら、シュミラルはロムの葉をすべて口にした。最後に少し口からこぼれてしまったので、それはウル・レイ＝リリンが手ぬぐいで清めていく。

「さて。これで次に目覚めたときには、少しは痛みもひいているだろう。晩餐ができたら起こすので、しばらく眠るといい」

「はい。すみません……」

再び横たえられたシュミラルは、また苦しげにまぶたを閉ざしてしまった。その顔に浮かんだ脂汗《あぶらあせ》も、ウル・レイ＝リリンが綺麗に清めていく。

「普通《ふつう》に動くのに三日、森に出られるようになるのにもう三日、といったところかな。どんな

に長くとも十日はかからぬだろうから、決して無理をするのではないぞ、シュミラルよ」

「はい……」

「日中は、ウル・レイが面倒を見てくれるからな。何も気にせず、ゆっくり休むがいい」

すると、俺の隣でヴィナ＝ルウが身じろぎをした。

「……本家に、他の人間はいないのかしらぁ……？」

「うむ？　この家に住まうのは、俺たちと子供たちだけだ。今ではシュミラルという家人が増えたがな」

「……その子供たちは、どこに行ったのぉ……？」

「今は弟の家に預けている。あちらにも幼い子供がいるので、都合がいいのだ」

ヴィナ＝ルウはうつむいたまま、視線だけで家長夫妻の姿を見比べているようだった。それに気づいたウル・レイ＝リリンが、あの透明な妖精のごとき微笑を浮かべる。

「シュミラルが回復するまでは、日中も子供たちを預けることにします。わたしがずっとシュミラルのかたわらにあるので、ご心配はなさらないでください」

「……ずっとかたわらに……」

俺は、いささか心配になってきてしまった。最近すっかりしおらしくなってきたが、ヴィナ＝ルウは本来、森辺の民とは思えぬほどトリッキーな内面を有しているのである。シュミラルが負傷したというこの非常時に、そのタガが外れてしまうのではないかと思えたのだ。

「……だけど、幼い子供を朝から晩まで母親から遠ざけるというのは、あまりよくないことよねぇ……？」

「ええ、ですが幼子がそばにいては、シュミラルも気が休まらないでしょう。数日のことなのですから、子供たちには言って聞かせます」

「……眷族の苦難は、我《わ》が身《み》の苦難よぉ……？」

「はい？」と、ウル・レイ＝リリンは首を傾げる。その微笑みは、あくまで透明だ。

「……ギラン＝リリン、あなたがたの苦難に力を貸したいと申したてたら、迷惑になってしまうかしらぁ……？」

「よくわからんが、俺はドンダ＝ルウの与《あず》り知《か》らぬところで、勝手な真似《まね》をすることはできんぞ」

ギラン＝リリンは目を細めて笑いつつ、灰色の口髭《くちひげ》を撫《な》でていた。ヴィナ＝ルウは、ゆらりとリミ＝ルウを振り返る。

「リミ、ドンダ父さんに言伝をお願いできるかしらぁ……？」

「うん、いいよー」と答えながら、リミ＝ルウは頭の後ろで手を組んでいる。それは彼女の兄が得意とするポーズであり、そしてその瞳にも兄そっくりの悪戯《いたずら》小僧《こぞう》みたいな光が浮かんでいた。

「シュミラルが森辺にやってきたのは、わたしの責任なのだから……それでリリンに迷惑がかかるようなら、わたしもできる限りの力を貸すべきだと思うのぉ……ドンダ父さんに、そう伝えてくれるぅ……？」

「わかったー。つまりヴィナ姉は、今日はお家《うち》に帰らないってことだね？」

「……そうよぉ」と答えながら、ヴィナ＝ルウはまた深くうつむいてしまう。が、今度はちょっとおたがいの位置が変わっていたので、俺もほんの少しだけその前髪の向こう側を――タラパのように真っ赤になったヴィナ＝ルウの顔を透かし見ることができた。

「アスタ……どうしましたか……？」

と、ふいに足もとからシュミラルの声が聞こえてくる。ロムの葉がきいてきたのだろう。かつてのアイ＝ファのように、うつろな眼差《まなざ》しになってしまっている。

「いえ、なんでもありません。ゆっくり休んでください、シュミラル」

数時間後にはヴィナ＝ルウが自宅に連れ戻されている恐《おそ》れもあるので、俺はそのように答えておくことにした。「そうですか……」とシュミラルはまたまぶたを閉ざしていく。

ドンダ＝ルウは、果たして娘《むすめ》のトリッキーな行いを許すのだろうか？

もしも許されるようだったら、明日はサウティ家への行きがけに、お見舞《みま》いでカレーの素《もと》を届けようと、俺はこっそり心のメモ帳に書き留めておくことにした。

第二章★★★アムスホルンの息吹

1

　茶の月の五日――雨季に入って二日目になるその日の朝も、俺は新品の毛布をひっかぶって、ぬくぬくと安眠《あんみん》をむさぼっていた。

　あくまで俺の体感に過ぎないが、もともと十五度ぐらいに感じられていた夜間の気温も、いきなり七、八度ぐらいに落ち込んだ感覚であったのだ。実際の数値はともかくとして、寝具《しんぐ》もなしに過ごすには厳しいぐらいの冷え込み加減であったことに違いはなかった。

　宿場町で手に入る敷布《しきふ》や毛布は、いずれもタオルケットぐらいの厚みしかなかったので、俺たちはそれらを複数枚買い求めて、何重にも重ねることでクッション性や防寒性を確保していた。森辺においてもよっぽど貧しい氏族でない限りは、同じ方法で雨季の夜間の寒さをしのいでいるのだという話だった。

　城下町の民たるヤンあたりに相談すれば、あちらで使われているやわらかな羽毛布団《うもうぶとん》などを購入《こうにゅう》することも可能であったのだろう。かつてトゥラン伯爵邸《はくしゃくてい》に拉致《らち》された際、俺はそういうものが城下町に存在するという事実をすでに知らされていた。

しかし、アイ＝ファなどは昨年まで寝具もなしに、ただ毛皮のマントをひっかぶって眠っていたという話であったし、資産にゆとりがあるからといって寝具にそこまでの贅《ぜい》を凝《こ》らすというのは、あまりに森辺の民《たみ》らしからぬ行いであろう。それに、これまでは毛皮の敷物《しきもの》の上で雑《ざ》魚寝《こね》をしていた俺たちであるのだ。窓には布の帳を掛けて、分厚く重ねた敷布の上に横たわり、上から毛布をかぶるだけで、俺としては十分に満足できていた。

あと、森辺においても宿場町においても枕《まくら》を使うという習慣はなかったので、俺は余分に購入した敷布をぐるぐると巻いて、それを頭の下に敷《し》くようにしていた。最初はけげんそうに俺の行いを見守っていたアイ＝ファも、最終的には「悪くない」という感想を述べて、同じものをこしらえることになったのだった。

かくして俺たちは、雨季における快適な安眠を確保することがかなったわけである。もともと夢も見ないぐらい眠りの深い俺であったが、寝具を使うようになってからはいっそう深い眠りが得られていることを実感できていた。

が、そうして眠りが深くなったぶん、体内サイクルにも微妙《びみょう》な変化が生じたらしい。その日の俺は定刻になっても目覚めることができず、アイ＝ファの手によって無慈悲《むじひ》に毛布を剥ぎ取られることになってしまった。

「いつまで眠っておるのだ、アスタよ。とっくに夜は明けているのだぞ」

「うう、寒い！　……ってほどではないんだろうけど、落差がすさまじいな」

俺はぶるっと身を震わせてから、寝具の上で半身を起こした。寝具に入るときは上着を脱いでいるので、長袖《ながそで》の肌着《はだぎ》と脚衣《きゃくい》だけを身につけた姿である。反射的に「寒い」という言葉が飛び出してしまうぐらいには、その朝も冷え込みが厳しいようだった。しかしアイ＝ファは俺から剥ぎ取った毛布を手に、呆《あき》れたような視線を突《つ》きつけてきている。

「お前は昨日も私が声をかけるまで、だらしなく眠りをむさぼっていたな。寝具を買うべしと忠言したのは私自身であるが、それは間違《まちが》った行いであったのだろうか？」

「そ、そんなことはないよ。ただ、雨季だと日差しが差し込んでこないから、俺もついつい寝《ね》過《す》ごしてしまうだけさ」

「ふむ……しかし、家人を堕落《だらく》させてしまったような心地《ここち》で、私はいささかならず心苦しい」

そうしてアイ＝ファが難しげな面持ちで考え込み始めてしまったので、俺はいささかならず慌てることになった。

「お、おい。まさか、せっかくの寝具を使用禁止にしたりはしないよな？」

「うむ……」

「明日からはなるべく気をつけるから！　短慮《たんりょ》はおひかえください、家長殿《どの》！」

そうして俺がその手の毛布に取りすがってみせると、我が親愛なる家長はいっそう呆れた顔つきになってしまった。

「……何やら必死だな、アスタよ」

「だって、夜の冷え込みは想像以上に厳しかったからさ。これで寝具を取りあげられたら、俺は風邪《かぜ》でもひいてしまいそうだよ！」

「……風を引くとはどういう意味だ？　風は引くのではなく吹くものであろうが？」

その手の毛布を引っ張りながら、アイ＝ファはうろんげに問うてきた。

負けずに毛布を引っ張り返しながら、俺は「えーと」と言葉を探す。

「風邪というのは、俺の故郷の病気だよ。寒い時期にかかりやすくて、そいつにかかると熱が出たり鼻水が出たりで、それはもう大変なんだ」

「ふむ。『アムスホルンの息吹』と同じようなものか」

「『アムスホルンの息吹』？　アムスホルンってのは、この大陸の名前だよな。何かそういう風土病でも存在するのか？」

「お前が案ずる必要はない。それは幼子しかかからぬ病であるからな。……貧しさに苦しむ森辺の家においては、その病で幼子を失うことも少なくはないのだ」

そのように言いながら、アイ＝ファはぐいぐいと毛布を引っ張ってきた。

「なるほど」と答えつつ、俺もぐいぐいとそれにあらがってみせる。

「アスタよ、どうしてその手を離《はな》さぬのだ？」

「いや、だって、何かそのまま物置部屋にでも放り込まれてしまいそうな気がするから」

「私がそこまで頑《かたく》なな気性《きしょう》だとでも思っているのか？」

「ア、アイ＝ファは十分に頑なな気性ではなかろうか？　いや！　もちろん悪い意味ではないけれど！」

アイ＝ファは小さく溜息をついてから、俺のもとへと屈み込んできた。その綺麗な青い瞳が、幼子でも諭《さと》すような光をたたえながら、俺の顔をじっと見つめてくる。

「お前が堕落するのではないかと懸念《けねん》したのは本当のことだが、二日かそこらで性急に判断したりはしない。私はただ、寝具の片付けを手伝ってやろうと思っただけだ」

「あ、ああ、そうなのか。ごめん、別にアイ＝ファを信用していないわけじゃなかったんだけど……」

「お前がそこまで嫌《いや》がることを、私が無理に強行すると思うのか？　それは少し……悲しい話だな」

「ご、ごめん！　そんなつもりじゃなかったんだってば！」

俺が慌てて毛布から手を離すと、アイ＝ファは「うむ」と厳粛《げんしゅく》な面持ちで身を起こした。

「たとえ物置部屋にしまいこんでも、簡単に取り出せては意味があるまい。いっそ、かまどで焼いてしまうか」

「ぎゃーっ！」

「冗談《じょうだん》だ。朝から何という声を出すのだ、お前は」

アイ＝ファは俺から強奪《ごうだつ》した毛布で顔の下半分を隠しながら、くすくすと笑い声をたてた。

その可愛《かわい》らしい仕草に心をかき乱されつつ、俺は「勘弁《かんべん》してくれよー」と脱力《だつりょく》してしまう。

「確かにこの寝具というものは、寝心地《ねごこち》がよいからな。その心地好《ここちよ》さで堕落してしまわないよう、お前も重々気をつけるのだぞ」

そのようにのたまいながら、アイ＝ファは毛布をたたみ始めた。もちろんアイ＝ファの寝具はすでにたたまれて、広間の片隅《かたすみ》に片付けられている。俺は「ちぇーっ」と子供のようにぼやきながら、足もとの敷布を片付けることにした。

そんな意地悪で可愛らしい我が家《や》の家長も、もちろん雨季用の装束にフォームチェンジされている。上半身は俺や男衆と同じく長袖の上着で、足もとは女衆の長い腰巻《こしま》きというハイブリッドのスタイルだ。

この腰巻きは日常用で、狩人《かりうど》としての仕事に出向く際は、普段《ふだん》の短い腰巻きにはき替《か》えられることになる。腰から上は長袖の装束に毛皮のマントの重装備で、すらりとした足もとだけを惜《お》しみもなく露出するというのは、また普段とも異なる倒錯的《とうさくてき》なセクシーさであったのだが、そんな感想は誰に伝えられるはずもなかった。

「ところでさ、さっきの病気についての話なんだけど」

「うむ？　ファの家に幼子はいないのだから、何も案ずる必要はないぞ。『アムスホルンの息吹』は恐ろしい病であるが、あくまで幼子しか冒《おか》されることはないのだ」

「それじゃあ、大人がこの寒さで病気になることはないのかな？」

「ない。……ただし、身体を冷やせば力が失われるし、力を失えば胸や腹を病《や》むことはある。ゆえに、雨季の冷気を侮《あなど》ってはならぬのだ」

それではやっぱり、この地に「風邪」に該当《がいとう》する病気は存在しないようだった。風邪というのはウイルスがもたらす病気であろうから、この土地にそういった病原菌《びょうげんきん》そのものが存在しないなら、どんなに寒くとも風邪をひく心配はしなくともよい、ということになるのだろう。そ

うえば、南極大陸なども土壌《どじょう》的にウイルスがはびこりにくいため、あれほど極寒《ごっかん》の地であるにも拘《かか》わらず、風邪をひく心配はほとんどないのだそうだ。

（もしも俺が風邪っぴきの状態でこの地を訪《おとず》れることになっていたら、とんでもないパンデミックになってたのかもしれないんだな。……まあ、俺も風邪らしい風邪なんてここ数年はひいたこともないけれど）

そういえば、森辺においては川の水も雨の水も、そのまま飲料水として使えてしまっている。もちろん濾過《ろか》をしなければこまかい不純物を取り除くことはできないが、とりたてて煮沸《しゃふつ》などをする必要はない、とされているのだ。何にせよ、俺の故郷よりも病原菌が少ないということに、まず間違いはなさそうなところであった。

ゆえに、こうした雨季の期間は水場まで足をのばす必要もほとんどなくなり、水瓶に溜《た》めた雨水で洗濯《せんたく》や食器洗いを片付けることができた。身を清めるのも、川に入るのは身体が冷えすぎてしまうため、同じように水瓶の水と天然のシャワーを駆使《くし》して済ませるようになっていた。

ということで、今日も晩餐で使った食器や鉄鍋《てつなべ》を土間まで運び込み、玄関口《げんかんぐち》で洗い物にいそしむ俺たちである。しとしとと霧雨《きりさめ》の降りそぼつ情景を眺《なが》めつつ、アイ＝ファと肩を寄せ合いながら、俺はふっと静かな充足感《じゅうそくかん》にとらわれた。

「雨季ってのは色々と厄介《やっかい》だけど、悪いことばかりじゃないよな」

「ふむ？　何をそのようにあらたまっているのだ？」

「いや、家の中で過ごす時間が増えた分、アイ＝ファと二人きりで過ごす時間も増えたじゃないか。それを嬉《うれ》しく思っているんだよ」

アイ＝ファは虚《きょ》をつかれた様子で目を白黒とさせていたが、けっきょくは口をへの字にして、俺の脇腹《わきばら》を肘《ひじ》で小突いてきた。

「それでも、雨季の厄介さを軽《かろ》んじぬことだ。視界も足もとも悪くなるのだから、荷車の運転などでは特に注意を払《はら》うべきであろう」

「うん、わかったよ。アイ＝ファもギバ狩《が》りの仕事では気をつけてな」

「言われるまでもない。リリンの家のシュミラルの話を持ち出すまでもなく、雨季においては身に危険が及《およ》ぶことも多いのだ」

洗った食器を布でぬぐい、玄関口に重ねながら、アイ＝ファはふっと息をつく。

「それに、雨が多いと『ギバ寄せの実』の香りも薄らいでしまうため、どうしても収穫の量が落ちてしまう。休息の期間に雨季が訪れれば一番理想的であるのだが、こればかりは母なる森の思《おぼ》し召《め》しだ」

「そっか。宿場町での商売も完全に閑散期《かんさんき》だし、やっぱり苦労のほうが上回っちゃうみたいだな」

それでもこうしてアイ＝ファと二人きりで過ごしていると、心は安らぎに満ちていく。商売をしている間は陰鬱《いんうつ》に感じられる雨音や白く煙《けぶ》った情景までもが、いっそう俺を穏やかな心地にさせるかのようだった。

（どうせ二ヶ月も経てば、また変わらない毎日がやってくるんだ。それなら、いい部分も悪い

部分もしっかり味わい尽くさないとな）
そのようなことを考えながら、俺は鉄鍋にたまった雨水を玄関《げんかん》の外へと盛大にぶちまけてみせた。

宿場町の商売のほうは、昨日とあまり様相も変わらなかった。相変わらず人通りは少なくて、半分以下に減らした料理をぎりぎり売りきっている感じである。それでもまあ、他に出店している店が少ないからこそ、ここまでの売上を保てているのだろう。もしも宿屋で昼間からギバ料理が売りに出されていたら、のきなみそちらに客を奪《うば》われてしまいそうなところであった。

「もちろん、アスタたちの信頼《しんらい》を裏切るような真似はいたしません。わたしはあくまで『晩餐のための料理を買う』という契約《けいやく》をアスタたちと結んでいるのですから、たとえ朝方にそれを届けられても、昼から売りに出すことは許されないでしょう」

《玄翁亭《げんおうてい》》のネイルなどは、そのように言ってくれていた。これは雨季に限った話ではなく、俺たちの屋台の商売の邪魔《じゃま》にならぬよう、ギバ料理を売りに出すのは夕刻以降から、という暗《あん》黙《もく》の了解《りょうかい》を守ってくれていたのだ。

しかしまた、生鮮肉《せいせんにく》のほうは「晩餐限定」という契約で売っているわけではない。それで自前のギバ料理を昼から売りに出しても誰にも文句は言えないところであるが、ネイルばかりでなくミラノ＝マスもナウディスも、果てには《西風亭《せいふうてい》》のサムスまでもが、そのような真似に及ぼうとはしていなかった。

「たとえばそれで、森辺の民の不興を買ってしまい、ギバの肉を売っていただけなくなってしまったら、こちらのほうが大損になってしまいますからな。どのような宿屋でも、アスタたちの商売を邪魔しようとは考えますまい」

《南の大樹亭《たいじゅてい》》のナウディスは、そのように語っていた。そういえば、復活祭の時期に屋台を出す件に関しても、ナウディスやユーミは事前に了承《りょうしょう》を求めてくれたのである。もちろん俺たちの目的は、一人でも多くの人々にギバ料理の美味《おい》しさを知ってもらうということであったのだから、それを断る理由などどこにも存在しなかった。

よって、復活祭の時期に限らず、普段の昼時でもぞんぶんにギバ料理を売っていただいてはどうかという思いもあったが、それでもご主人たちは方針を変えようとはしなかった。もともと昼の軽食は露店《ろてん》区域の屋台で楽しむもの、という習わしが根強いのだから、そういった宿場町の流儀《りゅうぎ》をやみくもに乱すのは、他の屋台を出している人々に対しても体面が悪いのだ、とのことであった。

「ただし、雨季の間は話が別ですからな。この時期だけは宿屋で腰を落ち着けて軽食を楽しもうというお客様も多いので、アスタたちが屋台を休む日だけは昼からギバ料理をお出しするようにいたしました。……するとまあ、その日だけは昼時の売上も驚《おどろ》くほどに跳《は》ね上がるのです。我々にとっては、これだけでも十分に大きな恩恵《おんけい》ですぞ」

なおかつ、俺たちが屋台を出している日は、たとえ雨季であってもこれほどの売上は望めないであろう、というのが謙虚《けんきょ》なご主人たちの共通した意見である。ということで、金の月の終わりぐらいから料理と肉の仕入れ量を絞《しぼ》った各宿屋のご主人たちも、俺たちが商売を休む前日だけは、これまでと変わらないぐらいのギバ肉を買い入れてくれたのだった。

「それにしても、いまだにギバ肉を買いつけようという宿屋は増えないままなのか？　そいつは少しばかり意外なことだな」

そのような疑問を呈《てい》してきたのは、《キミュスの尻尾亭《しっぽてい》》のミラノ＝マスである。

「そうですね。やっぱり復活祭の前後でカロンの胴体《どうたい》の肉を買いつけられるようになったのが大きいのではないでしょうか。それを普及《ふきゅう》させるために、ヤンという御方《おかた》が《タントの恵《めぐ》み亭》で頑張《がんば》っておられるさなかでありますしね」

「ふん。あるいは、いまだに森辺の民に対して及び腰《ごし》の人間が多いのかもしれんな。宿屋の寄り合いなんかでは、やたらとお前さんたちのことを聞きほじってくる人間も多いのに、なかなか最後の一歩を踏み出せずにいるのだろうさ」

露店区域の屋台というのは宿屋に管理されるものであるため、俺たちの話題はそちらの寄り合いで取り沙汰《ざた》されているのだ。

町で商売を行う者は、同じ職種の人間で定期的に集まって、さまざまな取り決めを為《な》している。それがいわゆる、商会というやつである。だが、屋台の商売においては流れの商売人でもない限りはだいたい他に本業を持っているものなので、「屋台の主人の商会」というものは存在しないのだった。

「肉を売る、という商売に関しても、ジェノスではダバッグのカロン売りとダレイムのキミュス売りしかおらんからな。そっちのほうは城下町の連中の取り仕切りだから、こっちで商会を作る理由もないというわけだ」

「なるほど。でも、森辺の民もいちおうジェノスの民なのですから、本来であればどこかの商会に属したほうが体面はよいのでしょうね」

雨季の間は品薄《しなうす》のポイタンではなくフワノを使います、だとか、我が店は薄利《はくり》多売《たばい》の方針で値段は上げません、だとか、俺は誰と話し合うこともなく、おっかなびっくり手探《てさぐ》りで取り決めているのである。それで今のところは大きな不自由を感じたこともないが、やっぱり「よそ者が荒稼《あらかせ》ぎをしている」と思われているのではないか、という感覚からは脱《だっ》せずにいた。

「まあ、町の連中に大きな反感を買っているわけでもないのだから、べつだん気にする必要もあるまい。それでも、町の連中と言葉を交《か》わしてみたいと思っているのなら……」

そこでミラノ＝マスは、ぶすっとした顔で黙《だま》り込んでしまった。

「何でしょう？　町の方々と意見を交わす手段があるなら、ぜひ教えていただきたいと思います」

「うむ……それなら、俺の店の関係者として、宿屋の寄り合いに顔を出すことは……できなくもないかもしれん。軽食の屋台を出しているのはみんな宿屋の連中なのだから、お前さんが参加するには一番相応《ふさわ》しい寄り合いでもあるだろう……おそらくは」

何だか妙《みょう》に歯切れの悪いミラノ＝マスである。

「だが、そうすると、お前さんはいよいよ俺の店と一番に懇意《こんい》にしている、と周りの連中に思われてしまうかもしれんが……」

「それはその通りのお話ではないですか。……あ、ミラノ＝マスにとって、そのように思われてしまうのは不都合なのでしょうか？」

「そんなわけがあるか！　……しかし、俺の店では他の宿屋ほど、お前さんたちから商品を買いつけているわけではないし……」

「そのようなことはお気になさらないでください。一番初めにご縁《えん》を結ぶことができた《キミュスの尻尾亭》は、俺にとって特別な存在です」

そういうわけで、俺はいずれ宿屋の寄り合いというものに参加させていただく約束を、ミラノ＝マスから取り付けることがかなったのだった。ただし、宿屋の寄り合いは月始めに行われることが多いそうで、茶の月の分はすでに終了《しゅうりょう》してしまっている。どんなに早くとも、実現がかなうのは来月以降ということだ。

その他に、その日の宿場町において特筆すべきことと言えば――ラダジッドたちに、シュミラルの一件を打ち明けたことぐらいであろうか。なかなか感情をあらわさないシムの民たるラダジッドも、このときばかりは肩を震わせて身を乗り出していた。さすがにその表情を乱すまでには至らなかったが、その黒い瞳からは不安と懸念の光があふれまくってしまっていた。

「シュミラル、大丈夫《だいじょうぶ》でしょうか？　私、心配です」

「はい。数日もすればまた元気に動けるようになるはずだという話でしたが――心配なことに変わりはありませんよね」

そうしてラダジッドたちがお見舞いに出向くことも、リリンの家長から了承を取りつけることができた、という話も伝えることになった。

「そうですか。アスタ、感謝します。近日中、必ず、出向きます」

「はい。明日か明後日《あさって》ぐらいにはずいぶん加減もよくなるはずだというお話でしたので、それぐらいを目処《めど》に考えていただければいいと思います」

そんな感じで、その日も静かに商売を終えることになった。

その後は、再びサウティの集落までの遠征《えんせい》である。もはやルウ家は同行する理由もないはずであったが、リミ＝ルウとバルシャだけはその日も連れ立っていくことになった。

「薪《まき》とかピコの葉とかは、雨季になる前にいーっぱい準備しておいたから、家でもやれることが少ないんだよね。だったらサウティの様子でも見てこーいって、ドンダ父さんに言ってもらえたの！」

「たぶんそっちは口実で、アスタを一人きりで向かわせるのが心配なんじゃないのかね。昨日は姿を見せなかったけど、やっぱりあのへんには衛兵やら北の民やらがわんさかうろついているはずだしさ」

確かにアイ＝ファも、その点をひどく気にしていたものであった。開通工事をしている現場とサウティの集落の位置関係がいまひとつはっきりしないので、どうしても気がもめてしまうのだろう。

「俺たちも、いっぺん工事の現場を見学させていただきたいところですよね。今度の休業日にお願いしてみようかと考えているんですけど、やっぱり護衛役を準備しないと家長たちには許してもらえなそうです」

「そりゃそうさ。もともと北の民なんてのは、凶暴《きょうぼう》な蛮族《ばんぞく》として知られている連中なんだからね。いくら鎖《くさり》に繋《つな》がれてるって言っても、そいつが百人以上もいるってんなら、よっぽどしっかりした護衛役が必要になるだろうさ」

それでバルシャやリャダ＝ルウたちだけでは不十分である、と見なされてしまうと、なかなか難しいところである。ファの近在やルウ家では休息の期間も終わってしまっているのだから、きっとこのような話で狩人としての仕事を休ませることはできないだろう。

（とりあえず、今晩にでもアイ＝ファと相談してみるか。どこかの氏族が休息の期間だったら、そちらから男衆を借りることもできるかもしれないしな）

そんな風に考えながら、まずはリリンの家に立ち寄ることにした。昨晩、けっきょくヴィナ＝ルウは自宅に引き戻されることなく、リリンの本家に留《とど》まることが許されたのである。その様子を見てくるという仕事も、リミ＝ルウは託《たく》されていたのだった。

昨日と同じように戸板を叩くと、昨日と同じようにウル・レイ＝リリンが出迎《でむか》えてくれた。相変わらず、妖精のように不思議な雰囲気を纏《まと》った女衆である。その水色の透き通った眼差しで見つめられると、理由もなしに気持ちを乱されてしまった。

「ようこそ、リリンの家に。どうぞおあがりください」

「あ、いいえ、今日はヴィナ＝ルウに届け物がありまして……シュミラルの様子はいかがですか？」

「今日は呼吸も落ち着いて、ずいぶん楽になったようです。今は、眠っておりますが」

「それでは、ヴィナ＝ルウに届け物をお渡《わた》ししたら、すぐに退散します。俺たちも、これからサウティでの仕事をひかえておりますので」

「承知しました」とウル・レイ＝リリンが帳の向こう側に引っ込むと、それと入れ替わりでヴィナ＝ルウが姿を現した。今日も彼女《かのじょ》は深くうつむいて、その長い前髪《まえがみ》で表情を隠《かく》してしまっている。

「わたしにいったい何の用事……？　わたしを笑いに来たのかしらぁ……？」

「ど、どうして俺たちがヴィナ＝ルウを笑うのですか？　それは被害妄想《ひがいもうそう》というものですよ」

「だってぇ……これじゃあまるで、わたしのほうがあの人に嫁入《よめい》りを願ってるみたいじゃなぁい……？」

どんなに前髪を垂らしても、口もとの部分はさらされてしまっている。本日も、ヴィナ＝ルウのお顔は羞恥《しゅうち》に赤く染まってしまっていた。

「別にどっちでもいいんじゃない？　自分の気持ちを確かめるのに必要なら、好きにすればいいってミーア・レイ母さんは言ってたよー？」

「…………」

「それよりも、いつまでも伴侶を迎《むか》えようとしないほうがよっぽど心配だってさー。シュミラルが伴侶に相応しい人間だったら、みんな大喜びだねー！」

「もう……うるさいわよ、リミはぁ……」

ヴィナ＝ルウは色っぽく身をよじり、今にも消え入ってしまいそうな風情《ふぜい》である。ヴィナ＝ルウが消滅《しょうめっ》してしまわない内に、俺は準備していた包みを差し出してみせた。

「あの、これは俺からのお見舞いです。晩餐《ばんさん》でシュミラルに食べてもらってください」

「何よ、これぇ……？　晩餐は、その家のかまどで作ったものじゃないと、口にしてはいけない習わしでしょう……？」

「これは完成品の料理ではないので、森辺の習わしにも背《そむ》いていないはずです。美味しい料理に仕上げてあげてくださいね」

言うまでもなく、それは各種の香草《こうそう》をアリアとフワノと乳脂《にゅうし》と一緒《いっしょ》に炒《いた》めたのちに干し固めた、カレーの素であった。宿場町で購入した蓋《ふた》つきの容器にぎっしりと詰《つ》め込んでおいたので、リリン本家のみなさんで召し上がっても三日分ぐらいにはなるはずだ。包みから漏《も》れる香りでその正体を察したのか、ヴィナ＝ルウは「もう……」といっそうもじもじしてしまった。

「いったい何なのよぉ、みんなしてぇ……わたしを責め殺そうというつもりなのぉ……？」

「そんなつもりは毛頭ありませんってば。それでは、シュミラルにもリリンの人たちにも、くれぐれもよろしくお伝えください」

ヴィナ＝ルウが力尽《ちからつ》きる前にと、俺たちは早々に辞去することにした。

再び発進された荷車の中で、「やれやれだねぇ」とバルシャが笑い声をあげる。

「あんなに綺麗であんなに色っぽいのに、初々《ういうい》しいったらありゃしない。あれで二十にもなってるなら、色恋《いろこい》に無縁《むえん》で生きてきたわけでもないだろうにねぇ」

「うーん、だけどヴィナ姉は婿入《むこい》りとか嫁取《よめと》りの話をかたっぱしから断ってたから、あんまり余所《よそ》の家の男衆とも口をきいたことがないんだよねー」

「それじゃあこれで婚儀《こんぎ》が決まったら、本当に家族のみんなも大喜びってわけかい」

「うん、そうだね！　……ドンダ父さんは、ちょっぴりさびしそうだったけど」

さびしそうなドンダ＝ルウというのは想像がつかなかったが、きっとリミ＝ルウはその卓越《たくえつ》した感受性と洞察力《どうさつりょく》でもって父親の内心を汲《く》み取ったのだろう。

しかし何にせよ、二人が結ばれるにはまずシュミラルがリリンの氏《うじ》を獲得《かくとく》しなくてはならないのだ。俺としては、二人の気持ちが通じ合った上で、シュミラルが森辺の民として不適格であると判断されてしまうことが、想像し得る中で最低最悪な結末であった。

（だけどシュミラルなら、きっと立派に森辺の民として認められるに違《ちが》いないさ）

シュミラルは負傷してしまったが、それもリリンの家人をかばったためのものである。これでシュミラルの迂闊《うかつ》さを責めるような森辺の民は存在しないだろう。なおかつその結果として、シュミラルは長らく顔をあわせていなかったヴィナ＝ルウと、思いも寄らない形で時間をともにすることができた。ひょっとしたら、そんな行いが許されたのも、雨のおかげで家や商売の仕事が減って、ルウ家でも人手にゆとりが生じたためなのかもしれなかった。

だからやっぱりそれもまた、雨季がもたらした苦難と恩恵であるはずだった。

（いいことばっかりじゃないけれど、悪いことばっかりでもないはずだ）

朝方に抱《いだ》いたのと同じ感慨《かんがい》を胸に、俺《おれ》はサウティの集落へとギルルを走らせた。

2

そうして俺たちは、サウティの集落に到着《とうちゃく》した。

が、本家で俺たちを出迎えてくれたのはミル・フェイ＝サウティではなく、分家の年配の女衆であった。

「ようこそ、サウティの家に。本日は、わたくしがこちらの仕事を取り仕切らせていただきます」

それは昨日も手ほどきをした、五人の内の一人であった。たしか、分家の家長の伴侶《はんりょ》である。かまどの間へと移動してみても、ミル・フェイ＝サウティの姿は見当たらず、その代わりに別の女衆が一名増えていた。これまた森の主《ぬし》の一件で顔見知りとなった、ヴェラの分家の女衆だ。

俺たちが雨具を脱《ぬ》いで身支度《みじたく》を整えると、ようよう最初の女衆が事情を語り始めた。

「実は昨晩、ミル・フェイ＝サウティの下の子供が病で倒《たお》れてしまったのです。ミル・フェイ＝サウティはしばらくはそちらの面倒《めんどう》をみなくてはならないため、わたくしが取り仕切り役を引き継《つ》ぐことになりました」

「あ、そうだったのですか！　……ひょっとしてそれは、『アムスホルンの息吹』というやつですか？」

「ええ、アスタもご存じでしたか。ミル・フェイ＝サウティの一番下の子供はもう四歳《さい》であったのですが、いまだこの試練を乗り越《こ》えていなかったのです」

試練という言葉の意味がよくわからなかったので説明を求めると、『アムスホルンの息吹』というのは五歳未満の幼子が罹患する特殊《とくしゅ》な病なのだという話であった。乳離《ちばな》れをしてから五歳の誕生日を迎えるまでの間に、この大陸に生まれた幼子はみんなその試練を乗り越えなければならないのだそうだ。

「幼子に力が足りなければ、ここで魂《たましい》を召されることになります。そういう幼子は決して少なくない数に及ぶので、五歳に満たぬ幼子は家人として数えないという習わしが生まれたのやもしれませんね」

「そうなんだね！　ルウ家ではほとんど魂を召される子供はいないんだけど……」

「強い子供は、熱を出してもすぐに力を取り戻《もど》します。貧しい氏族ほど、この病で幼子を失うことは多いそうですよ」

淡々《たんたん》と語られるその内容に、俺は少なからず不安感をかきたてられてしまう。

「ミル・フェイ＝サウティのお子さんは大丈夫なのでしょうか？　もちろん今の段階では、確かなことなどわからないのでしょうけれど……」

「はい。ですが、上の二人の子供たちは、先年にこの試練を乗り越えることがかないました。ダリ＝サウティもミル・フェイ＝サウティも強い力を持っていますので、きっと子供たちにもその強さが受け継がれていることでしょう」

そう言って、サウティの女衆はやわらかく微笑《ほほえ》んだ。

「どのように苦しくとも、試練は三日ほどで終わります。それまでは、わたくしたちがミル・フェイ＝サウティの分までこの仕事に励《はげ》みたいと思います」

森辺の民にとっては――いや、この大陸に住まう人間にとっては、それも生きていくための通過儀礼《ぎれい》なのだろう。マサラの山の生まれであるバルシャも、べつだん意外がったり深刻そうにしたりする様子もなく、静かにその言葉を聞いていた。

（それじゃあ、コタ＝ルウやアイム＝フォウなんかも、いずれはその試練に立ち向かわないといけないのか。……いや、ひょっとしたら、すでにその試練を乗り越えた上で、ああいう元気な姿を見せているのかもしれないな）

俺がそのように考えていると、またサウティの女衆が微笑みかけてきた。

「ですから今日の朝方は、ミル・フェイ＝サウティを除く四名で、マヒュドラの女衆に手ほどきをすることになりました。まだまだわたくしたち自身に不備があるため、アスタほど立派な食事をこしらえることはできませんでしたが……マヒュドラの女衆の何名かは、涙《なみだ》を流して喜んでおりましたよ」

「な、涙を流してですか？」

「はい。卑《いや》しき身分である自分たちにこのような温情をかけてもらえて、非常に感謝している、と。……わたくしは、いささかならず複雑な気持ちを抱《かか》え込むことになりました。同じ人間でありながら、どうして自分を卑しいなどと思わなくてはならないのでしょうね」

それは俺にも、理解の外であった。過酷《かこく》なギバ狩りの仕事に従事させられ、町中の人々に忌《き》避《ひ》されていた森辺の民でも、自分たちを「卑しき身分」だなどとは思っていなかった。たとえジェノスの権力者たちに奴隷《どれい》も同然の生を強《し》いられていたとしても、森辺の民にはそのようなものに屈《くっ》しない強靭《きょうじん》さがあったのだ。

しかし、正式に「奴隷」という立場を与《あた》えられてしまったマヒュドラの民は、たとえ元が強靭な人間であっても、同じようにはいかないのだろう。実際に鎖に繋がれて、奴隷という身分に甘《あま》んじなくてはならない苦しさなんて、当人たちにしか知りようはないのだ。

「ともあれ、美味なる食事が北の民に喜ばれたという事実に変わりはありません。広場に集められた男衆などは歓喜《かんき》のあまり大騒《おおさわ》ぎをしてしまって、衛兵たちを手ひどく困らせておりましたよ」

そう言って、女衆は忍《しの》び笑《わら》いをした。

「わたくしたちは、マヒュドラの女衆にもっとしっかりと手ほどきをしてあげたいと思っています。そのために、アスタの力を貸していただけますでしょうか？」

「もちろんです。俺はそのために出向いてきたのですからね」

そうして俺たちは、またクリームシチューとフワノ饅頭《まんじゅう》の作製に取りかかることになった。

リミ＝ルウも、熱心な眼差しでそれを見守っている。リミ＝ルウはシチューが大好物であるので、どこに美味しさの秘訣《ひけつ》があるのかと興味津々《きょうみしんしん》なのだろう。いずれルウ家での勉強会が再開された折には、正式にクリームシチューのレシピを伝えてあげようかなとひそかに思う俺であった。

「そういえば、足りないフワノの代価は森辺の民が肩代《かたが》わりしたいという話も、城下町に届けられたのですよね？」

俺がそのように問うてみると、サウティの女衆は「はい」とうなずいた。

「ドンダ＝ルウやグラフ＝ザザからも、反対されることはなかったそうです。……ああ、ファの家などにもそういった話は伝わっているのでしたか」

「ええ。三族長の会議にはフォウとベイムの家長も加わって、その内容をみんなに伝えてくれますので。ファの家にも、朝方に連絡《れんらく》が届きました」

そうしてダリ＝サウティは本日、狩人の仕事が始まる中天の前に、みずから城下町に足をのばすつもりなのだと聞いていた。宿場町で働く俺たちとはどこかで顔をあわせられるかなと期待していたのだが、どうやら行き違いになってしまったらしく、それ以降の話は不明のままであったのだ。

「突然《とつぜん》の訪問でありましたが、ポルアースという貴族に面会をすることはかなったようです。それは他の貴族たちとも話し合わねば決められない問題であるので、数日は待つようにと言われたそうですよ」

「そうですか。いったいどのような結果になるのでしょうね」

そんな風に応じながら、俺は森辺の民の言葉がそのまま聞き入れられることはないのだろうな、と推測していた。森辺の民にしてみれば、これは自分たちの価値観に基づいた至極《しごく》真っ当な申し入れだ。ポイタンが品切れになったのは、森辺の家人たるファの家のアスタの行いがきっかけであるのだから、その責任を果たしたい。自分たちの行いによって他者が不幸になることなど、とうてい見過ごすことはできない。……という主張である。

しかし、城下町の倫理観《りんりかん》に照らし合わせると、それは感情論であると見なされてしまいそうなところである。また、焼きポイタンの美味しさを普及させてトゥラン伯爵家《はくしゃくけ》に痛撃《つうげき》を与えようと考えたのは、カミュア＝ヨシュに入れ知恵《ぢえ》をされたポルアースたちなのだ。俺の記憶《きおく》では、ポルアースとサトゥラス伯爵家の人間が秘密裡《ひみつり》に手を組んで、その技術を宿場町に蔓延《まんえん》させたはずだった。

よって、本当の意味で責任を問われるべきは、貴族の側にあるはずだった。その上で、彼《かれ》らは「奴隷にまで配慮《はいりょ》をする必要はない」と判断を下したのだ。だから森辺の民は、その判断に真っ向から反対意見を申し述べているようなものだった。

もちろん森辺の民は、貴族の側に責任などを求めてはいない。自分たちの倫理観に従って、銅貨を支払《しはら》いたいと述べているばかりである。この無私なる行いが、貴族の側にはどのように受け止められるだろうか？

根本には、北の民に対する考え方の相違《そうい》というものが存在している。森辺の民は彼らを人間と認識《にんしき》しており、貴族の側は使い潰《つぶ》しの道具としか考えていない。そういった相違が、このたびの事態を招いたのだろうと思う。メルフリードやポルアース、ひいてはジェノス侯爵《こうしゃく》マルスタインが、この申し入れをどのような形で受け止めるか。俺としては、まずその返答を待たせていただく心づもりであった。

「うーん、饅頭のほうは、昨日のほうが美味しかったかもしれないねー」

数刻の後、フワノ饅頭の試食をしたリミ＝ルウは、いくぶん眉《まゆ》を下げながらそのように述べたてていた。

「そうだねえ。やっぱりアロウやシールの酸味なんかが、他の味とぶつかっちゃうんだろうなあ」

それを緩和《かんわ》してくれるような調味料も存在しない。食材は毎日のように追加されるらしいのだが、砂糖やタウ油や酒類などはなかなか傷《いた》むものではないので、廃棄《はいき》される機会も皆無《かいむ》に等しいのだろう。また、シムの香草などはもともと保存のために干されているのだから、なおさらである。香りは強いが生鮮《せいせん》野菜として扱《あつか》われているペペとロヒョイ――ニラとルッコラに似たそれらの野菜と、肉の保存で使われている岩塩だけでは、どうにも味の組み立てようがなかった。

「せめてタウ油と砂糖でもあれば、ずいぶん違ってくるんだけどね。許されることなら、自腹で買い足してあげたいぐらいだよ」

しかし、あまり北の民に肩入《かたい》れしてしまうと、それこそ貴族たちの反感を買ってしまうだろう。これは王国の法や習わしに関わってくる話であるのだから、どこまで自分たちの意見や気持ちを主張するかは、慎重《しんちょう》に見極《みきわ》めなければならないはずだった。

（ポイタンが品切れになってしまった責任を取りたいっていうのと、もっと美味しい食事を食

べさせてあげたいっていうのは、まったく次元の違う話だろうからな）

とにかく今は、貴族の側からのリアクションを待つしかないだろう。彼らが北の民に対してどのような考えを抱き、どのように扱っていくつもりなのか、それで少しは彼らの思惑《おもわく》が見えてくるはずだった。

ともあれ、その日の手ほどきも無事に終了した。シチューのほうはそれほど簡単とは言えない献立《こんだて》であるので、サウティやヴェラの人々もおさらいをしたことによってずいぶん自信をつけられたのではないかと思われた。

「すっかり暗くなってしまいましたね。どうぞ帰り道はお気をつけください」

「はい。それでは、また明日。ミル・フェイ＝サウティにもよろしくお伝えください」

そうしてサウティにおける仕事をやりとげたのち、俺たちはまた雨の中に荷車を繰《く》り出した。

本当に、朝から晩までよく降るものである。これは毎年のことであるから、森辺でもジェノスでも十分に対策は取られているのだろうが、ラントやタントの川が氾濫《はんらん》してしまったりはしないのかと心配になるほどであった。

「ねー、アスタ、アイ＝ファは元気なの？」

ルウの集落に向かう途上《とじょう》で、リミ＝ルウが御者台《ぎょしゃだい》の背部にへばりついてきた。

「うん、元気だよ。雨だとギバ狩りの仕事が思うようにいかないって嘆《なげ》いてたけどね」

「そっかー。そうだよねー。でも、宿場町で売る肉とか料理とかも減っちゃったから、ちょうどいいと言えばちょうどよかったよね？」

「そうだね。まだ本格的な雨季になって二日目だから、どれぐらいギバの収穫《しゅうかく》が落ちるのかも俺にはわかってないんだけどさ」

反面、ダレイム伯爵家における舞踏会《ぶとうかい》を終えてからは、いよいよベーコンと腸詰肉《ちょうづめにく》の販売《はんばい》も本格化されてきた。まだまだ様子見の段階ではあるものの、幾多《いくた》の貴族や料理店から、それらを購入《こうにゅう》したいという申し入れを受けることがかなったのである。

ちなみに貴族の側の窓口はポルアースで、森辺の側の窓口はルウ家となる。ファの家にこれ以上の労苦をかけないようにと、ルウ家がその役を担《にな》ってくれたのだ。

そうして最初に商品を準備するのは、ファの近在の氏族と定められた。その中でも、ディンとリッドはザザの眷族《けんぞく》であるため参加することは許されず、フォウ、ラン、スドラの三家がその大役を任されることになった。商品として売りに出すからには一定の品質を保たなければならないため、ミケルや俺から直接手ほどきをされているそれらの氏族が、もっとも適役であると見なされたのだ。

そうしてルウ家においては、これからミケルに干し肉作りの手ほどきを受けるつもりだと、ミーア・レイ母さんはそのように語っていた。小さき氏族だけではいずれ手が足りなくなると見越《みこ》してのことなのだろう。何にせよ、無聊《ぶりょう》をかこっていたと思われるミケルに仕事が依頼《いらい》されるというのは、本人にとっても幸いなことなのではないかと思われた。

（屋台の売上が半減しちゃったから、マイムもちょっと落ち込んじゃってたもんな。俺たちは半減以下まで数を絞ってるんだから、十分に立派な売上だと思うけど）

そのようなことを考えている間に、ようやくルウの集落が近づいてくる。が、そこにほっそりとした人影《ひとかげ》を見いだして、俺は「あれ？」と首を傾《かし》げることになった。

「こんな雨の中で何をやってるんだろう。背格好からして、ルウ家の女衆みたいだけど」

「んー？　あの外套《がいとう》は、ララのだね！」

リミ＝ルウの言う通り、それはララ＝ルウであった。カラフルなフードつきマントを身に纏ったララ＝ルウが、集落の入り口でぽつねんと立ち尽《つ》くしていたのである。

「あー、やっと帰ってきた！　遅《おそ》いよ、もう！」

俺が荷車を近づけていくと、ララ＝ルウは大声でそのように呼びかけてきた。

「やあ、どうしたんだい？　リミ＝ルウに何か急用かな？」

「用事があるのは、アスタにだよ！　いいから、こっちに来て！」

まったくわけもわからぬまま、俺はララ＝ルウの先導で荷車を移動させた。そうして導かれたのは、本家ではなくシン＝ルウの家である。

「本当にどうしたの？　ずいぶん慌《あわ》ててるみたいだけど」

「いいから、家の中に入って！　ジバ婆《ばあ》が待ってるから！」

「ジバ婆さん……いや、ジバ＝ルウが？」

いっそう、わけがわからない。どうしてジバ婆さんが、本家ではなくシン＝ルウの家で俺を待ちかまえているのか――しかしララ＝ルウから説明を為されることはなさそうだったので、俺は素直《すなお》に従うことにした。バルシャは「お疲《つか》れさん」と言い残してミケルたちの待つ家に戻っていき、リミ＝ルウだけがちょこちょことついてくる。

そうして土間で雨具を脱ぎ、足を清めさせてもらってから、初めてシン＝ルウの家へと足を踏《ふ》み入れると、広間ではジバ婆さんとリャダ＝ルウが待ち受けていた。シン＝ルウは森で、シーラ＝ルウやタリ＝ルウはかまどの間なのだろう。先に入室したララ＝ルウは、ジバ婆さんの隣《となり》にそっと寄り添《そ》った。

「ひさしぶりだねえ、アスタ……元気にやっていたかい……？」

「はい、おかげさまで。ジバ＝ルウもお元気そうで何よりです」

「ああ、あたしのほうは元気すぎて、家族にも迷惑《めいわく》をかけっぱなしさ……」

「迷惑なことはないけどさ！　雨季の間ぐらい、散歩は我慢《がまん》してよねー」

どうやらジバ婆さんは弱った足腰《あしこし》に力を取り戻すために、散歩の習慣を復活させたようだった。それにはもちろん誰《だれ》かの介助《かいじょ》が必要になるのだろうが、不満に思う人間などいるはずがない。ララ＝ルウは悪態をつきながらも嬉しそうに目を細めていたし、俺だって胸が熱くなるぐらい喜ばしく感じることができた。

「アイ＝ファが聞いたら、とても喜びますよ。でも、ぬかるみで転ばないように気をつけてくださいね」

「ああ、しばらくは家の中で歩いていようかと思っているよ……昨日と今日は、数年ぶりに雨に打たれるのが、なんだか楽しく感じまったのさ……」

垂れさがったまぶたの下で、ジバ婆さんの瞳《ひとみ》はとても透《す》き通った輝《かがや》きを浮《う》かべていた。

「それでね、アスタに渡しておきたいものがあるんだよ……ララ、こいつを渡してもらえるかい……？」

「うん」とララ＝ルウがジバ婆さんから受け取ったものを、下座の俺にまで届けてくれた。それは小さな布の包みで、口は蔓草《つるくさ》で固く縛《しば》られている。

「そいつはね、ダビラの薬草だよ……森でとれるものではなく、町で売っている特別な薬草さ……」

「ダビラの薬草ですか。聞いたことのない薬ですね」

「そうだろうねえ……これまでのファの家では、必要のないものだっただろうからさ……」

そうしてジバ婆さんはララ＝ルウに支えられながら、じっと俺の姿を見返してきた。

「そいつはね、『アムスホルンの息吹《いぶき》』にかかった幼子に与える薬なんだよ……その病については、何か知ってるかい……？」

「はい。五歳未満の幼子がかかる特殊な病であるそうですね。ちょうど朝方にアイ＝ファともその話をしましたし、サウティ家では家長のお子さんがその病にかかってしまっていました」

「そうかい……実は、うちでもコタがそいつにかかっちまったんだよねえ……」

「えっ！　コタ＝ルウは大丈夫なのですか⁉」

「大丈夫かどうかを決めるのは、人間じゃなくって大陸の神々さ……こればっかりは、森じゃなくって神々に祈《いの》るしかないんだろうねえ……この苦難を退けなければ、この大陸で生きる資格はなしって話なんだからさ……」

そのように語りながら、ジバ婆さんはかすかに肩《かた》を震《ふる》わせた。

「アイ＝ファがこの朝にその話を持ち出したのも、きっと偶然《ぐうぜん》ではないんだろうねえ……少なくともこのジェノスや森辺においては、雨季の間に『アムスホルンの息吹』にかかる子供が多いのさ……理由はわからないけれど、雨水だか寒さだかが関係しているのかねえ……」

「なるほど。俺の故郷でも、寒いと流行する病気がありましたよ。そちらはむしろ、空気が乾《かん》燥《そう》していたほうが危険なようでしたが」

「そうかい……それでね、一人の幼子が病にかかると、そのそばで暮らす他の幼子も次々にかかっちまうのが、この病の特徴《とくちょう》なのさ……いっぺんかかっちまえば、もう二度とはかかることもないんだけどねえ……だからきっと、ルウの集落でも選別の済んでいない幼子は、これからみんな試練を受けることになるんだろうねえ……」

「選別、と言われましたか？　試練という言葉は、サウティでも使われていましたが」

「ああ……『アムスホルンの息吹』ってのは、『選別の炎《ほのお》』とも呼ばれているらしいんだよ……炎で炙《あぶ》られてるみたいに熱が出て、その試練に打ち勝てなかった子供は魂を召されちまうから、人として生きていくことを神々に選別されるっていう意味合いらしいんだよねえ……」

俺は「なるほど」と答えるしかなかった。ただし、この小さな布袋《ぬのぶくろ》を託された意味を考えると、否応《いやおう》なしに鼓動《こどう》が速まってきてしまう。

「それであの、その病を癒《いや》す薬草を俺に託してくれたということは、もしかして――」

「ああ、そうだよ……ひょっとしたら、アスタもその病にかかっちまうんじゃないかと、あたしはそいつを危《あや》ぶんでいるのさあ……」

俺は、生唾《なまつば》を飲みくだした。

ジバ婆さんは、透徹《とうてつ》した眼差《まなざ》しで俺を見つめ続けている。

「ずうっと昔に、町の噂《うわさ》でね、こんな話を聞いたことがあるんだよ……海の外から訪《おとず》れた人間は、その選別を受けていないから、アムスホルンに住むことが難しい……大人になってから『アムスホルンの息吹』にかかると、それは恐《おそ》ろしいほどの苦痛で……大人だったら幼子よりもよほど強い力を持っているはずなのに、なかなか乗り越えることができないっていうのさ……」

「……はい」

「しょせん噂は噂だからねえ、確かなことはわからないんだよ……そもそもここいらは、海なんてもの自体が噂で聞くだけのものに過ぎないし、海の外の人間がうろつくこともなかったから……誰かが面白《おもしろ》がってこしらえた、根も葉もない作り話かもしれないんだよねえ……だけどアスタは、海の外から来たんだろう……？　少なくとも、この土地の生まれではないんだよねえ……？」

「はい。俺はこの大陸の外で生まれた人間です。それだけは間違《まちが》いありません」

「うん……でも、たとえ噂が真実であっても、アスタは強い人間さ……そんな試練は乗り越えてくれると、婆《ばば》は信じているからね……？」

俺はジバ婆さんから託された布袋を握《にぎ》りしめながら、もう一度「はい」とうなずいてみせた。

「それじゃあ、手間を取らせて悪かったたね……こんな古い噂話は、もうあたしぐらいしか知る人間もいないと思って、アスタに伝えておこうと思ったのさ……」

「ありがとうございます。ジバ＝ルウには本当に感謝しています。ファの家には、その病気に対する備えなんて何もありませんでしたので」

「それはそうだろうねえ……幼子がいなければ、無縁の話であったはずなんだからさ……それじゃあ、リャダ＝ルウ、あとは頼《たの》んだよ……？」

「うむ」と立ち上がったリャダ＝ルウが、壁《かべ》に掛《か》けてあった狩人の衣《ころも》を取り上げた。

「リミ＝ルウよ。お前はたしか、荷車の扱いにも長《た》けていたはずだな？」

「うん！　レイナ姉よりも上手だと思うよ！」

「では、俺がルウルウの荷車で後を追うので、リミ＝ルウはアスタの荷車を頼む。手綱《たづな》を操《あやつ》っているさなかに『アムスホルンの息吹』に見舞《みま》われたら、それこそ生命《いのち》に関わってしまうからな。そうしてアスタをファの家まで送り届けて、アイ＝ファの帰りを待つことにしよう」

「ちょ、ちょっと待ってください。『アムスホルンの息吹』というのは、そんないきなり発症《はっしょう》するような病なのですか？　今のところ、俺はまったく元気なのですが」

「元気に遊んでいた幼子が、いきなり倒れて熱に苦しむ。『アムスホルンの息吹』というのは、そういう病なのだ」

では、俺はそのような恐れがあるのに、何の用心もなくみんなを乗せて、荷車を運転していたということだ。あらためて、背筋が寒くなってしまう。

「あたしもさっきコタが熱を出すまでは、『アムスホルンの息吹』の噂話なんてすっかり忘れちまっていたからねえ……」

「ルウとサウティで病にかかる幼子が出たのだから、その間を行き来していたアスタも、今日か明日には熱を出すだろう。……逆に言うと、今日から明日までに熱を出すことがなければ、アスタには『アムスホルンの息吹』にかかる恐れはない、と考えることができると思う」

そのように言いながら、リャダ＝ルウはいきなり俺の肩に手を置いてきた。

「杞憂《きゆう》で済むなら、それが一番なのだ。口惜《くちお》しいだろうが、明日ばかりは宿場町での仕事を休み、アイ＝ファとともに一日を過ごせ。人手が足りなければ、ルウ家からも力を貸せるはずだ」

「ありがとうございます。お世話をかけますが、どうぞよろしくお願いいたします」

俺はもう一度ジバ婆さんにも礼を言ってから、シン＝ルウの家を出た。リミ＝ルウとともに荷車に乗り込み、リャダ＝ルウがルウルウの荷車を引いてくるのを待つ。

「うーん、アスタが『アムスホルンの息吹』にかかっちゃうかもしれないなんて、びっくりだなー！　大人は絶対にかからない病気だって聞いてたのに！」

「それはきっと大人がかからないんじゃなくて、一度かかった人間は二度とかからないってことなんじゃないのかな。この大陸で生まれた人たちは、誰でも幼子の頃《ころ》にかかっているから、それ以降はかかる心配がなかったっていうことなんだよ、きっと」

そういう類いの伝染病《でんせんびょう》は、俺の故郷にだって多数存在したはずだ。そのために、予防接種というものが存在するのである。なおかつ、おたふく風邪《かぜ》などというものは、成人になってからかかるとたいそう症状《しょうじょう》が重くなるのではなかっただろうか。

（風邪ってものが存在しない代わりに、そんな強烈《きょうれつ》な伝染病が存在したのか。羅患率百パーセントって、ちょっと尋常《じんじょう》な数字じゃないぞ）

しかし、俺の故郷ではワクチンによる予防接種が確立されていたため、そういう脅威《きょうい》と無縁でいられただけなのかもしれない。薬といえば薬草を煎《せん》じるぐらいしかなさそうなこの世界においては、伝染病の脅威がこのような形で残されていた、ということだ。

「ねえ、アスタはアムスホルンの伝承って知ってる？」

「うん？　アムスホルンっていうのは、この大陸の名前だろう？」

「うん。だけどね、そもそもそれって神様の名前だったんだって。この世界を作った最初の神様がアムスホルンで、そのアムスホルンが眠《ねむ》っちゃったから、その子供たちである四大神ってのが代わりにこの世界を守ってるんだってよー」

御者台に陣取《じんど》ったリミ＝ルウは、俺のほうを振《ふ》り返りながら、にこにこと笑っていた。

「それでね、『アムスホルンの息吹』っていうのは、眠っている神様の寝息《ねいき》なんだって！　ぐーぐー眠ってる神様の寝息を吹《ふ》きかけられて、生きるか死ぬかが決められちゃうなんて、なんか面白い話だよね！」

そうしてリミ＝ルウは小さな手をのばして、俺の指先をそっとつかんできた。

「アスタだったら、そんな寝息なんかに負けないよ！　だから……もしも熱が出ちゃっても、絶対に頑張《がんば》ってね？」

顔には無邪気《むじゃき》な笑《え》みを浮かべながら、リミ＝ルウの淡《あわ》い水色をした瞳には不安の光がゆらめいてしまっていた。その指先を握り返しながら、俺は「うん」とうなずいてみせる。

「ちなみに、リミ＝ルウは何歳《なんさい》ぐらいの頃にその病気にかかったのかな？」

「リミはねー、一歳の終わりにかかったみたい。熱は出たけど元気だったから、最初は誰も気づかなかったんだってー」

「そっか。リミ＝ルウだってアイ＝ファだって、みんなこの試練を乗り越えてきたんだろうから、俺だって乗り越えてみせるよ。コタ＝ルウや、ミル・フェイ＝サウティのお子さんだって、きっと大丈夫さ」

「うん！」とリミ＝ルウが元気にうなずいたとき、ルウルウの荷車に乗ったリャダ＝ルウが近づいてきた。

「待たせたな。それでは出発しよう」

そうして俺は、リミ＝ルウの運転する荷車でファの家に帰還《きかん》することになった。

今のところ、身体《からだ》に変調は見られない。肌寒《はださむ》いのはもともとであるし、自分の額に手をあてても、異常を感じることはできなかった。

（発症するとしたら、今日か明日――念のために、明後日ぐらいまでは休ませてもらったほうがいいのかな。仕事中に発症したりしたら、それこそみんなに大迷惑《だいめいわく》をかけちゃうだろうし）

倒れるぐらいの高熱だというのだから、それはかなりの重い病なのだろう。小学生の頃にインフルエンザで三十八度ぐらいの熱を出したことはあったが、それ以上の高熱だとしたら、もう想像の範囲外《はんいがい》だ。

試練や選別といった大仰《おおぎょう》な言葉が、不安に拍車《はくしゃ》をかけてくる。この試練に打ち勝たねば生きていくことを許されないだとか、それが神々の選別なのだとかいう話は、異世界生まれの俺には余計に不吉《ふきつ》に感じられてしまった。

(俺にはこの世界で生きていく資格があるんだろうか？)

そんな風に考えると、ぞっとしてしまう。

しかし、ひとつの光明も存在した。それは、復活祭で吟遊《ぎんゆう》詩人ニーヤに聞かされた、『白き賢人《けんじん》ミーシャ』の伝承である。リミ＝ルウが神々の伝承を聞かせてくれたおかげで、俺はそちらの伝承も思い出すことができていた。

ミーシャというのは、ひょっとしたら俺と同じ境遇《きょうぐう》であったかもしれない人物である。俺はアリシュナからも旅芸人の占星師ライラノスからも、ミーシャと同じ「星無き民《たみ》である」と見なされていたし、また、ミーシャの本名であるとされているミヒャエル・ヴォルコンスキーというのも、いかにもロシア風の名前であった。

その『白き賢人』にして『星無き民』であるミーシャは、ラオという一族にシムの全土を平定させるのに力を添えた人物だとされている。さらにその後は宰相《さいしょう》という地位につき、王国の礎《いしずえ》を築いたという話であるのだ。

むろん、すべては伝承の類いである。数百年も昔の物語であるというのだから、信憑性《しんぴょうせい》などは求めるべくもない。しかし、それらのすべてが真実であったとすると——ミーシャは何年もシムで暮らしていたことになる。この大陸で生きている限り、『アムスホルンの息吹』の脅威とは無縁ではいられないはずであるから、彼はそれを退けて数年間を過ごすことができた、と解釈《かいしゃく》できるわけだ。

　ミーシャに可能であったのなら、俺にだって希望は残されるはずだ。少なくとも、『星無き民』だからといって無条件に生命を奪《うば》われるわけではない。俺は前向きに、そのように考えることにした。

「もしも『アムスホルンの息吹』にかかってしまったら、俺はこのダビラの薬草ってやつを飲んで、ひたすら大人しくしていればいいのかな？」

「うん！　熱は三日ぐらいでおさまるはずだからね！　その間、食べ物は咽喉《のど》を通らないかもしれないけど、水と薬は毎日飲まなきゃ駄目《だめ》なんだよー」

「三日間も食べ物を食べられなかったら、きっと痩《や》せちゃうな」

　俺が努めて明るい声をあげてみせると、リミ＝ルウは「あはは」と笑ってくれた。

　この世界の人々は、この病魔《びょうま》に対しても最初から覚悟《かくご》を備え持っているのである。だからコタ＝ルウが発症したと聞いても、リミ＝ルウは顔色ひとつ変えなかったのだろう。サウティの人々だって、むやみにミル・フェイ＝サウティを心配しようとはしていなかった。

（すべては母なる森と、神々の導くままに、か。……俺もみんなを見習わないとな）

　むしろ気になるのは、この話を聞かされたときのアイ＝ファのリアクションであった。俺が逆の立場であったなら、アイ＝ファの身を案じて存分に取り乱してしまいそうなところである。

（しかも、幼子でもないのにこの病気にかかるってのは森辺でも普通《ふつう》のことじゃないわけだし、

症状も重く出るかもしれないなんて聞かされたら、さすがのアイ＝ファも取り乱しちゃうかもしれないな）

そうして俺が軽く息をついたとき、荷車が減速をして横道に入り始めた。ファの家に到着したのだ。リミ＝ルウの脇《わき》から顔を覗《のぞ》かせると、家にはまだ明かりが灯《とも》されていなかった。

「こんなに暗いのに、アイ＝ファはまだ帰ってきてないみたいだね」

そのように言いながら、リミ＝ルウは荷車を家の横まで進めてくれた。

すると、かまどの間のほうに灯された明かりが見て取れる。もう晩餐を作らねばならない刻限であるはずなのに、誰かが居残っているようだ。

「家に戻る前に、かまどの間に顔を出してみるよ。明日の打ち合わせも必要だしね」

「うん、わかったー。アスタ、身体は大丈夫《だいじょうぶ》？」

「今のところ、変化はないね」

俺は雨具を纏いなおして、濡《ぬ》れた地面に降り立つ。そうしてかまどの間の戸を引き開けると、そこにはトゥール＝ディンとユン＝スドラだけが居残っていた。

「やあ、お疲れ様《さま》。こんな遅くまで、二人はどうしたのかな？」

「お帰りなさい、アスタ。今日は家のほうにも仕事が残っていなかったので、ちょっと居残らせていただきました」

どうやら二人は、甘い焼き菓子の修練に励んでいる様子だった。俺の横から同じ光景を目にしたリミ＝ルウが「うわあ」と歓声《かんせい》をあげる。

「いい匂《にお》い！　ひょっとしたら、ろーるけーき？」

「はい。ユン＝スドラが作り方を学びたいとのことだったので。……あ、もちろん食材や薪《まき》は自分たちの家から持ち込んできましたので！」

「トゥール＝ディンたちを疑ったりはしないよ。二日連続で下ごしらえの仕事をおまかせしちゃって、申し訳なかったね」

そしてこの調子では、明日は下ごしらえの仕事どころか屋台の商売そのものをトゥール＝ディンたちに一任しなければならなくなる。それに、サウティやリリンにもしばらく顔を出せなくなることを伝えてもらわなくてはならなかった。

「実は、折り入ってトゥール＝ディンたちに相談があるんだけど――」

俺がそのように言いかけたとき、リミ＝ルウが「あ」と声をあげて外套を引っ張ってきた。

振り返ると、そこにはずぶ濡れのアイ＝ファとリャダ＝ルウが立ちはだかっていた。

狩りの仕事には顔をさらしたほうが都合がいいとのことで、狩人の衣にはフードというものが存在しない。しかし、それ以外の時間には雨よけが必要であるため、アイ＝ファもリャダ＝ルウも後付けの頭巾をかぶっている。なおかつ、アイ＝ファの背には小ぶりの若いギバが抱えられていた。雨にも負けず、本日も収穫をあげることがかなったのだ。

「どうしたのだ、アスタよ？　何か危急の話であるそうだが」

「ああ、実はちょっと、とんでもない話が持ち上がってしまって――」

そのように答えながら、俺はアイ＝ファのほうに足を踏み出そうとした。

すると、不可思議な衝撃《しょうげき》が右肩《みぎかた》から腕《うで》にかけて伝わってきた。

それはいきなり誰かに突《つ》き飛ばされたような感覚で、俺はわけもわからず「あれ？」とつぶやいていた。

アイ＝ファたちの姿が、真横になっている。

いや、俺のほうが真横になっているのだ。俺の右半身を叩《たた》いたのは、濡れた地面に身体がぶつかった際の衝撃であったのだった。

「アスタ！」とアイ＝ファが悲鳴まじりの声をあげる。その姿がじわじわと真っ赤に染まっていくような感覚にとらわれながら、俺は意識を失うことになった。

ジバ婆さんが予見した通り、俺は『アムスホルンの息吹』を発症してしまったのである。

3

『アムスホルンの息吹』を発症してからの三日間、俺は一度たりとも目を覚ますことはなかった。

後から聞いた話によると、ときどきは呼びかけに応えたり、自力で水や薬をすすったりもしていたようであるのだが、それらもすべては無意識の内に行われていたことであった。雨の屋外でぶっ倒れてから目を覚ますまでの数十時間、俺の意識は完全に現世を離《はな》れてしまっていたのである。

その間、俺はずっと悪夢にうなされていた。

悪夢、と呼ぶのが正しいのかはわからないが、とにかく虚無《きょむ》的な暗黒と真紅《しんく》に燃えさかる灼《しゃく》熱地獄《ねつじごく》を行ったり来たりしていたような感覚である。暗黒の内に沈《しず》めば背骨まで凍《い》てつくような寒さに見舞われ、灼熱地獄では文字通り黒焦《くろこ》げになるまで豪炎《ごうえん》に炙られる。そんな苦悶《くもん》に満ちみちた世界で、俺は三日間を過ごさなくてはならなかったのだった。

だけどそれでも俺の意識だか魂だかが木《こ》っ端《ぱ》微塵《みじん》に砕《くだ》け散らなかったのは、合間で何らかの安らぎに触《ふ》れられていたからに違いなかった。

それは、時にはやわらかくて白い光であったり、ときには甘やかな香りであったり、ときには優《やさ》しい指先の感触《かんしょく》であったりした。俺の五感はまったく正しく機能していなかったが、そうした救いの手が何度か差しのべられたことは、うっすらとでも知覚することができていた。

そうした安らぎがわずかにでも存在していなかったら、俺は破滅《はめつ》を迎《むか》えていたかもしれない。それぐらい、俺の身に訪れた苦痛と絶望は甚大《じんだい》なものであった。

そしてまた、灼熱の炎で炙られる感覚というのは、否応無《いやおうな》しに死の記憶というものを喚起《かんき》させてくれた。炎に焼かれて、黒煙《こくえん》に巻かれて、最後には瓦礫《がれき》で押《お》し潰されることになった、あのおぞましい死の記憶である。

俺はひとたびだけ、それを悪夢で追体験したことがある。その絶望にまみれた感覚に、俺は再び見舞われることになってしまったのだ。俺にとってもっとも耐《た》え難《がた》いのは、その死の記憶というものだった。

これればかりは、死んだ経験のある人間にしかわかってもらうことはできないだろう。生きながら焼かれて呼吸をすることもままならず、最後には五体をぐしゃぐしゃに押し潰されてしまうという、生きた人間には一度しか訪れないはずの苦痛と絶望が、悪夢の中では何度となく繰り返されてしまうのである。

その死の感覚に苛《さいな》まれるたびに、俺の意識は砕け散りそうになった。

それを救ってくれたのが、白い光の存在だった。

以前悪夢に襲《おそ》われたときも、俺はその白い光に包まれることによって、アイ＝ファのもとに戻ることができたのだ。

だけど今回は、なかなか脱《だつ》することができなかった。今度こそ救われるかと白い光にすがりついても、足もとからのびてきた暗黒や真紅の触手《しょくしゅ》にからめ取られて、また地獄《じごく》の底まで引きずり戻されてしまうのである。

その絶望的なループの中で、俺はたびたび故郷の光景をも幻視《げんし》することになった。病室に横たわる親父《おやじ》の姿や、俺の胸《むな》もとに取りすがった幼馴染《おさななじみ》の泣き顔や、無残に焼け崩《くず》れていく《つるみ屋》の姿や――そんなものまでもが、俺の魂を砕きにかかろうと現出したのである。

そのたびに、俺は悪夢の中で絶叫《ぜっきょう》していた。手をのばしても、その光景には絶対に届かない。そもそも俺の腕は真紅の炎か暗黒の虚無に纏《まと》わりつかれており、もはや人間の形をなしていなかった。

（こんな思いをするならば――！）という気持ちにとらわれたことも、何度あったかわからない。だけど俺《おれ》は、（いっそ殺してくれ！）という言葉だけは、何とか抑《おさ》え込むことができていた。

たぶん、その言葉を口にしてしまったときが、終わりのときなのだ。あきらめてしまったら、俺の運命は終息する。かつてこの身に訪れた死が、再び現実のものとなってしまうのだ。

俺は、生きていたかった。たとえ故郷には戻れなくても――いや、それならなおのこと、新たな地で得た二度目の希望と幸福を絶対に手放したりはしたくなかった。そんな思いだけにすがりつき、俺は暗黒と真紅のもたらす苦悶と絶望にひたすら耐え続けたのだった。

そうして迎えた、三日目の朝――

俺は、ついに目を覚ますことができたのである。


俺は、甘やかな香りに包まれていた。

それから、やわらかい感触と優しい温《ぬく》もりにも包まれていた。

俺はついにあの白い光に飛び込むことができたのだと思い、絶対に離すものかとそれを抱《だ》きすくめた。

希望と喜びが、身体の奥底《おくそこ》からじわじわと這《は》いのぼってくる。頭はうつろで、手足にはまったく力が入らなかったが、その感覚だけは確かであった。俺はついに、あの地獄から脱することができたのだ。そのように考えると、涙がこぼれそうになるぐらい嬉《うれ》しかった。

「目覚めたのか、アスタよ……」

と、優しい響《ひび》きをした声が耳の中に注ぎ込まれる。その感触がまた嬉しくて、俺は無《む》我《が》夢中《むちゅう》でその存在に取りすがった。

少しずつ、身体に感覚が蘇《よみがえ》ってくる。俺はやわらかい温もりに包まれて、横たわっているようだった。そしてその手に、誰かの身体をかき抱《いだ》いている。その誰かも、俺の身体を優しく抱きとめてくれている。

むろん、それが誰であるか、などということは考えるまでもなかった。眼球にはりついてしまったかのようなまぶたを懸命《けんめい》に持ち上げると、思っていた通りの相手が慈愛《じあい》に満ちみちた表情で微笑んでいた。

「苦しくはないか？　……水を飲みたければ持ってこよう」

俺はまだまだ半覚醒の状態であったので、うまく答えることも気恥《きは》ずかしさを感じることもできないまま、アイ＝ファの身体に取りすがった。アイ＝ファは俺の頭を抱え込みながら、「まるで幼子のようだな」と笑っていた。

俺はいつまでも、アイ＝ファの体温とやわらかさと甘い香りを味わっていたかった。しかし、しばらくするとアイ＝ファはまた俺の耳に心地《ここち》好《よ》い声で囁《ささや》きかけてきた。

「この朝で三日が過ぎたので、お前を苛んでいた高熱もようやくおさまったようだ。しかし、この朝まではダビラの薬草を口にするべきだと、近在の女衆から聞いている。……薬の準備をしたいので、しばし身を遠ざけるぞ、アスタよ」

無意識の内に、俺は「やだ」という言葉を発してしまっていた。

アイ＝ファは困ったように笑い声をあげてから、俺の頭をぎゅっと抱きすくめてきた。

「本当に幼子に戻《もど》ってしまったかのようだな。まったく、困ったやつだ」

アイ＝ファというのは、こんなにも母性を感じさせる人間であっただろうか。それとも、俺の心がまだ悪夢の残滓《ざんし》を払拭《ふっしょく》しきれずにいて、弱りきっているだけなのだろうか。この手を離してしまったら、またすべてを失ってしまうような気がして、俺はどうしてもアイ＝ファの言葉に従うことができなかった。

アイ＝ファは俺の髪《かみ》に指先をうずめたまま、俺の頬《ほお》に自分の頬をこすりつけてきた。そんな仕草までもが、普段《ふだん》の子供っぽさや猫《ねこ》っぽさを感じさせず、きかん気の子供をなだめる母親のような行いに感じられてしまった。

「何も心配する必要はない。これはお前のために必要なことなのだ、アスタよ」

そうしてアイ＝ファは最後にきゅっと俺の身体を抱きすくめてから、しなやかな所作で身を起こした。俺の腕にはほとんど力も入っていなかったようで、ぱたりと敷布《しきふ》の上に落ちてしまう。

俺たちは、寝具《しんぐ》の中で身を寄せ合っていたのだ。アイ＝ファはそこから身を起こすと、はだけてしまった毛布をすみやかに胸もとまで引き上げてくれた。

「少し待っていろ」

アイ＝ファの姿が、視界から消えた。体勢を入れ替《か》えてそれを目で追うことすら、今の俺には苦しかった。

俺は、身体の左側を下にして横たわっている。その目に映るのは、見慣れているのにひどく懐《なつ》かしい、ファの家の広間の様相だ。本日も外界は雨であるらしく、半分だけ帳《とばり》の開けられた窓の外は灰色に染まっていた。

家の中は、薄暗《うすぐら》い。ただ、背中のほうからはパチパチと火のはぜる音色が聞こえており、ぼんやりとだがオレンジ色の光がこちらのほうまで届いてきていた。

広間のかまどに、火が入れられているのだ。そういえば、アイ＝ファは「朝」と言っていたのに、俺はいっさい寒さを感じていなかったし、アイ＝ファが身に纏っているのも普段の胸あてと腰《こし》あてばかりであったように思う。そんなことにも気づかないぐらい、俺は意識が定まっていなかったのだ。今でも頭にはうっすらと膜《まく》がかかっており、五感のすべてがうつろで頼《たよ》りなげな感じがした。

（三日が過ぎた、と言ってたよな……それじゃあ今日は、茶の月の……）

と、そこで思考も途《と》切《ぎ》れてしまう。自分が意識を失ったのが茶の月の何日であったのかも、なかなか思い出すことができなかった。

「待たせたな」

そこでようやく、アイ＝ファが戻ってくる。俺の目がその姿をとらえるより早く、アイ＝ファの指先が頭の下に差し込まれてきた。

「少しだけ身体を起こすぞ。つらければ、すぐに言え」

頭と肩を支えられて、身体を抱き起こされる。とたんに視界が明滅《めいめつ》したので、俺は力なくまぶたを閉ざした。

「やはりつらいか？　三日も横たわっていたのだから無理もない」

「いや……しばらくこのままで……」

そこまで答えてから、俺はぎょっとした。その声は老人のようにかすれきっており、まるで別人のように変質してしまっていたのだ。

そして、咽喉のあたりが引きつれたように痛い。まったく自覚していなかったが、俺の身体はカラカラに乾燥しきっており、口内にもほとんど水分が残されていなかった。

「可能な限り、水は飲ませていたのだがな。無理に飲ませても咽喉につまらせてしまうため、わずかずつ口に含《ふく》ませることしかできなかったのだ」

やわらかい声で言いながら、アイ＝ファがまたそっと俺の頭を抱きかかえてきた。

「血が巡《めぐ》るまで、そのまままぶたを閉ざしているといい。しばらくすれば、落ち着くはずだ」

アイ＝ファの言う通り、俺は立ちくらみのような現象に見舞われてしまっていた。頭の中から首の下へとさーっと血が下っていき、まぶたを閉ざしていても目が回るような感覚であった。

その間、アイ＝ファはずっと背後から俺の身体を支えてくれていた。それにぐんにゃりともたれながら、俺はひりひりと痛む咽喉の奥《おく》に、分泌《ぶんぴつ》される限りの唾液《だえき》を送り込んだ。

「……少し落ち着いたか？　落ち着いたなら、目を開けて水を飲むといい」

アイ＝ファのそんな囁き声を聞いてから数秒の後、俺はそろそろと目を開けてみた。貧血《ひんけつ》状態からは脱せたようだ。薄暗い室内の様子が、最前までと同じように見えてくる。

そして背中と後頭部からは、アイ＝ファの体温が伝わってきていた。たとえ姿は見えなくとも、それはアイ＝ファであると確信できる温もりであった。

「水だ」という言葉とともに、横から木匙《きさじ》の先端《せんたん》が届けられる。その木匙にすくわれた透明《とうめい》な水を、俺はゆっくりと口に含んだ。

冷たい水が、じわじわと咽喉の奥にまでしみ渡《わた》っていく。身体は水分を欲《ほっ》してやまなかったが、加減をしないとすぐに咳《せ》き込んでしまいそうだった。

そうしてアイ＝ファは辛抱強《しんぼうづよ》く、俺にひと口ずつ水を飲ませてくれた。そのひと口ごとに、俺は自分が生気を取り戻していくことを実感することができた。

それで俺は、自分が半裸《はんら》の状態であることをようやく自覚することができた。毛布はまた腹のあたりまでずり下がってしまい、あばらの浮いた胸もとがあらわになってしまっている。腕や手の甲《こう》は筋張って、別人のもののように細くなってしまっていた。

何か急激な不安感に見舞われながら、俺は自分の顔に手をのばしてみた。

皮膚《ひふ》は、がさがさに乾《かわ》ききっている。かまどには水を張った鉄鍋《てつなべ》がかけられて、熱気とともに湿気《しっけ》をも満たしてくれているようなのだが、そんなものでは足りないぐらい、俺の身体は干《ひ》からびてしまっていた。

それに、びっくりするぐらい頬骨《ほおぼね》が浮いてしまっている。頬から顎《あご》にかけてはごっそりと肉が落ちてしまい、頭蓋骨《ずがいこつ》の形状がはっきり感じ取れるほどである。目の下にも、以前には感じられなかった窪《くぼ》みができてしまっていた。

「大丈夫だ。食事ができるようになれば、すぐに元の姿に戻る」

俺の不安を感じ取ったのか、アイ＝ファがまたそっと抱きすくめてくれた。俺は上半身に何も纏ってはおらず、アイ＝ファも胸あてしかつけていないため、ダイレクトに体温が伝わってくる。それはまぎれもなく、悪夢の中でも俺に安らぎをもたらしてくれた温もりに他ならなかった。

（ずっと……自分の体温で俺を温めてくれていたのか……？）

俺は震える指先で、首もとに巻かれたアイ＝ファの腕に触れてみた。

アイ＝ファは俺のこめかみのあたりに、優しく頰をこすりつけてくる。

「私も一度だけ、ランの幼子がこの病にかかった姿を見たことがある。三日の苦難が過ぎたのち、その幼子は骨と皮ばかりの無残な姿に成り果ててしまっていた。……しかしそれから数日も過ぎれば、また元気な姿で走り回っていた。だからお前も大丈夫なのだ、アスタよ」

「うん……」

「では、そろそろ薬を試《ため》してみるか」

そんなアイ＝ファの言葉とともに、今度は異様な香りを発散させる物体が木匙で届けられた。真っ黒い、墨汁《ぼくじゅう》のごとき液体である。煎じた薬草を水で溶《と》いたものなのだろう。ラベンダーの香りに酸味をきかせて、そこに焦《こ》げ臭《くさ》さを添加《てんか》させたような、実に奇《き》っ怪《かい》な香りであった。

「念入りにすり潰《つぶ》したので咽喉にひっかかることはないと思うが、吐《は》き出さないように注意するのだぞ」

「うん……」

俺が意を決して口を開いてみせると、アイ＝ファはそっと木匙を差し入れてきた。とたんに、強烈な苦みと酸味が俺の口内を蹂躙《じゅうりん》してくる。その液体に触れた箇所《かしょ》がちくちくと刺激《しげき》され、味蕾《みらい》がきゅっとすぼまったような感覚がある。これは水よりも慎重《しんちょう》に飲み干さないと、たちまち弱った咽喉をやられてしまいそうであった。

そこでもアイ＝ファは俺を急《せ》かすことなく、じっと見守ってくれていた。小さな器《うつわ》に半分ていどの量であった薬をすべて飲み干すのに、俺には分単位の時間が必要となった。その後にもう何口か普通の水を飲ませてくれてから、アイ＝ファはようやく「よし」と言った。

「これでいい。また横たわる前に、少しでも身を清めておくか？　つらければ無理をする必要はないが、お前の汗《あせ》は病の毒をはらんでいるので、なるべくならば早めにぬぐっておくべきなのだ」

「うん、大丈夫だと思うけど……その前に、もう一度アイ＝ファの顔を見せてくれないか？」

しばしの沈黙《ちんもく》の後、アイ＝ファが横から俺の顔を覗き込んできた。きちんと髪を結《ゆ》っている、俺の知っているアイ＝ファの顔である。ほんのついさっき見たばかりであるはずなのに、俺は言葉にならないぐらい情動を揺《ゆ》さぶられてしまった。

「ああ、アイ＝ファ……何だか、数年ぶりにアイ＝ファと再会できたような気分だよ……」

「……それは私も同じことだ」

アイ＝ファは、にこりと微笑《ほほえ》んだ。

そして――アイ＝ファは優しく微笑んだまま、その頬に涙《なみだ》を伝わせた。

「すまん。まだ私が気を抜《ぬ》くことは許されぬのだが……お前にアイ＝ファと名を呼ばれると、どうしても喜びの気持ちを殺すことができん」

「気持ちを殺す必要なんてないよ」

まだそれほど込み入ったことを考えることのできない俺は、頭に浮かんだ言葉をそのまま口にしてみせた。

するとアイ＝ファは俺の身体を横から支えたまま、ぎゅうっと強めに抱きすくめてきた。ほんの少しだけ苦しかったが、それをはるかに上回る幸福感が、俺の身心の奥深《おくふか》くにまで浸透《しんとう》してきた。

「私はお前がこの試練を乗り越《こ》えると信じていたが……これほど胸が苦しくなったのは、父を失って以来のことだった」

「うん……」

「アスタ、私は――」

そこでアイ＝ファの言葉は途切れて、その代わりに小さく身体を震わせ始めた。

気づくと、俺も涙をこぼしてしまっていた。

俺は力の入らない腕を何とか持ち上げて、アイ＝ファの背中に手を回した。

そうして俺たちは、しばらくは言葉を発することもできないまま、ただ相手の体温を全身で感じながら、ひたすら涙を流し続けることになってしまったのだった。

4

「……お前が家の裏で倒《たお》れてからは、近在の女衆が交代で面倒《めんどう》を見てくれていたのだ」

やがて落ち着きを取り戻したアイ＝ファは、手桶《ておけ》の水で手ぬぐいを絞《しぼ》りながら、そのように語り始めた。俺は木の壁にもたれながら、その言葉を聞いている。背中には毛布をあてがわれていたし、足もとには敷布を敷《し》かれているので、体勢的につらいことはない。ただ、アイ＝ファの身に触れていない心細さは、まだ少し残されてしまっていた。

「私はお前のそばを離れられなかったので、晩餐《ばんさん》の支度《したく》や洗い物などを、その女衆が受け持ってくれたわけだな。朝方から晩になるまで、一日に何度となく誰かしらがファの家に立ち寄ってくれていた。今日も間もなく、誰かがやってくることだろう」

「そっか……アイ＝ファだけじゃなく、みんなに迷惑をかけちゃったな」

「迷惑という言葉には当たらない。ただ、家人でもないのに力を添えてくれた女衆には、深く感謝するべきであろうな」

アイ＝ファは静かに語りながら、俺の右腕《みぎうで》から手ぬぐいで清め始めた。そんな風に布ごしに触れられているだけで、アイ＝ファの存在を身近に感じることができてしまう。この痩せ細《ほそ》った身体と同じかそれ以上に、俺は心を消耗《しょうもう》させられてしまっていたのだった。

「屋台の商売も、トゥール＝ディンらが見事にこなしてくれていた。サウティの家においては、リミ＝ルウがお前の代わりをつとめてくれたようだ」

「リミ＝ルウが、サウティで……？」

「うむ。お前のサウティにおける手際《てぎわ》を見守っていたのは、リミ＝ルウなのであろう？　それで何とか、お前の仕事を引き継《つ》ぐことがかなったようだ」

俺たちが働くさまを熱心に見守っていたリミ＝ルウの姿を思い出し、俺は「そうか」と微笑んだ。その間に、アイ＝ファの手は逆側の腕に移動している。

「近在の氏族ばかりでなく、ルウ家やその眷族《けんぞく》からも、たびたび様子を見に来る者たちが訪れたのだ。その中でも、レイナ＝ルウやガズラン＝ルティムは毎日のように姿を見せていたな」

「うん……元気になったら、みんなにお礼を言わないとな」

するとも、俺の左腕を清めていたアイ＝ファの手が、ぴたりと止まった。どうしたのだろうと振り返ると、アイ＝ファは奇妙《きみょう》な感じに口もとをごにょごにょと動かしている。これは、唇《くちびる》をとがらせるのを懸命にこらえている合図であった。

「アスタよ、これはお前がもっと力を取り戻してから問おうと思っていたことなのだが……」

「うん、何だろう？」

「……レイナ＝ルウというのは、お前にとって何か特別な存在であるのか？」

俺は、きょとんとしてしまった。

アイ＝ファは全身全霊《ぜんしんぜんれい》でもって、唇がとがってしまうことを回避《かいひ》しようと頑張っている。

「高熱にうなされながら、お前はしきりにうわ言を口にしていた。その中で、お前は私と、自分の父親と……そして、レイナ＝ルウの名をたびたび呼んでいたのだ」

「俺が、レイナ＝ルウの名を……？」

「うむ。……しかも、氏《うじ》をつけずにレイナ、とな」

そこでアイ＝ファは自分に敗北し、ついに唇をとがらせてしまった。その愛くるしさにたとえようもない幸福感を味わわされつつ、俺はぼんやり考える。

「ああ……それはたぶん、別の人間の名前だよ」

「別の人間？　レイナ＝ルウの他にそのような名を持つ人間がいたか？」

「うん。俺の故郷の幼馴染で、玲奈《れいな》ってやつがいたんだよ。前にも話さなかったっけ？」

アイ＝ファは俺の身を清める手を止めて、猛烈《もうれつ》な勢いで考え込み始めた。

そうして、決然と頭をもたげる。

「思い出した。お前は確かに、その名を口にしたことがあったな。レイナ＝ルウと初めて顔をあわせたとき、同じ名を持つ知人がいると、そのように述べたてていたのだ」

「あはは。すごい記憶力《きおくりよく》だな、アイ＝ファは。あれは初めてルウ家に出向いた日のことだから……もう十ヶ月近くも前のことになるんだぞ？」

「お前が故郷について語ることは少ないから、強く頭に残されたのだろう」

アイ＝ファはすみやかに唇をひっこめると、今度は思慮《しりよ》深《ぶか》げな眼差しで俺を見つめてきた。

「では、そのレイナ＝ルウならぬレイナという者は、お前にとってよほど親しい相手であったのだな」

「うん。玲奈ってのは、俺にとって家族みたいなもんだったからな。小さな頃は、同じ家に預けられてたし……他の親類とは縁《えん》もなかったから、それでいっそう玲奈の家と縁を深めることになったんだ」

そして玲奈は、俺があちらの世界で最後に言葉を交《か》わした相手であった。

俺がいなくなった世界において、親父と玲奈はどのような気持ちで過ごしているのか。俺にとって、一番苦しいのはそれを想像することだった。

「……そういうことか。自分の迂闊《うかつ》さを恥《は》ずかしく思う」

「気にするなよ。俺がレイナ＝ルウを氏なしで呼んだりしたら、アイ＝ファにどれほど責められたって文句は言えないさ」

「ふん。それでもお前が――」

と、そこでアイ＝ファは口をつぐむと、いきなり俺のこめかみにぐりぐりと頭を押しつけてきた。俺がレイナ＝ルウを嫁《よめ》にすれば、文句を言うこともできなくなってしまうが――とでも言おうと考えて、それを取りやめたのだろうか。何にせよ、アイ＝ファが普段通りにすねたり照れたり取り乱したりしてくれるのは、俺にとって幸福な限りであった。

「ともかく、まずは力を取り戻すのが先決であろう。アスタの身を案じてくれていた者たちも、それを望むはずだ」

強引《ごういん》に話を引き戻し、アイ＝ファは俺の胸や腹をぬぐい始める。それは猛烈にくすぐったかったが、アイ＝ファに触れられている幸福感が上回ったので、俺はなんとか耐えることができた。

「早くみんなにお礼の言葉を伝えたいな。……他に何か変わったことはあったか？」

「シュミラルは、寝《ね》て過ごす必要がないぐらいには回復してきたらしい。そして、あやつの町の同胞《どうほう》がリリンとファの家を訪《おとず》れてきた」

「え？　ラダジッドたちは、俺のこともお見舞いに来てくれたのか？」

「うむ。昨日の昼下がりであったかな。あのときは……お前が苦しそうにしていたので、私も後から女衆に話を聞いたばかりであるが」

アイ＝ファはそれこそ朝から晩までつきっきりで、俺の看護をしてくれていたのだろう。何より大事な狩人としての仕事を、三日も休ませることになってしまったのだ。あらためて、俺は強烈な申し訳なさと感謝の気持ちを同時に抱かされることになった。

「……背中も清めるぞ。壁から背を離すことはできるか？」

「うん、大丈夫」

俺が身体を前側に傾《かたむ》けると、アイ＝ファは片腕《かたうで》で優しくそれを支えながら、背中を布でぬぐってくれた。広間はまだかまどの火で温められているので、冷たい水に浸《ひた》された手ぬぐいの感触が心地好いぐらいである。それにやっぱり、アイ＝ファに近づけば近づくほど、俺の心は安らぎに満たされるのだった。

「……ああ、それにルウ家やサウティ家の幼子も、病魔の試練から脱したと聞いている」

「あ、そうなのか？　それは本当によかったよ……」

「うむ。あちらは二日ほどで熱もひいたようだ。やはり幼子でないお前こそが、一番の苦難を与《あた》えられることになったのであろう」

そうしてアイ＝ファは俺の身体を壁《かべ》に預けると、ちょっとひさびさにやわらかく微笑んだ。

「お前がどれほどの苦しみに苛まれていたかは、私が一番間近に見ることになった。お前があのような試練を見事に乗り越えてみせたことを、私は誇《ほこ》りに思っているぞ、アスタよ」

「アイ＝ファがいてくれたから頑張れたんだよ。これは混じりけなしに、本当のことさ」

アイ＝ファは「うむ」とうなずきながら、また手桶の水で手ぬぐいをゆすいだ。

その後は、首から上である。顔や首筋から始まって、髪もひとふさずつすくい取り、優しく、やわらかく清めていく。俺は本当に幼子に戻ってしまったような頼りなさと、アイ＝ファにすべてをゆだねている心地好さとで、またどうしようもないぐらい情動を揺さぶられてしまった。

「あとは足だな。冷えるようなら薪を加えるが」

「大丈夫だよ。雨季の前より暖かいぐらいさ」

俺が自力で毛布を剥いでみせると、この世界で下帯と呼ばれる下着だけを巻きつけた裸体《らたい》があらわとなった。モモもスネもすっかり細くなってしまっているし、腹などは六つに割れてしまっている。皮下脂肪《しぼう》がなくなると、こうまで腹筋があらわになってしまうらしい。

なおかつ、ここまで素肌《すはだ》をアイ＝ファにさらすことはなかったので、俺はようやく多少の気恥ずかしさを感じる人間がましさを取り戻していた。が、病人の身で羞恥心《しゅうちしん》を重んじても詮無《せんな》きことであろう。海水浴にでも来たと思えば露出具合《ろしゅつぐあい》は変わらないし、自分で腕をのばして両足を清めるというのは、今の俺にはまだまだ苦しい作業であった。

「そういえば、アイム＝フォウは雨季になる前にこの病魔を退けていたそうだぞ」

「あ、雨季じゃなくても発症《はっしょう》することはあるんだっけ？」

「うむ。金の月の終わりには、だいぶん冷気も厳しくなっていたからな。アイム＝フォウも、いずれ立派な狩人に育つことであろう」

「うん、何せアイ＝ファから名前をもらってるんだから……あ、ごめん、待ってくれ！　すごくくすぐったい！」

「くすぐったい？」

アイ＝ファがきょとんと俺を見返してくる。その指先の手ぬぐいは、俺の足裏にあてられていた。胴体《どうたい》においては辛抱《しんぼう》のきいた俺も、その箇所ばかりは我慢《がまん》がならなかった。

「お前は以前にもそのようなことを述べていたな。あれは足ではなく、腹であったが」

「足の裏は、誰《だれ》でもくすぐったいんじゃないのかな。……とにかく、そこは自分でのちほど清めさせていただくよ」

「そうか」と、アイ＝ファはまた俺のかたわらに移動してきた。そうしてまぶたを閉ざしたかと思うと、おもむろに下帯へと手をかけてくる。

「家長！　何をなさるおつもりでしょうか⁉」

「下帯の下も清めるのだ。まぶたは閉ざしているのだから案ずるな」

「み、見なければそれでいいという話ではないと思うのですけれども！」

「しかし、毒を含んだ汗はぬぐっておくべきなのだ」

「自分でやりますから！　どうぞおまかせください！」

それだけのやりとりで、俺はぐったりしてしまった。俺の下帯から手を離したアイ＝ファは、まぶたを開けて心配そうに顔を寄せてくる。

「力を失っているのに、そのように騒《さわ》ぐものではない。それに、どうしてそこまで騒がねばならぬのだ？」

「ア、アイ＝ファが同じ立場であったなら、騒ぐことなく受け入れてたのか？」

アイ＝ファは形のよい下顎《したあご》に手をあてて考え込んだ。そして、いきなり顔を真っ赤にしたかと思うと、鼻先がぶつかるぐらいの勢いで顔を寄せてくる。

「……何を想像させるのだ、お前は？」

「……俺の恥ずかしさを理解してもらえたのなら幸いです」

ともあれ、俺はアイ＝ファに後ろを向いてもらい、その間にしかるべき場所を清めて、ついでに下帯も着替《きが》えさせていただくことにした。それだけでもずいぶん体力を消耗することになってしまったが、背に腹はかえられなかった。

「……俺は三日間も眠《ねむ》っていたんだから、その間もアイ＝ファは汗をぬぐったり着替えをさせたりしてくれていたんだよな」

「うむ」

「そうか……いや、どうもありがとう……」

「くどいようだが、お前の裸身《らしん》を目にしてはおらんぞ。家人といえども十歳《さい》を過ぎて男女の別がつけられたのちは、そのように振《ふ》る舞《ま》うのが森辺の習わしであるからな」

そうしてアイ＝ファは俺から受け取った手ぬぐいを乱暴に洗いながら、また赤い顔で俺をにらみつけてきた。

「あまりくどくどとそのような話を言いたてるな。私のほうまでおかしな気持ちになってくるではないか」

「うん、ごめん。大変だったのはアイ＝ファのほうだよな。俺だって自分がアイ＝ファの立場だったらと考えると――」

「そのような状況《じようきよう》を想像するな！　そして私にも想像させるな！」

そのようにアイ＝ファを惑乱《わくらん》させてしまったのも、俺が普段以上に頭が回っていないということでご勘弁《かんべん》を願うしかなかった。

「とにかく、これで病の毒はのきなみ取り除けたはずだ。今後は装束《しようぞく》を纏って過ごすといい」

ということで、俺は三日ぶりに衣服を着用することも許された。長袖《ながそで》の肌着《はだぎ》と脚衣《きやくい》だけを纏い、再び壁際に座《すわ》り込んで、毛布を腹まで引き上げる。それで俺は、ようやく人心地《ひとごこち》をつくことができたようだった。

そしてその後は、アイ＝ファのほうも軽く身を清めて、着替えも済ませることになった。一晩中ずっと身を寄せ合っていたのだから、それは必要な措置《そち》であったのだ。

が、そうしてアイ＝ファが数分ばかりも別室にこもっている間が、俺にとってはもっとも苦しくて切ない時間だった。それでアイ＝ファが戻ってきたときにはよほど嬉しそうな表情になってしまっていたのか、何とも複雑そうな面持《おもも》ちをしたアイ＝ファにくしゃくしゃと頭をかき回されてしまった。

「そういえば、今日は茶の月の何日なんだろう？　三日が過ぎたっていうけど、それは倒れた日を含めて三日って意味なのかな？」

俺が照れ隠《かく》しでそんな話を振ってみせると、アイ＝ファは俺のすぐそばに腰を下ろしながら「いや」と首を横に振った。

「その日を除いて、丸三日という意味だ。今日は茶の月の九日となる」

「ああ、それなら屋台の商売の休業日か。本当だったら、森辺の開通工事の見学をさせてもらいたかったんだけどな」

しかしこれでは、体調を回復させるのに数日はかかってしまうことだろう。今はとにかく元の力を取り戻すのに専念するしかなかった。

それで現在は、いったい朝のいつぐらいであるのか――と俺が問おうとしたとき、戸板が外から叩かれた。アイ＝ファは壁に掛《か》けられていた自分の上着を羽織り、玄関口《げんかんぐち》の前に立つ。

「トゥール＝ディンとユン＝スドラです。……アスタのお加減はいかがでしょうか？」

そんな懐かしい声が、広間の奥に陣取《じんど》った俺のほうにまでうっすらと聞こえてきた。

「アスタはようやく目覚めることができた。いま、戸を開けよう」

そうしてアイ＝ファは閂《かんぬき》を外すと、細めに開いた隙間《すきま》から小声で何かを伝えてから、ようやく戸板を全開にした。ファの家においては玄関口に帳を張ったりもしていないので、俺はその位置からでもトゥール＝ディンとユン＝スドラの姿を確認《かくにん》することができた。

「ああ、アスタ……よくぞお目覚めで……」

「おひさしぶりです、アスタ！　お気分はいかがですか？」

きっとアイ＝ファから取り乱さぬようにと言葉をかけられていたのだろう。それでも二人は雨具のフードをはねのけると、涙を流さんばかりに喜色をあらわにしてくれた。

「もう大丈夫だよ。心配してくれて、どうもありがとう」

謝罪ではなく感謝の言葉を先に述べるべきだろうと判断し、俺は遠くからそのように答えてみせた。アイ＝ファは戸板を閉め、土間の水瓶《みずがめ》を指し示している。

「多少の時間ならば言葉を交わすこともできるだろうし、また、アスタもそれを望むであろう。よければ少し上がっていくといい」

「ありがとうございます！　それじゃあ、洗い物などはその後に――」

「アスタが目覚めたのだから、もう皆《みな》の手をわずらわせる必要もない。今の内に私が片付けておくので、その間に言葉を交わせばよかろう」

というアイ＝ファの気づかいによって、俺たちは三日ぶりに対面することが許された。雨具を脱《ぬ》いで足を清めたトゥール＝ディンとユン＝スドラが、俺の前で膝《ひざ》をつく。

「アスタ、すっかり痩《や》せてしまわれましたね。でも、熱が下がったのなら、もう大丈夫《だいじょうぶ》です。すぐに元の力を取り戻せますよ」

ユン＝スドラは、輝《かがや》かんばかりの笑顔《えがお》であった。その横で、トゥール＝ディンは泣きべそのような顔になってしまっている。

「本当に……本当によかったです……アスタに万が一のことがあったら、わたしたちは……」

「トゥール＝ディンは、かまど番の中で一番アスタの身を案じていたと思います。かつてのスン家では『アムスホルンの息吹《いぶき》』で魂《たましい》を返す幼子が多かったようなので、余計に心配になってしまったのでしょう」

ユン＝スドラは優しく微笑みながら、トゥール＝ディンの肩《かた》に手を回した。ユン＝スドラの身体《からだ》にもたれながら、トゥール＝ディンはぐしぐしと涙をこぼしてしまう。

「そこまで心配してくれてありがとう。本当に感謝しているよ、トゥール＝ディン、ユン＝スドラ。……それに、家のことでも商売のことでも、みんなに大変な苦労をかけてしまったね」

「アスタとアイ＝ファの苦しさに比べれば、どうということはありません。……あの、アイ＝ファは大丈夫なのでしょうか？」

と、ユン＝スドラが声をひそめて問うてくる。アイ＝ファは玄関口で衣類や木皿などを洗っているので、たぶん聞こえてはいないだろう。

「『アムスホルンの息吹』にかかった幼子を救うには、朝と夜の区別なく、ひたすら水と薬を飲ませて、毒を含んだ汗をぬぐい、自らの温もりを与え続けなくてはならないのです。普通《ふつう》は家族で交代するものなのですが、アイ＝ファは一人でその役を担《にな》っていたのですよね。フォウやスドラがその役に力を貸そうと願い出ても、アイ＝ファはすべて断っていましたから」

「……うん」

「そうなると、アイ＝ファは四日前の夜からほとんど寝ていないということになってしまうのです。特に夜の間は、かまどの火を絶やさぬように、ずっと薪《まき》や炭をくべていたのでしょうし……狩人たるアイ＝ファには普通の女衆よりも強い力が備わっているのでしょうが、わたしは少し心配です」

「うん、わかった。伝えてくれてありがとう。アイ＝ファには後でゆっくり休んでもらおうと思うよ」

ユン＝スドラは笑顔を取り戻し、「はい」と元気にうなずいてくれた。

トゥール＝ディンも、涙をぬぐいながら恥ずかしそうに微笑んでいる。

「アスタやアイ＝ファはそれほどの苦難を退けたというのに、わたしがこのように取り乱すのはおかしいですよね。みっともない姿を見せてしまって申し訳ありません」

「それをみっともないなんて思うわけがないじゃないか。同じ言葉しか言えないけど、本当にありがとう」

油断をすると、俺のほうこそ涙をこぼしてしまいそうであった。言葉なんて、必要ではない。その表情や眼差《まなざ》しだけで、俺は彼女《かのじょ》たちがどれほど心を痛めてくれていたかを実感することができていた。

「この後は、近在の氏族にもアスタが目覚めたことを伝えてきますね。今日で三日が過ぎたので、みんなさぞかしやきもきしていることでしょう」

「でも、みんなに押しかけられたらアスタも気が休まらないでしょうから、明日までは家を訪れるのを我慢するように伝えておきます。……わたしたちは、こうしてアスタと言葉を交わすことがかなって幸運でした」

「中天が近くなったら、食事をお作りしますね。アスタのために食べやすいすーぷの作り方をずっと考えていたのです」

口を開いたら開いたで、この有り様である。俺は感謝と喜びの思いで目眩《めまい》を起こしそうなほどであった。

それから数分ほどでアイ＝ファは片付けものを終えてしまったので、二人は名残惜《なごりお》しそうな様子を見せながら立ち上がった。

「それでは、いったん失礼します。……あ、それと、北の民《たみ》の食事については、アイ＝ファからも聞きましたか？」

「うん。リミ＝ルウが俺の代わりに力を貸してくれたそうだね」

「はい。でも、それだけではなくて……城下町から、砂糖とタウ油とフワノが届けられてきたのです」

「え？　フワノはまだわかるけど、砂糖とタウ油ってのは何の話だい？」

「砂糖とタウ油さえあれば、粗末《そまつ》な食事をもっと美味に仕上げることがかなうはずだと、アスタがそのような言葉を告げていたのでしょう？　それがリミ＝ルウから城下町の人間へと伝えられることになったのです」

それでも、俺には理解が及《およ》ばなかった。確かに調味料を欲してはいたが、それを城下町に要求するつもりなどなかったし、また、要求したところでかなえられるはずがない、と俺は考えていたのである。

「そうか、アスタはその前の話からして聞いていなかったのですよね。ええと……二日前に、城下町からの使者がサウティの家を訪れたのです。それは、足りないフワノの代価はすべてトゥラン伯爵家《はくしゃくけ》が受け持つことになったので、森辺の民がそれを肩代《かたが》わりする必要はなくなった、という話でした」

「トゥラン伯爵家が、フワノの代価を……うん、もともと北の民っていうのはトゥラン伯爵家が連れてきたものなんだろうから、そこまでは何とか理解できるよ。でも、砂糖とタウ油まで支給されたってのは？」

「はい。北の民がさらなる力をふるうのに必要な食材はあるかと問われたので、その場に居合わせたリミ＝ルウがそのように答えたのです。それで、昨日からタウ油と砂糖も運ばれるようになったそうですよ」

聞けば聞くほど、意想外な話であった。美味なる料理のために、ではなく、北の民がもっと元気に働けるように、というのが主旨《しゅし》であるならば、まあ納得《なっとく》できないこともないが――しかしつい先ごろまでは、必要なフワノの量までをも絞っていたのが、彼《かれ》らのやり口であったのだ。それが、森辺の民にひとこと進言されただけで調味料の支給まで許すというのは、あまりにいぶかしい話であった。

「それは、どういうことなんだろう？　いったい誰の判断で、そんなことが許されるようになったのかなあ?」

「さあ……サウティを訪れたのは、メルフリードという貴族からの使者であったとは聞いていますが」

森辺の民との調停役はメルフリードなのだから、それは当然のことだろう。しかし何にせよ、メルフリードというのは父親にして領主たるマルスタインの代理人だ。メルフリードが許したのなら、それはマルスタインが許したも同義であると解釈《かいしゃく》できるはずだった。

「詳《くわ》しい話は族長筋の人たちに聞くしかないみたいだね。俺《おれ》が元気になったら、ルウやサウティの人たちに聞いてみるよ」

「はい。今日もルウ家の誰かしらはアスタのもとを訪れることでしょう。さすがにわたしたちも、族長筋の人間に遠慮《えんりょ》をしろとは言えませんので」

悪戯《いたずら》っぽく笑いながら、ユン=スドラは小さく舌を出す。そんな魅力的《みりょくてき》な表情を最後に、二人の客人はファの家からいったん立ち去っていった。

「トゥラン伯爵家の件も伝えておくべきだったか。しかし、あまりあれこれと頭を悩《なや》ませるのではないぞ、アスタよ」

「うん。まだ頭を悩ませるほどの力は戻っていないみたいだ」

俺は深々と息をつき、敷布の上に身を横たえた。それがあまりにぐったりとした姿に見えてしまったのだろうか。アイ=ファはすかさず俺のもとに膝を折り、顔を寄せてくる。

「疲《つか》れたか? 客人を招くには、まだ早かっただろうか?」

「いや、二人と喋《しゃべ》れてよかったよ。でも、食事の時間までは少し休ませてもらおうかな」

下がってきそうになるまぶたを何とか保持しながら、俺はアイ＝ファを見つめ返す。

「……アイ＝ファのほうこそ、疲れているんじゃないか？　俺はもう大丈夫だから、アイ＝ファもゆっくり休んでくれ」

「私は、狩人だぞ？　これしきのことで力を失ったりはせん」

そのように言いながら、アイ＝ファは俺の頭にぽんと手を置いてきた。

「お前は、休むといい。私が見守っているからな」

「それじゃあアイ＝ファも、見守りながら休んでくれよ」

アイ＝ファは小首を傾《かし》げると、やがて猫のような動作でもぞもぞと俺の寝床《ねどこ》にもぐりこんできた。そうして同じ枕《まくら》に頭を乗せながら、間近から俺の顔を見つめてくる。

「これならば、見守りながら休むこともできるやもしれん。しかし、病が癒《い》えた後にまで身を寄せるのは、あまり正しくない行いだろうか？」

俺は無言のまま腕《うで》をのばし、アイ＝ファの身体を抱《だ》きすくめてみせた。

アイ＝ファは「そうか」とつぶやくと、俺の頬に頭をこすりつけてきた。

そうして俺たちは、食事の準備をするために再びトゥール＝ディンたちがやってくるまで、しばし安息の時間を得ることになったのだった。

5

しばらくして中天が近づくと、トゥール＝ディンとユン＝スドラは約束通りファの家を訪れて、俺のための食事をこしらえてくれた。

とはいえ、内容は具なしの『ギバ・スープ』である。まるまる三日も食事をとっていなかったのだから、それ以上の重い食事などは望むべくもなかったのだった。

しかしまた、その食事は俺にとてつもない感動をもたらしてくれた。それはギバ肉と野菜で出汁《だし》を取り、わずかな岩塩とタウ油で薄《うす》く味をつけられただけの至極《しごく》簡単なスープであったのだが、そこからもたらされる滋養《じよう》と温《ぬく》もりが、俺の情動をこれでもかとばかりに揺さぶってきたのだった。

栄養の欠乏《けつぼう》していた肉体に、必要なものがすみやかにしみわたっていく。それはまるで細胞《さいぼう》の一粒《つぶ》ずつが喜びに打ち震《ふる》えているかのようであり、俺はしばらく言葉も出ないほどであった。

俺の肉体は、完全な飢餓《きが》状態であったのだ。それでいて、手ひどい衰弱《すいじゃく》状態にもある。いきなりギバ肉などをかじったら、それこそ生命《いのち》に関わっていたかもしれない。実際、彼女たちは蒸《む》し籠《かご》でやわらかく仕上げたフワノの生地《きじ》というものも準備してくれたのだが、そちらはひと口かじっただけで、俺は本能的な危険を感じることになってしまった。

「やっぱり形のある食事はまだ早かったですか。すーぷにポイタンやフワノを溶かし込むと美《お》味《い》しさが損《そこ》なわれてしまうため、どうしても使う気持ちになれなかったのです」

「だけどやっぱり、フワノかポイタンのどちらかは口にするべきですよね。生ではなく粉のポイタンを別の鍋《なべ》で溶かしてみますので、それも召《め》し上がってみてください」

そうして『ギバ・スープ』の後には、ポイタン汁《じる》も準備されることになった。

粉にした後のポイタンをただ煮《に》込んでも、生のポイタン汁よりわずかに飲み口がやわらかくなるばかりである。いわば小麦粉を水に溶いたようなものなので、これを本当の意味で美味であると感じることは難しいだろう。しかし、それもまた俺には必要な滋養であったし、俺はべつだん忍耐《にんたい》を強《し》いられることなく、それを口にすることができた。今の俺は水分そのものも激しく欲していたので、食欲中枢《ちゅうすう》とは別の部分で喜びや快楽を見出《みいだ》すことができているような気がした。そのポイタン汁でもわずかな塩とタウ油が使われており、それがまた俺を深く満足させてくれた。気分としては、重湯やおかゆを食しているようなものだった。

何にせよ、俺はトゥール＝ディンたちのおかげでまたさらなる力を取り戻《もど》すことができたのだ。この日に食べた料理の味を、俺が忘れることはないだろう。俺がその気持ちを伝えると、トゥール＝ディンはまた感じやすい瞳《ひとみ》に涙を浮《う》かべてしまっていた。

そして俺が残した蒸しフワノと『ギバ・スープ』の具材のほうは、アイ＝ファが綺麗《きれい》にたいらげてくれた。さらにアイ＝ファは干し肉までかじっており、ここ数日の看護疲《づか》れを力強く癒《いや》している様子だった。

「それでは、また夕刻に晩餐を作りに来ますので」

長居をしては悪いと思ったのか、トゥール＝ディンとユン＝スドラはすみやかに帰っていった。

その後に訪れたのは、ルウ家およびその眷族の面々である。顔ぶれは、レイナ＝ルウ、リミ＝ルウ、ルド＝ルウ、ガズラン＝ルティムというものであった。宿場町の商売は休業日であるし、狩人の仕事も雨季の間は普段《ふだん》以上に過酷《かこく》なものになるので、数日に一度は休みを入れているのだという話であった。

「よー、無事に目が覚めたんだな。ま、大丈夫だとは思ってたけどよ」

ルド＝ルウは、あっけらかんと笑っていた。リミ＝ルウも満面の笑《え》みであるし、ガズラン＝ルティムも静かに微笑んでいる。レイナ＝ルウも取り乱すことはなかったが、その目にはうっすらと涙が浮かべられていた。

「きっと今日には目覚めるだろうけど、あんまり騒がしくしちゃだめーってミーア・レイ母さんに言われたからさ。誰が様子を見にいくか、『モルガの三すくみ』で決めてきたの！」

『モルガの三すくみ』というのは、いつだったか俺がルウ家に普及《ふきゅう》させた、いわゆるジャンケン遊びである。紙もハサミも存在しないこの地ではパーやらチョキやらの概念《がいねん》を伝えるのが難しかったので、狼《おおかみ》や大蛇《だいじゃ》や野人をなぞらえることになったのだった。

「ララやシーラ＝ルウも来たがっていたのですが、今日はわたしとリミが資格を勝ち取ることになりました。アスタがおつらくなければ、明日にでも他のみんなが駆《か》けつけると思います」

「私も父ダンを説《と》き伏《ふ》せるのに苦労をしました。あの大きな笑い声は、いささかならず今のアスタにはおつらいでしょうから」

決して取り乱さないレイナ＝ルウとガズラン＝ルティムの優《やさ》しい言葉も、俺には何よりあり

がたかった。

「アスタ、すっげー痩せちゃったな！　コタなんて、今じゃあすっかり元気になって、肉もポイタンもがつがつ食ってるぜー？」

「うん、コタ＝ルウも試練を乗り越えられて、本当によかったね」

「ルウ家じゃ『アムスホルンの息吹』で魂を返す子供なんて、ほとんどいねーもんよ。……でも、幼子じゃないと余計に苦しむってのは本当のことだったんだな。昨日の朝方なんか、家の外にまで苦しそうな声が聞こえてたぜ？」

そのように言いながら、ルド＝ルウは少し離《はな》れた場所に座しているアイ＝ファのほうを振り返った。

「家族の苦しむ姿を見るのはつれーよな。しかもアイ＝ファは一人でアスタの面倒を見てたんだろうから、ほんとに立派だと思うよ」

「その代わりに他の仕事を近在の女衆が肩代わりしてくれたので、どうということはない。血の縁も持たぬのにそうして力を貸してくれた者たちこそが、立派と賞賛されるべきであろう」

「そいつらも立派だけど、お前だって立派だよ。ま、そんなことはアスタだってわかってるだろうけどさ」

俺は万感《ばんかん》の思いを込めながら、「うん」とうなずいてみせる。家の外まで苦しむ声が聞こえたというのは、初耳だ。それでアイ＝ファがどれほど心を痛めることになったのか、想像しただけでこちらの胸が痛くなってしまった。

なおかつ、ずっと朗《ほが》らかに笑っているルド＝ルウも、そうしてひっきりなしにファの家を訪れてくれていたのだ。この数日間で、俺がどれだけ大勢の人々に心配をかけ、その手をわずらわせてしまったのか、あらためて思い知らされた心地《ここち》であった。

こういうときに、「申し訳ない」という気持ちが先に立ってしまうのが、俺の性分《しょうぶん》である。しかし、そういった気持ちは森辺において「水臭《みずくさ》い」と称《しょう》されることが多い。だから俺は、申し訳なさではなく感謝の気持ちを込めて、みんなに「ありがとう」と伝えさせてもらうことにした。

「そんな、いちいちあらたまんなよ！」

笑いながら、ルド＝ルウが右手を振り上げた。が、すんでのところで、その動きは止められる。たとえ親愛のスキンシップであっても、今の俺に狩人の平手打ちを受け止められる体力はない、と思いなおしてくれたのだろう。

そうしてルド＝ルウが腕を上げた体勢のまま後方を振り返ると、アイ＝ファもまた腰《こし》を浮かせかけた体勢で停止していた。ルド＝ルウの腕が振りおろされていたならば、その痛撃《つうげき》が俺に届く前に、アイ＝ファにつかみかかられていたのかもしれない。

「あぶねーとこだったな！　ラウ＝レイにはしばらくアスタに近づくなって言っておいたのに、俺がおんなじ失敗をするところだったぜー」

「ラウ＝レイに忠言してくれたのか。……それには心から感謝の言葉を述べさせてもらおう」

まったくさんざん言われようであるが、俺のほうこそラウ＝レイの荒々《あらあら》しいスキンシップを受けられるように、一刻も早く復調したいところであった。

そうしてその日はルド＝ルウたちもわずかな時間でファの家を退去していった。誰も彼もが俺の身体を気遣《きづか》ってくれているのだ。トゥラン伯爵家が北の民に新たな食材を支給したという一件は気になっていたが、堅苦《かたくる》しい話はもっと体力を取り戻すまでこらえたほうが賢明であるようだった。

それから日が暮れるまでの数刻は、ひたすら寝具《しんぐ》にもぐっての休息である。俺の要望に従って、アイ＝ファはずっと添《そ》い寝をしてくれていた。きっとのちのち考えたら、どれほどアイ＝ファに甘《あま》えていたかと気恥《きは》ずかしくてたまらなくなってしまうのだろうが、その頃《ころ》の俺に格好をつけている余裕《よゆう》などは微塵《みじん》たりとも存在しなかった。

俺はあんまり重い病気をしたことがなかったので、こういう際に人間がどれほど弱り果て、心細くなるかということを、まったくわきまえていなかったのだ。俺は小さな子供のようにアイ＝ファの温もりを求めて、アイ＝ファは優しくその要望に応えてくれた。家人の堕落《だらく》を許すアイ＝ファではないので、アイ＝ファにもこれは必要な行いであると認めてもらえたのかもしれなかった。

「私が手傷を負った際も、アスタの存在が何よりの支えになってくれた。今は私がアスタの支えになれるのなら、それはこの上もなく嬉《うれ》しく思える」

俺がとろとろと微睡《まどろ》んでいる間、そのかたわらにぴったりと身を寄せたアイ＝ファは、とてもやわらかい声音《こわね》でそのように言ってくれていた。

そして、その晩までは最初と同じく具なしの『ギバ・スープ』とポイタン汁が供されることになった。アイ＝ファのほうは、普通のスープと焼き肉と焼きポイタンだ。俺が病に倒れた日から、近在の女衆はこうしてアイ＝ファの晩餐の準備まで受け持ってくれていたのだった。

だが、俺が目覚めてからは、その役目はすべてトゥール＝ディンとユン＝スドラが受け持つことになった。病《や》みあがりの俺の食事の準備をするのは、近在でも指折りの力量を持つその両名が受け持つべきだという話になったらしい。屋台の商売のある日も、下ごしらえと一緒《いっしょ》に俺の食事を仕上げてくれるとのことであった。

「きっと明後日《あさって》ぐらいには、蒸したフワノの生地ぐらいだったら口にできると思うんだ。全部は食べきれないかもしれないけれど、また準備をお願いできるかな？」

「もちろんです！　他に何か、アスタの口にしたい料理や食材などは存在しますか？」

「そうだなあ。……あ、ポイタン汁にはギーゴのすりおろしを入れてくれると、いっそう飲みやすくなるかもしれない。ずっと前に、ルウ家で試《ため》したことがあるんだ」

「ギーゴですか。あれは滋養も豊かであるそうですし、ぜひ試してみようと思います」

「あと、キミュスの卵をかきまぜて、硬《かた》くなりすぎないていどに焼いてくれたら食べやすいかも」

「ああ、卵も滋養が豊かなのですよね。……すみません、このような際であるのに、けっきょくわたしたちのほうが学ばされてしまっています」

「とんでもないよ。きっと二、三日もすれば自分で晩餐の準備ぐらいはできるようになると思うから、それまではどうぞよろしくお願いします」

俺がそのように頭を下げてみせると、トゥール＝ディンたちもかしこまった様子で礼を返してきた。

「たとえ二、三日でも、アスタの晩餐をご用意できるというのは、ものすごく光栄なことです」

「はい。しかもアスタは、そうしてとても幸福そうなご様子でわたしたちの作ったものを食べてくださるので……それがまた、胸が詰《つ》まるぐらい嬉しく感じられてしまいます」

「俺のほうこそ、誰かが自分のために作ってくれたものを食べるというのはあまりないことだから、とても嬉しく感じているよ」

特に、日常の晩餐で他者の料理を食べるというのが、俺にとっては希少な体験であった。しかもこれは、俺のためだけに考えて作られた食事であるのだ。俺が食べやすいのはどのような料理か、俺が美味と思うのはどのような料理か、彼女たちがめいっぱい頭をひねってこしらえてくれたものなのである。そういった思いまでもが加味されて、俺に喜びと幸福感を与えてくれたのだろうと思う。

そうしてトゥール＝ディンたちが帰っていった後、暗がりでアイ＝ファと身を寄せ合いながら、俺は心中に生まれた気持ちを告げてみせた。

「人が自分のために料理を作ってくれるっていうのは、こんなに嬉しいものなんだな。それを知らなかったはずはないのに、何だか痛切に思い知らされてしまったよ」

「うむ……？」

「早くアイ＝ファに俺の料理を食べてもらいたい。アイ＝ファがこんなに嬉しい気持ちを抱いてくれていたなら、俺は幸福だ」

アイ＝ファは吐息《といき》のような笑い声をもらし、俺の身体を抱きすくめてきた。

もう就寝時《しゅうしんじ》にかまどの火を焚《た》くこともなかったので、俺はアイ＝ファの温もりだけを全身に感じながら眠りに落ちることになった。


それからの数日間は、休養とリハビリの期間であった。

『アムスホルンの息吹』は風邪《かぜ》のようにぶり返す病気ではないので、いったん回復したならば、後は快方に向かうばかりなのである。

とはいえ、俺は幼子でもなくこの病にかかってしまったので、すべてが通例の通りにはいかなかった。とにかく体力を削《けず》られに削られていたので、無理をして別の病を招いてしまわないようにと慎重《しんちょう》に振る舞うことを余儀《よぎ》なくされたのだ。

回復して二日目は、やはり具なしの『ギバ・スープ』とポイタン汁、それにキミュスの炒《い》り卵のみを口にすることになった。その翌日から、こまかく刻んだ肉とアリアもスープに加えてもらい、きちんと形のある食材を口にするようになったのは、さらにその翌日からのことであった。

それでもギバ肉はミンチのみにとどめてもらい、野菜もくたくたになるまでやわらかく煮込んでもらった。香草《こうそう》などの刺激物《しげきぶつ》も避《さ》けて、タウ油と砂糖を中心に薄めの味付けをお願いすることになった。そういった『ギバ・スープ』に、蒸したフワノをひたして食べるのだ。時にはワンタンのように茹《ゆ》であげてもらい、とにかく消化するのに苦にならない形で、俺は各種の栄養を摂取《せっしゅ》し続けた。

その頃には、痩せ細《ほそ》った身体にも多少の肉が戻ってきていた。肌《はだ》にも水気と弾力《だんりょく》が戻り、まず真っ先に頬肉《ほおにく》と目の下の隈《くま》が改善された。長袖の服を着てしまえば、もう外見的にはほとんど変わりもなかったのではないだろうか。その日の夜、アイ＝ファがしみじみと俺の姿を見つめてから、ぎゅっと身体を抱きすくめてくれたのは、きっとそういうことなのだろうと思う。

俺がリハビリを兼《か》ねてかまどに立つ決断をしたのは、さらにその翌日のことだった。日取りとしては、茶の月の十三日である。雨季に入って十日目、俺が目を覚ましてから五日目のことだ。

もちろんまだまだ完全復帰にはほど遠いものの、目眩や立ちくらみを感じることはなくなっていた。重いものを運んだりしなければ、みんなに心配をかけることもないだろう。疲れたときは、休ませてもらえばいい。それぐらいのゆとりをもった上での、暫定的《ざんていてき》な職場復帰であった。

まず最初に為《な》すべきは、朝方の仕込み作業である。屋台の商売はトゥール＝ディンたちの尽力《じんりょく》によって継続《けいぞく》されていたので、毎日ファの家のかまどの間ではその下ごしらえの仕事が為されていたのだ。俺が定刻にかまどの間に向かうと、そこに集まったみんなからは拍手《はくしゅ》と笑顔を届けられることになった。

ここまでの何日かで、顔なじみの人々はかわるがわるお見舞《みま》いに来てくれていた。ガズやラッツやベイムはもちろん、南の果てからはダリ＝サウティとミル・フェイ＝サウティが、北の果てからはスフィラ＝ザザとレム＝ドムまでもが来てくれていたのだ。恥ずかしながら、俺が病魔《びょうま》に倒《たお》れてそこから復帰したという話は、フォウとベイムの連絡網《れんらくもう》によって森辺中に知らしめられていたのである。

よって、近在の女衆などはそのほとんどが一度はお見舞いに来てくれていたぐらいであると思うのだが、それでもやっぱり寝具にうずもれていた俺が仕事の場に現れることで、まったく異なる安心感を与えることがかなったのだろうか。人々は本当に幸福そうな顔で笑ってくれており、俺は涙《なみだ》をこらえるのが大変なほどであった。

そうして朝方の二時間ぐらいをかけて、屋台や宿屋の料理を仕上げた後は、家に戻ってまた休息である。眠りたい、とまでは思わなかったが、みんなの戻ってくる昼下がりまでは、十分に休んでおくべきだろうと思われた。

アイ＝ファの苦悩《くのう》が始まったのは、このあたりからである。いつから狩人としての仕事を再開させるかという、悩ましい問題に直面しなければならなかったのだ。

「俺ももう倒れたりはしないだろうから、そういう意味での心配は不要なんじゃないかな」

俺がそのように意見してみせると、アイ＝ファは迷うことなく唇《くちびる》をとがらせた。

「……お前に悪意がないということはわかっているが、私の存在など不要だと言われているような心地がして、気分が悪い」

「ええ？　そんなつもりは、まったくなかったんだけど……」

「そんなつもりがないことはわかっている。つまりこれは、私の弱さや未熟さからもたらされる気持ちなのだ」

そうしてアイ＝ファは、寝具の上に座した俺のもとに屈《かが》み込んできた。

「アスタが元気になったのだから、これほど喜ばしいことはない。しかし……昨日までのお前は、幼子のようでとても可愛《かわい》かった」

「そ、そうか。だけど、俺がそんな状態から抜《ぬ》け出せなかったら大変なことだよな」

「それも重々わかっている。しかし、とても可愛かったのだ」

このような言葉を真正面から伝えられて、俺はどのように対応するべきだったのだろうか。その答えを見つけられない内に、アイ＝ファはまた俺の寝具にもぐり込んできた。そうして俺の肩をつかんだかと思うと、やわらかくも力強い所作で敷布《しきふ》の上に引き倒してくる。

「アスタが完全に力を取り戻したあかつきには、こうして同じ寝具で眠ることも許されぬのだろうな」

「うん、まあ……そうなんだろうな」

アイ＝ファの指先が、衣服の上から俺の脇腹《わきばら》をまさぐってきた。くすぐったさが尋常《じんじょう》でなかったが、アイ＝ファはとても真剣《しんけん》な目つきをしていたので、俺はぐっとこらえてみせる。

「いまだにあばらがはっきりと浮いている。アスタが完全に力を取り戻すのに、まだ数日ばかりの時間がかかろう」

「うん、俺もそう思うよ」

「……『アムスホルンの息吹』というのは、一度かかれば二度とかからぬ病だ。だから私がここまで心を乱されることも、この先はそう訪《おとず》れぬことだろう」

そうしてアイ＝ファは、脇腹にあてていた手を俺の顔にのばしてきた。アイ＝ファの温かい手の平が、俺の頬《ほお》にひたりと当てられる。

「だから……もう数日は狩人の仕事を休んで、お前の様子を見守りたいと思う。狩人として、家長として、それが正しい行いなのかはわからないが……この気持ちを押《お》し殺すことが正しいとは思えぬのだ」

「うん。これからはアイ＝ファに心配をかけないように心がけるよ」

「今回は、そのような心がけが通用するような災厄《さいやく》でもなかったであろうが？　お前に罪はないのだ、アスタよ」

そうしてアイ＝ファは、ようやく微笑《ほほえ》んでくれた。

「私は、未熟だな。しかしこの数日を乗り越《こ》えた後は、これまで以上に強い気持ちで狩人の仕事に励《はげ》むということを、ここで母なる森に誓《ちか》ってみせよう」

「うん」と応じながら、俺もアイ＝ファの頬に手の平をあててみた。

アイ＝ファは嬉しそうに目を細めながら、いつまでも俺の顔を見つめていた。


その翌日の朝方には、実に賑《にぎ》やかな面々がファの家を訪れてくれた。

ダン＝ルティムとガズラン＝ルティム、ラウ＝レイとギラン＝リリン、それに何とシュミラルまでもが加わっていたのだ。ガズラン＝ルティムとシュミラルは寡黙《かもく》なタイプであったが、それを補って余りある三名の賑やかさであった。

「もうすっかり力を取り戻せたようではないか！　ずいぶんひどいありさまであったと聞いて、俺も心を痛めていたのだぞ！」

そのように述べながら、ダン＝ルティムはガハハと笑っていた。

同じように、ラウ＝レイも楽しそうに笑っている。

「俺たちはやかましいので、ファの家を訪れるべきではないなどと言われていたのだ。ひどい言い草とは思わぬか、アスタ？」

「う、うん、そうだね。まあ、俺も数日前まではかなり弱り果てていたからさ」

「しかし、力を取り戻せたのなら何よりだ。ここでアスタを失うのは、我々にとってもとてつもない悲しみであったからな」

比較的穏《ひかくてきおだ》やかなギラン＝リリンは、やわらかく微笑みながらそのように言っていた。そのかたわらで、シュミラルはいっそう穏やかに微笑んでいる。

「話、聞いたとき、驚《おどろ》きました。『アムスホルンの息吹』、このような形、訪れること、あるのですね」

「はい。みんなのおかげで、大事に至らず済みました。……シュミラルもすっかり元気になられたようですね」

「はい。二日前から、狩人の仕事、再開しています」

シュミラルが負傷してからも、すでに十日ぐらいが経過しているのだ。背筋を真《ま》っ直《す》ぐにのばして座したシュミラルは、俺が知る通りのシュミラルそのものであった。

「それじゃあ、ヴィナ＝ルウもルウの集落に戻られたのですか？」

「はい。二日前の朝、戻りました。心づかい、無駄《むだ》にせぬよう、励みたい、思っています」

と、シュミラルは恥《は》ずかしそうに目を伏せてしまう。ギラン＝リリンとウル・レイ＝リリン、シュミラルとヴィナ＝ルウ、そして時には幼子たちも交えて、リリンの本家ではどのような縁《えん》が紡《つむ》がれていったのか、なかなか想像が難しいところである。ギラン＝リリンはにこやかに微笑んだまま、とりたてて口をはさんでこようとはしなかった。

「ヴィナ＝ルウのほうもそこまで執心《しゅうしん》しておるのであれば、とっとと婿《むこ》入りを認めてしまえばいいものをな！」

遠慮というものを知らないダン＝ルティムが豪放《ごうほう》にそう言い放つと、ラウ＝レイも「まったくだ！」と同意していた。

「しかし、俺はヴィナ＝ルウのようにくにゃくにゃした女衆は苦手だな。女衆でも、毅然《きぜん》としていたほうが好ましかろう」

「毅然、私、女衆に求めてはいません」

気分を害した様子もなく、シュミラルは静かに自分の意見を主張する。このような場でシュミラルがダン＝ルティムたちと交流を結ぶさまというのも、かなり新鮮《しんせん》なものがあった。

そんな中、ガズラン＝ルティムは静かに微笑んでいる。俺が意識を失っている間、もっとも頻繁《ひんぱん》に姿を見せてくれていたのはこのガズラン＝ルティムであるらしいのだが、俺が復調した後も、それほど多くの言葉が届けられることはなかった。ただ、こうして優しい眼差しで見つめられているだけで、彼がどれほど心配してくれていたか、今ではどれほど安心してくれているか、それを察するのは容易なことだった。

「ところで明日の話については、もうアスタも聞かされていますか？」

ガズラン＝ルティムがようやく言葉らしい言葉を発したのは、そろそろ一同が帰り支度《じたく》を始めようとしていた頃合《ころあ》いであった。

「明日ですか？　いえ、特に何の話も聞いてはいませんが」

「そうですか。城下町からサウティの集落に、視察の人間が訪れるとのことです。森辺の女衆がどのような手ほどきをして、北の民たちがどれほどの力をつけることができたか、それを見届けたいとのことでした」

「ああ、そうなのですね。明日ということは、たしか……」

「はい。宿場町での商売は休みの日となりますね。ルウ家からは、手ほどきをした責任者としてリミ＝ルウを立ちあわせるそうです」

俺がこのような状態になってしまったため、リミ＝ルウが責任者に繰《く》り上げられてしまったのだ。実際、俺は二日間しかサウティの集落に出向いていないので、今ならばリミ＝ルウのほうがよっぽど責任者の名に相応《ふさわ》しかっただろう。

「でも、献立《こんだて》を決めたり、タウ油と砂糖を所望《しょもう》したりしたのは、俺なのですよね。何か不備があったとしたら、その責任は俺にあります」

「いえ。そもそもアスタに助力を願ったのはダリ＝サウティなのですから、その責任は自分にあると述べています。不備を責められるのではなく賞賛を得られるのならば、それはアスタとリミ＝ルウに向けられるべきだとも述べていましたが」

そう言って、ガズラン＝ルティムはまた静かに微笑んだ。

「何にせよ、アスタにとっては重要な意味を持つ話なのではないかと思い、伝えさせていただきました。病みあがりの身体で無理にサウティの集落まで出向く必要はありませんが、いちおう心におとどめ置きください」

「はい、ありがとうございます」

それで会話も一段落したと見て、他のメンバーは立ち上がった。同じように腰を上げかけたガズラン＝ルティムは、最後にそっと俺の手を握《にぎ》りしめてきた。

「アスタがずいぶん力を取り戻せたようで、私も心から嬉しく思っています。アマ・ミンは身重ですのでファの家を訪れることもできませんが、私と同じ気持ちです」

「はい、俺のほうこそ、本当に嬉しく思っています」

俺は精一杯《せいいっぱい》の気持ちを込めて、ガズラン＝ルティムの頑健《がんけん》な指先を握り返してみせる。ガズラン＝ルティムは最後にひときわ優しげな微笑《びしょう》をこぼしてから、みんなの後を追ってファの家を出ていった。

「本当にたくさんの人たちが俺なんかを気にかけてくれて、ありがたい限りだよ。元気になったら、こっちからみんなの家を巡《めぐ》ってお礼の言葉を届けたいぐらいだな」

ファの家が静けさを取り戻した後で俺がそのように語ってみせると、アイ＝ファは「うむ……」と物思わしげに応じながら、寝具のそばに膝をついてきた。その青い瞳が、真摯《しんし》な光をたたえて俺を見つめてくる。

「アスタよ、お前はきっとサウティの集落に出向きたいと考えているのだろうな」

「え？　うん、それはもちろん。……でも、無理をするべきじゃないってこともよくわかっているつもりだよ」

「うむ」とうなずきながら、アイ＝ファは両手を俺の脇腹にのばしてきた。その温かい手の平が、また衣服の上から俺の身体をまさぐってくる。これはアイ＝ファにとって健康診断《しんだん》のようなものであるらしいので、その日も俺は懸命にこらえてみせた。

「……一日が過ぎるごとに、お前の身体は力を取り戻している。今の時点でも、お前が初めて森辺を訪れた頃と変わらないぐらいの状態であろう」

「それは、森辺の生活で鍛《きた》えなおされる以前の状態ってことか。それなら、貧弱《ひんじゃく》だけれど健康体って解釈でいいのかな？」

「うむ。幼子のように貧弱で、手荒《てあら》に扱《あつか》ったら壊《こわ》してしまいそうなほどだ」

素直《すなお》に過ぎる感想を述べながら、今度は俺の頬をぺたぺたとさわってくる。しまいには、口の中を覗《のぞ》き込んだり、首筋に手をあててきたりと、本日は特に念の入った診断であった。

「……いきなり宿場町に下りるよりは、サウティの集落に出向いてみるというのも悪い話ではないかもしれんな。荷車に揺《ゆ》られたり、雨に打たれたり、長きの時間を立って過ごしたりしてみれば、自分にどれほどの力が戻っているかを正しく知ることもかなうであろう」

「それじゃあ、俺も参加させてもらってもいいかなあ？　城下町の人たちがどういう気持ちで新しい食材を届けてくれたのか、俺はずっと気になっていたんだよ」

「うむ。今ならば、私も護衛役として同行することもかなうしな」

アイ＝ファはうなずき、寝具の上に腰を下ろしてきた。毛布の中に忍《しの》び込んできたアイ＝ファの足が、俺の足にぴたりと寄せられてくる。

「明日の疲れ具合《ぐあい》などから、宿場町での仕事を再開させる日取りを決めるがよい。そうしてお前が宿場町に下りられるぐらいに回復したなら、私も狩人としての仕事を再開させよう」

「うん、わかったよ」

「……それでは、休息するがいい」

アイ＝ファが俺の肩《かた》に、そっと頭をもたせかけてくる。その重みと温もりにうながされるようにして、俺は敷布の上に身を横たえた。

アイ＝ファは目を閉ざし、俺の片腕《かたうで》をぎゅっと抱きすくめると、肩のあたりに頬をすりつけてくる。それはもはや頼《たの》もしい保護者ではなく、甘えてくる子猫《こねこ》のような仕草に感じられてならなかった。それだけ俺は力を取り戻し、アイ＝ファの内からも張り詰めたものがなくなってきた、という証《あかし》なのだろう。

俺がファの家を訪れて以来、ここまで二人して仕事を為さず、ひたすらゆったりとした時間を過ごしたことはなかったはずだ。休息の期間すらも慌《あわ》ただしく過ごしていた俺たちにとって、この時期こそが初めて訪れた骨休めの期間なのかもしれなかった。

そうして二人で黙《だま》り込んでしまうと、細い雨がぱらぱらと屋根を叩《たた》く音色が聞こえてくる。雨の休日に、アイ＝ファと身を寄せ合って、ただその音色を聞いている。これもまた、俺にとってはかけがえのない記《き》憶《おく》になるはずだった。

（……これで俺が完全に回復したら、アイ＝ファも何事もなかったかのように毅然と振《ふ》る舞《ま》うんだろうしな）

堕落を嫌《きら》うアイ＝ファであるので、俺がその一点を疑うことはなかった。だから俺はアイ＝ファと同じように、今後はまたこれまで以上に力を振り絞《しぼ》って仕事に励むということを母なる森に誓いながら、今だけはこの幸福で放埒《ほうらつ》な時間に身をゆだねることにした。

第三章★★★ マヒュドラの民

1

茶の月の十五日——俺とアイ＝ファは予定通り、朝からサウティの集落を訪れることになった。城下町からの視察団はマヒュドラの女衆が調理をする現場そのものから見届けたいとのことであったので、俺たちもほとんど朝一番でファの家を出立することになったのだった。

その途中《とちゅう》で、ルウ家の面々と合流する。リミ＝ルウは病で倒れた俺の代わりに、この一件では手ほどきの責任者と見なされてしまっていたし、まだ朝方であったので、護衛役を同行させることもできた。しかも本日は、視察団にメルフリード自身も加わるという話であったので、それと言葉を交《か》わすためにジザ＝ルウまでもが同行することに定められていた。

「すっかり力を取り戻したようだな、アスタよ」

ジザ＝ルウは、普段と変わらぬ表情でそのように申し述べてくれた。内心は、やっぱりわからない。もはや俺のことを単なる厄介者《やっかいもの》だとは考えていないはず——と、思いながらも、やっぱりいくぶんは緊張《きんちょう》してしまう俺であった。

「コタ＝ルウもすぐに元気になったそうで、本当によかったですね。俺もとても嬉しく思っています」

「……西方神もモルガの森も、コタが森辺の民として生きていく資格を認めてくれたのだろう」

それだけ言い残して、ジザ＝ルウはさっさと荷車の中に乗り込んでしまった。その背中を見送っていたルド＝ルウが、こっそり俺に囁《ささや》きかけてくる。

「だったらアスタもおんなじように、森辺の民として生きていくことを許されたってことだよな」

ジザ＝ルウがそこまでの意味を込めていたのかは、わからない。だけど俺は、前向きな気持ちで「うん」と応じることができた。

そうしてサウティの集落を目指す前に、俺は声をかけられるだけの相手に御礼《おれい》の言葉を届けさせてもらうことにした。ララ＝ルウやシーラ＝ルウたちもこの数日で一度はファの家を訪れてくれていたが、なかなか家を離れることの難しい年配の女衆などにも挨拶《あいさつ》をさせてもらったのだ。

ジバ婆《ばあ》さんもミーア・レイ母さんも、ティト・ミン婆さんもサティ・レイ＝ルウも、タリ＝ルウも分家の女衆も、みんな俺が病魔の試練を乗り越えたことを笑顔《えがお》で祝福してくれた。同じ試練を乗り越えたコタ＝ルウは、以前よりもいっそう元気な様子で、ずっとにこにこと笑っていた。

そして、ルウ家に滞在《たいざい》中のミケルとマイムである。マイムはお見舞いに来てくれていたが、ミケルとはずいぶんひさかたぶりの対面であった。また、ミケルとていまだに療養《りようよう》中の身であるわけだが、女衆に負けないぐらい早起きをしており、そして、もう杖《つえ》さえあれば何の不自由もなく出歩けるぐらいに回復していた。

「人には養生しろなどと抜かしておいて、何だそのざまは」

開口一番、ミケルが不機嫌《ふきげん》きわまりない様子でそのように言うと、マイムは笑いながら「もう」とその胸を叩いていた。俺も温かい気持ちで「面目《めんぼく》ない限りです」と応じることができた。

その他には、たまたま早起きをしていたミダやリャダ＝ルウとも挨拶をすることができた。何事もなかったかのように出歩いている俺の姿に、ミダがぷるぷると頬肉を震わせてくれたのが、俺にはたいそう嬉しかった。

残念ながら、ドンダ＝ルウやダルム＝ルウは就寝中であったので、挨拶をすることができなかった。また帰り道には寄らせていただきますのでと言い残して、俺も自分の荷車に戻ることにした。

ルウ家からサウティの集落に向かうのは五名、リミ＝ルウとレイナ＝ルウ、ジザ＝ルウとルド＝ルウ、そしてシン＝ルウという顔ぶれである。レイナ＝ルウもサウティの集落でどのような仕事が行われているのか、かねがね気にかけていたらしい。本日は屋台の商売も休業日であるし、せっかくならばと同行を願ったのだそうだ。

リミ＝ルウだけがこちらの荷車に乗り、他の人々はルウルウの荷車でサウティの集落を目指す。こちらで手綱《たづな》を握るのは、むろんのことアイ＝ファである。御者台《ぎょしゃだい》では容赦《ようしゃ》なく雨に打たれるし、体調が悪くなったら大事故にもつながりかねないため、たとえ宿場町での仕事を再開することになっても、俺はしばらく運転を差しひかえるべきなのだろう。

御者台のアイ＝ファにも声が届くよう、なるべく前のほうに陣取《じんど》りながら、俺とリミ＝ルウはのんびり言葉を交わさせていただくことにした。

「本当にアスタもすっかり元に戻ってきたみたいだね！　そろそろ屋台のほうのお仕事も始めるの？」

「そうだね、今日の調子で決めようと思ってるよ。あんまりひどく疲れるようだったら、もう何日かは休ませてもらうかもしれないけど」

「うん！　無理をするのはよくないからね！　……でも、アスタが元気な姿を見せたら、ターラもユーミも喜ぶだろうなあ。みんな、すっごく心配してたからね！」

もちろん俺も、宿場町のみんなに再会できる日を心待ちにしていた。森辺でご縁のある人々はこの数日間でだいぶ言葉を交わすことがかなったが、町の人々とはもう十日ばかりも顔をあわせていないのである。

屋台での商売を開始して以来、これほどまでの長きの期間、俺が森辺に引きこもったことはなかった。サイクレウスたちの大罪が暴《あば》かれて、その配下の残党が捕《と》らえられるまでの間は屋台の仕事を休むことになってしまったが、そのときでさえ、宿屋に料理を届けるという仕事は敢行《かんこう》し続けていたのであった。

「そういえば、シュミラルの同胞《どうほう》もそろそろシムに帰っちゃうんだよね。あと二ヶ月ぐらいずれてたら、森辺の新しい道が使えてたのかもしれないのにねー」

「うん、そうだね。……でも、次にラダジッドたちがジェノスに来るのは半年後だから、そのときにはきっと新しい道を使うことになるんだろうね」

そのときは、宿場町よりもまず先に、森辺の集落へと立ち寄ることも許されるようになるのだろうか。想像すると、ちょっとわくわくしてしまう。

「ってことは、シュミラルがジェノスに戻ってきてから、もうひと月が経《た》っちゃったってことなのかー。なんだか、あっという間だったね！」

「そうだね。本当にびっくりしてしまうよ。……シュミラルといえば、最近のヴィナ＝ルウはどうなのかな？　何日か前に、ルウの家に戻ったんだよね？」

俺《おれ》がそのように尋《たず》ねると、リミ＝ルウは荷台の振動《しんどう》にあわせて身体《からだ》を左右に揺らしながら、「うん、そうそう！」と元気に応じた。

「ヴィナ姉はねー、前よりも溜息《ためいき》がひどくなっちゃって、なんだか大変なの！　この前なんて、ダルム兄と大喧嘩《おおげんか》になっちゃったしねー」

「ダ、ダルム＝ルウとヴィナ＝ルウが大喧嘩？　たしかあの二人って、意外に仲良し姉弟《きょうだい》だったよね？」

「うん！　だから余計に喧嘩になっちゃうのかな？　そんなにあの男が恋《こい》しいならお前もリリンの家人になっちまえーとかダルム兄が怒《おこ》っちゃって、あなたこそいつになったら婚儀《こんぎ》をあげるのよーとかヴィナ姉が言い返して、ものを投げたり髪《かみ》を引っ張ったり……で、最後は二人ともドンダ父さんに怒鳴《どな》られてたー」

「うーん。それは微笑ましいと受け取ってもいいことなのかな……？」

「うん！　リミは楽しかったよ！」

ならば、深刻な喧嘩ではなかったのだと、俺も信じたいところであった。そして驚くべきことには、背中でその話を聞いていたアイ＝ファが肩を震《ふる》わせてくすくすと笑い声をあげたのだった。

「すまん。ルウ家にとっては一大事なのであろうが、想像したら笑いをこらえることができなくなってしまった」

「うん、ルドとかティト・ミン婆《ばあ》とかも笑ってたよー。レイナ姉はあたふたしてたし、ジザ兄は呆《あき》れたみたいに黙り込んでたけどね！」

呆れるぐらいで済んだのならば幸いだ。かくもシュミラルの存在は、ルウ家を騒《さわ》がせることになってしまったわけである。しかし、どちらかというとその責はヴィナ＝ルウの側にあるのではないかと思えてしまうのは、如何《いかん》ともし難《がた》い人徳の差であった。

そんな風にとりとめもなく言葉を交わしている間に、いよいよサウティの集落に到着《とうちゃく》する。

本家の脇《わき》には、すでに箱形の立派なトトス車がとめられていた。ジェノス侯爵家《こうしやくけ》とダレイム伯爵家《はくしやくけ》の紋章《もんしよう》が掲《かか》げられた、二台の車である。このたびの一件にはトゥラン伯爵家が大きく関わっているはずであるが、その紋章は見受けられなかった。

が、かまどの間を目指してみると、そこには入り口のところに突貫《とつかん》で屋根が張られており、その下には懐《なつ》かしきトルストの姿もあった。トゥラン伯爵家の当主たるリフレイアの、後見人

である人物だ。さらに、そのかたわらに控《ひか》えている人物の姿に、アイ＝ファたちは緊張の色を見せた。東の民のように革《かわ》のフードつきマントを纏《まと》ったその人物は、リフレイアの従者たるサンジュラであった。

「ご足労をかけたな。元気そうで何よりだ、ジザ＝ルウ」

白革の甲冑《かっちゅう》ではなく、動きやすそうなジャガル風の装束《しょうぞく》を纏ったメルフリードが、まずはそのように声をあげた。もちろんこちらも、サンジュラと似たり寄ったりの雨具を着込んでいる。近衛《このえ》兵団《へいだん》の団長としてではなく、森辺の民との調停役として訪れた、という意味合いがその装《よそお》いには込められているのだろうか。何にせよ、冷徹《れいてつ》で凛然《りんぜん》としたたたずまいには何の変わりもない。

「うむ」と目礼を返しつつ、ジザ＝ルウはその場に居並んだ人々を見回していく。森辺の民との調停役であるメルフリード、その補佐官であるポルアース、リフレイアの後見人トルスト、リフレイアの従者サンジュラ——名前がわかるのはその四名のみで、あとは護衛役の武官たちである。その数は、十名以上にも及《およ》んでいた。

そして、大きく張られた屋根の下には、ダリ＝サウティともう一人の若き狩人《かりうど》が立ち尽くしている。俺の記憶に間違《まちが》いがなければ、それはサウティの眷族《けんぞく》たるヴェラの本家の家長であるはずだった。先代家長は森の主《ぬし》との戦いで狩人としての力を失ってしまったため、まだ年若い彼《かれ》がその重責を担《にな》うことになったのだ。

俺たちがダリ＝サウティらの横に並んで相対すると、今度はポルアースがにこやかに笑いかけてきた。

「病魔の話は聞いていたよ、アスタ殿《どの》！　まさか『アムスホルンの息吹《いぶき》』が渡来《とらい》の民にそのような災難をもたらすものだとは知らなかった。とりあえず、元気な姿を見ることができてほっとしているよ」

「はい、ありがとうございます」

「それにつけても、まさかこのような形で森辺の集落に足を踏《ふ》み入れることになろうとはね！　まったく世の中、何がどう転ぶかわからないものだよ」

そう、城下町の貴族が森辺の集落に足を踏み入れるというのは、この八十年の歴史の中でも、まだたったの二度目であるはずだった。

最初に足を踏み入れたのは、誰《だれ》あろうリフレイアである。父親の悪行が暴かれたのち、彼女《かのじょ》は俺たちのもとを訪れて、最後にサイクレウスのためにギバ料理の晩餐《ばんさん》をふるまってほしいと願い――そうして長くのばしていた髪を、その代償《だいしょう》として切り落としてみせたのだった。

そのときにも同行していたのが、このサンジュラだ。東の民を母に持ち、東の民にしか見えない風貌《ふうぼう》をしたサンジュラは、静かな表情で俺たちの視線を受け止めていた。

「まず、最初に告げさせてもらいたい。このサンジュラなる者は、すでに鞭叩《むちたた》きの刑罰《けいばつ》で罪を贖《あがな》った身であるが、森辺の民にとってはとうてい歓迎《かんげい》するような心持ちにはなれないところだろう。その心情を慮《おもんぱか》って、刀剣《とうけん》の類いはすべて取り上げてある」

メルフリードが灰色の瞳《ひとみ》を冷たく瞬《まばた》かせながら、そのように述べたてた。

「トゥラン伯爵家の当主たるリフレイア姫《ひめ》が、どうしてもこの者を同行させてほしいと願ったため、わたしの判断でそのように取り計らわせていただいた。しかし、トゥラン伯爵家からはその責任を担うべきトルスト卿《きょう》が同行しているのだから、このサンジュラなる者を必ずしも立ちあわせる必要はないようにも思える。よって、そちらがこの者の同行を忌避《きひ》するならば、車の中に下がらせようと考えているのだが、如何《いかが》なものであろうか？」

「……我々には、それを強く拒《こば》む理由はない。あなたがたが判断された通りに扱えば、それで問題はないように思える」

ダリ＝サウティはそのように応じたが、ジザ＝ルウは「しかし」と声をあげた。

「そうまでして、このサンジュラなる者の同行を願ったのは何故《なぜ》なのだろうか？　その者は、トゥラン伯爵たるリフレイアの従者に過ぎないのだろう？」

「そこのところが、わりと問題の要でもあるわけなのですよね。実を言うと、北の民に十分な食材を支給するべきと主張していたのは、そのトゥラン伯爵家の当主たるリフレイア姫なのです」

ポルアースの言葉に、ジザ＝ルウは「ほう」とそちらを見やる。

「そのリフレイアなる娘《むすめ》は名目上の当主に過ぎず、実際にトゥラン伯爵家を取り仕切っているのは、そちらのトルストなる人物であるという話ではなかったか？」

「まさしく、その通りです。ですから、森辺のお歴々にも事情を説明する必要が生じてしまったわけですね。リフレイア姫に当主としての権限を与《あた》えないというのは、ジェノス侯《こう》と森辺の族長らの間で取り交わされた大切な約定でもあったわけですから」

そういった約定があったからこそ、リフレイアは俺という存在を拉致《らち》した罪も不問にされ、拘束《こうそく》を解かれることになったのである。それは、罪人として拘留《こうりゅう》されたままでは爵位《しゃくい》を継承《けいしょう》させることもままならない、という理由があってのことでもあった。

なおかつ、その提案を受け入れることと引き換《か》えに、バルシャは盗賊《とうぞく》時代の罪を許された、という裏事情も存在する。セルヴァの国王への体面から、トゥラン伯爵家を勝手に取り潰《つぶ》すことはかなわなかったため、マルスタインとしては何としてでも早急《さっきゅう》にトゥラン伯爵家の爵位をリフレイアに継承させる必要が生じたのだという話であった。

「その約定を違《たが》えたわけではないということを、この場で説明させていただく。提案をしたのはリフレイア姫であったが、それに承諾《しょうだく》を与えたのは後見人のトルスト卿であるのだ。……それに相違《そうい》はないな、トルスト卿」

メルフリードに一瞥《いちべつ》されて、「は、はい」とトルストは目を伏《ふ》せる。くたびれたパグ犬のようにしわくちゃの顔をした、いかにも気弱げな壮年《そうねん》の貴族である。後見人を任されるほどであるのだから、きっと気弱なだけの人物ではないのだろうと思うのだが、とにかくこの御仁《ごじん》はいつでもくたびれ果てているような印象があった。サイクレウスが当主であった時代には日陰者《ひかげもの》であったのに、いきなり伯爵家の最高責任者にまつり上げられてしまい、大変な苦労を背負い込むことになった人物であるのだ。

「わ、わたしも最初はご当主の心情がわからなかったために、当惑《とうわく》させられることになりました。北の民を優遇《ゆうぐう》することで、いったいご当主にいかなる利があるのかと……お笑いになられるかもしれませんが、わたしはその、北の民を使って謀反《むほん》でも起こす心づもりなのではないかと、そのようなことまで疑ってしまったのです」

「何も笑いはしない。しかし、トゥランの北の民が石塀《いしべい》の外で蜂起《ほうき》したところで、ジェノス城を脅《おびや》かすことはままならぬだろうな。特にトゥランに集められていたのは、戦《いくさ》の経験もない奴隷《どれい》ばかりであるはずなのだから」

「は、はい。それでご当主のお考えをうかがったところ……どうもご当主は、自分の従者である北の民の娘に、その、情を移されたご様子であったのですな」

「従者である北の民って、あのでっけー女衆のことか」

じっとサンジュラの動向をうかがっていたルド＝ルウが、いくぶん興味をひかれた様子でトルストを振り返った。トルストはかいてもいない汗《あせ》をぬぐいながら、「はい」とうなずく。

「これまで伯爵家に仕えていた侍女《じじょ》の中から唯一《ゆいいつ》ご当主のもとに留《とど》まることを許された、シフォン＝チェルなる侍女でございます。森辺の方々も、かつての伯爵邸《はくしゃくてい》で幾度《いくど》かは顔をあわせておりましょう。それでご当主はその娘と懇意《こんい》にしている内に、トゥランにおける北の民の扱いについて思《おも》い悩《なや》むことになったそうなのです」

聞けば聞くほど、俺には意外な話であった。

しかし、いまやリフレイアの周囲には、サンジュラとシフォン＝チェルしか残されていないのだ。大罪人たるサイクレウスの娘であり、また、自身も人さらいの罪人であったリフレイアは、マルスタインたちから強く警戒《けいかい》されていた。それで、貴族としての社交の場からは遠ざけられ、名目だけの当主として生きていくことを余儀なくされたのである。

「ただし、そのような情だけで北の民の扱いを変えるわけにはまいりません。それでご当主は、北の民がもっとトゥランやジェノスに益をもたらすような存在になれるように手を尽《つ》くすべきだと主張され始めたのです」

すでにメルフリードたちは聞いた話であるのだろうし、森辺の人々はただけげんそうにしているばかりであった。北の民と身近に触《ふ》れることになったダリ＝サウティは彼らの境遇《きょうぐう》に心を痛めた様子であるが、本来は森辺の民に関わりのある話ではないのだ。みんなの視線を一身にあびながら、トルストはひたすら恐縮《きょうしゅく》していた。

すると今度は、そのかたわらにあったサンジュラが口を開く。

「北の民、どのように扱うかは、セルヴァでもさまざまです。私、それほど多くの土地、巡ったわけではないですが——北部や王都の近在では、もっと粗雑《そざつ》に扱われ、それ以外では、もっと手厚く扱われている、思います。北の民、どれほど憎《にく》んでいるかで、差が出るようです」

シュミラルに負けないぐらい穏やかな声で、シュミラルよりもいくぶん流暢《りゅうちょう》な口調である。狩人の中でも、特にアイ＝ファとルド＝ルウとシン＝ルウは、油断のない目つきでその姿を見守っていた。

「それで、リフレイア、考えました。北の民、もっと手厚く扱えば、さらなる力を生み出せます。食事、待遇《たいぐう》、よくすれば、それに必要な銅貨を上回る富、トゥランとジェノスにもたらすのではないかと」

「まあ、今回で言えば、それがフワノや砂糖やタウ油といった食材になるわけですね。実際の滋養《じよう》うんぬんはもちろん、美味なる食事を口にすれば、もっと元気に働けるのではないかと、つまりはそういう話なわけです」

と、今度はポルアースが声をあげる。

「もともとトゥランでは、優秀《ゆうしゅう》な働き手にはそれなりの報酬《ほうしゅう》を与えていたようなのですよ。西の言葉をきちんと覚えて、他の者よりも仕事に貢献《こうけん》すれば、上等な食事や寝床《ねどこ》が与えられる、といったような。……その質をもっと向上させたいというのが、このたびのリフレイア姫の提案なわけですね」

「このジェノスは、セルヴァにおいてもきわめて南方に位置する町です。我々も、国境の争いとは無縁《むえん》な生活を送っておりますので、北の民に憎しみや恨《うら》みといったものは抱《いだ》いておりません。それでも北の民に自由を与えることは王国の法で固く禁じられているため、奴隷という身分を解くわけにはいかないのですが……しかしどうやら、他の土地では北の民に賃金を与えたり、中には北の民同士で伴侶《はんりょ》を娶《めと》ることさえ許されていたりするようなのです」

ポルアースたちの口添《くちぞ》えに元気を得たのか、トルストもいくぶん舌がなめらかになってきた。

「それが真実であるかは、これからジェノスを訪れる行商人などから詳《くわ》しく話を聞いてみようかと思っております。何せこの地における北の民というのは、前当主が独断でかき集めたものですので、我々としても扱いに困っていた部分があったのです」

「また、シムやジャガルの民などには、北の民を粗雑に扱うことを不快に思う方々も少なくはないようなのですよね。どうも東と南では、敵国の人間を奴隷として扱う習わしもないようで……まあ、それを言ったらジェノスにおいても、そのようなものを扱う習わしはなかったのですが」

「しかし、いったん捕らえた北の民をマヒュドラに返すことも、王国の法では禁じられてしまっている。国境で戦う同胞にとって、それは敵に利する行為《こうい》となってしまうからだ。解放された奴隷が北の兵士として刀を取ることになれば、そのぶん西の兵士が脅かされることになるのだから、それも致《いた》し方《かた》のないことなのだろうと思う」

トルスト、ポルアース、メルフリードにたたみかけられて、ダリ＝サウティなどは少なからず辟易《へきえき》している様子だった。

「あなたがたにとって、北の民というのはずいぶん扱いの厄介《やっかい》なものであるようだな。それもまた、サイクレウスに自由を与えていた代償ということか」

「うむ。しかも、トゥランにおいては畑の仕事の大部分を北の民に担わせているために、町の人間には仕事が生まれず、人心が荒《すさ》んでいったという側面もある。それは先頃《さきごろ》に生じた物盗《ものと》りの一件にも繋《つな》がっていく話なのだろう」

そのように語りながら、メルフリードはいっそう灰色の瞳を冷たく光らせた。もちろん物盗りの一件とは、ミケルとマイムの家が襲《おそ》われた件だ。トゥランの治安はいったいどうなっているのかと、ドンダ＝ルウからメルフリードに厳しい追及《ついきゅう》の声が届けられていたのだった。

「ゆえに、北の民に関しては、今後もさまざまな状況《じょうきょう》と照らし合わせて、慎重《しんちょう》に取り扱っていこうと考えている。……その上で、森辺の族長らに申し述べておきたいことがある」

「うむ。何であろうかな？」

「今後はそちらも、北の民に関しては慎重に扱っていただきたい。具体的に言うならば……北の民に情をかけて我々に進言をするような真似《まね》は、差し控えていただきたいのだ」

わずかな緊張が、その場を走り抜けた。最近はずいぶん友好的になっていたメルフリードから、ひさびさに冷たい刃《やいば》のような圧力を感じることになったのである。

「我々は、余計な差し出口をしてしまったということなのかな。もっとまともな食事を与えればもっと仕事にも力が入るだろうに、というのは我々もトゥランの当主と同じ意見なのだが」

ダリ＝サウティが穏やかに応じると、メルフリードは「うむ」とうなずいた。

「しかし、北の民について責任を持つトゥラン伯爵家の人間と森辺の民とでは、まったく立場が異なっている。さきほども申し述べた通り、北の民を手厚く遇《ぐう》するというのは、王国の法に触れかねない行いであるのだ。ましてやジェノスの領民に過ぎない森辺の民がそのようなことを進言するのは、本来許されぬことであると理解していただきたい」

ダリ＝サウティは、「ふむ」としか言わなかった。ジザ＝ルウはもとより、糸のように細い目でメルフリードを見つめるばかりである。

緊迫感《きんぱくかん》が、じわじわと高まっていく。それを横から打ち砕《くだ》いたのは、いまだに笑顔であったポルアースであった。

「それぐらい、北の民というのは慎重に取り扱うべき存在である、ということなのですよ。そしてそれを定めているのは、ジェノスではなく王国の法です。ジェノスで北の民の扱いを間違えれば、それはセルヴァの王からジェノス侯爵が罰《ばっ》せられることになる、というわけですね」

「セルヴァの王、か。しかし、王という者はここからトトスでひと月ばかりもかかる場所に住まっているという話ではなかったか？」

「その通りです。しかし、ジェノスはセルヴァにおいても非常に豊かな領地であるため、国王からはとても厳しい眼差《まなざ》しを向けられているのです。あまりにジェノスが力をつけると、国王の支配から脱《だっ》して独立国家を僭称《せんしょう》しかねない、と危惧《きぐ》しているわけですね」

そうであるからこそ、ジェノスの領地は三つの伯爵家にも分け与えられたのだと聞いている。ジェノス侯爵家だけが強大な権力と豊かさを独占《どくせん》してしまうという事態を恐《おそ》れてのことなのだろう。

「それゆえに、王都からはたびたび視察の人間が訪れます。王都から届けられる食材というのは、その副産物のようなものなのですよ。そうした視察団は年に二、三度ほどもジェノスを訪れるので、きっと雨季が明ける頃《ころ》にはまた姿を見せることでしょう」

「そういった王都の人間に今回のような話が伝わると、危険になるのは森辺の民なのだ。森辺の民は王政に歯向かう危険な一族なのだと見なされてしまったら――我々とて、それを救うことは決してかなわないだろう」

そう言って、メルフリードはジザ＝ルウとダリ＝サウティの姿を見比べた。

「わたしは森辺の民との調停役として、またジェノスの次期領主として、森辺の民と正しい縁を紡いでいくべきだと念じている。だからこそ、軽率《けいそつ》な行動はつつしんでいただきたい。これは、現当主であるジェノス侯爵マルスタインも同じ考えでいることだ」

「どうもこれは、家の外の立ち話で済むような話でもないようだな」

ダリ＝サウティは、その四角い顔に力強い笑《え》みを浮《う》かべた。

「今の言葉は、森辺の族長として確かに聞き届けた。俺たちには俺たちの気持ちや言い分というものも存在するが、俺たちの君主がジェノス領主であるということを忘れたわけではない。また三族長がそろった場で、あなたがたとは納得《なっとく》いくまで言葉を交わさせてもらいたく思う」

「了承《りょうしょう》した。……思うに、森辺の族長との会合が三月に一度というのは不相応なのではないだろうか。月に一度か、少なくともふた月に一度ぐらいには機会を増やしたいように思う」

「うむ。それもまた、俺から他の族長たちに伝えておこう。俺個人としては、まったくの同感だ」

そうしてようやく、その場に張り詰《つ》めた雰囲気《ふんいき》はいくらか緩和《かんわ》されたようだった。

「それでは、本日の仕事に取り組みましょうかね。ちょうど北の民のかまど番たちも到着したようですし」

ポルアースの言葉に振り返ると、新たな荷車がこちらのほうに近づいてくるところだった。御者台に座しているのは、雨具を纏った西の民だ。おそらく、衛兵なのだろう。雨具の合わせ目から革の胸あてが覗いている。

そうして彼が地面に降り立ち、メルフリードらに敬礼したのち、荷車の戸を引き開けると――ついにそこから、北の民の女衆がぞろぞろと姿を現したのだった。

2

北の民――遥《はる》かなる北方の王国マヒュドラに住まう一族である。

その女衆が五名、衛兵の先導でこちらに近づいてきた。その全員が、長身である。少なくとも、俺より小柄《こがら》な人間は一人として存在せず、体格も決して細身ではない。バルシャほど頑強《がんきょう》そうな者は見当たらなかったが、俺の記憶にある欧米人《おうべいじん》の女性よりも、わずかに骨格がしっかりしているような印象であった。

シフォン＝チェルなどはヴィナ＝ルウを長身にしたような優美なるたたずまいであったが、あれは肉体労働から解放された結果であったのかもしれない。その場に集《つど》った五名は、いずれもシフォン＝チェルよりは逞《たくま》しい身体つきをしているようだった。

全員が、フードつきの雨具を纏っている。そのフードから覗くのは、金褐色《きんかっしょく》に渦巻《うずま》く髪と、紫色《むらさきいろ》の瞳、そして赤く日に焼けた肌《はだ》だった。ジャガルの民などはほんのりピンク色に焼けた白い肌であったが、彼女たちはもっとはっきり日に焼けていた。ほとんど赤銅色《しゃくどういろ》と呼びたくなるような色合いである。そういえば、過ぎし日に出会ったエレオ＝チェルも、彼女たちと同様の姿をしていた。

年齢《ねんれい》は、さまざまなようである。一番若いので二十歳《はたち》ぐらい、一番年配で四十歳《さい》ぐらいだろうか。みんな彫《ほ》りの深い顔立ちをしており、俺の美的感覚では美しいと言ってもいい容姿であった。

しかし、彼女たちは両足を鎖《くさり》でいましめられてしまっていた。三十センチぐらいの長さの鎖で、左右の足を繋がれてしまっているのだ。森辺においても罪人にほどこす、走って逃走《とうそう》することを禁じるための拘束であった。

かろうじて残されていた屋根の下のスペースに、その女衆が立ち並ぶ。何とはなしに、それは迫力《はくりょく》のある姿だった。西の民には、大柄《おおがら》な人間が少ないのだ。男性でも平均身長は百七十センチぐらいで、メルフリードのように体格に恵《めぐ》まれた人間は稀《まれ》である。よって、その場には彼女たちよりも長身の人間を探すほうが難しかった。森辺の民でさえ、彼女たちを上回るのはジザ＝ルウとダリ＝サウティのみだった。

そのジザ＝ルウの手を、リミ＝ルウがくいくいと引っ張る。ジザ＝ルウが腰《こし》を屈《かが》めると、リミ＝ルウはその耳にぼしょぼしょと囁きかけた。

「……普段《ふだん》通りに仕事を始めてもよいのか。また、自分は普段通りにこの者たちと言葉を交わしてもよいのか。と、かまど番の責任者であるリミ＝ルウが問うている」

「もちろん、かまわない。我々が視察におもむくという旨《むね》は、すでに告げてある。ゆえに、普段よりはいくぶん遅《おそ》い時間に集まらせたのだ」

メルフリードの言葉を聞くと、リミ＝ルウはにっこりと笑って前に進み出た。

「みんな、ひさしぶりだね！　今日もリミが手伝うから、どうぞよろしくお願いします！」

リミ＝ルウは、五日前の休業日にもこの時間からサウティの家を訪《おとず》れていたのだ。俺のやろうとしていたことを、リミ＝ルウはそのまま引き継《つ》いでくれていたのである。

だから、彼女たちと顔をあわせるのも、これが二度目のこととなるのだろうが——リミ＝ルウの言葉によってもたらされた変化に、俺は少なからず驚《おどろ》かされることになった。石像のように無表情であった北の女衆は、全員がいっせいに口もとをほころばせたのだった。

「おひさしぶりです、りみ＝るう。きょうもよろしくおねがいいたします」

一番年配の女衆が、そのように述べながら頭を垂れた。東の民ともまた異なる、幼子のように拙《つたな》いイントネーションであった。

そして他の女衆も、雨具に包まれた頭を次々に下げ始める。リミ＝ルウも、それに負けじとぴょこんとおじぎをした。

「それじゃあ、仕事を始めよー！　他のみんなは、かまどの間に集まってるのかな？」

「おいこら、勝手に一人で動くなよ、ちびリミ」

リミ＝ルウと、それを追いかけるルド＝ルウが、真っ先にかまどの間へと足を踏み入れた。五名の北の女衆と見張り役たる衛兵がそれに続き、メルフリードが俺たちを振り返ってくる。

「全員が入室することは難しいだろう。四、五名ずつが交代で足を踏み入れるべきだと思うが、如何か？」

「異存はない。……アスタはどのような形で仕事が進められているのか、さぞかし気になっていたことだろう。最初に見届けさせてもらうといい」

ダリ＝サウティの言葉に甘《あま》えて、俺はアイ＝ファとともに一番乗りをさせてもらうことにした。貴族の側から選ばれたのは、メルフリードとポルアースと護衛役の兵士が一名である。

かまどの間では、すでにミル・フェイ＝サウティたちが待ち受けていた。ミル・フェイ＝サウティも一度はお見舞《みま》いに来てくれていたので、静かに目礼をしてくるばかりだ。他の四名の女衆も、安堵《あんど》と喜びの表情でこっそり俺に礼をしてくれた。

「それじゃあ、わからないことがあったら何でも聞いてね！　リミたちがずっと見守ってるから！」

すでに調理の手ほどきが始められてから、十日もの日が過ぎているのだ。リミ＝ルウたちは北の女衆と一緒《いっしょ》になってかまどの間を動き回りながら、最初の段階ではいっさい手を出そうとしなかった。

北の女衆は、急ぐでもなく怠《なま》けるでもなく、一定のスピードで仕事をこなしていく。かまどには火がかけられ、まずはカロンとキミュスの骨ガラが煮《に》込まれて、その間に食料庫から持ち込んだ食材の選別を済ませていく。

それと同時に、二名の女衆は早くもフワノに水を加えて練り始めていた。何せ開通工事に駆《か》り出された北の民は百名を超《こ》える数であるというのだから、饅頭《まんじゅう》の数も相応に跳《は》ね上がるのだろう。また、俺のほうでも商売があるために、蒸《む》し籠《かご》は手持ちの半分ぐらいしか貸しつけることができなかったので、すべての饅頭をふかすには何回かに分ける必要があるはずだった。

しかし、作業の手順によどみはない。この十日間で、しっかり身につけることができたようだ。そうして食材の選別を済ませた三名は、しかるべき野菜を鉄鍋《てつなべ》に追加すると、その内の二名が饅頭のための具材の刻み作業に取りかかり、最後の一名はカロン乳から乳脂《にゅうし》を分離《ぶんり》させるための仕事に着手した。

「ふうむ。以前の姿を知らないので何とも言えないのだけれども、実に統率《とうそつ》の取れた動きであるように思えるね」

ポルアースが、独り言のようにつぶやいた。俺もその言葉に異存はない。ひどく淡々《たんたん》とはしているが、どこにも手抜《てぬ》かりのない動きであった。また、淡々として見えるのは、彼女たちがいっさい口を開こうとしないゆえなのだろう。それでいて手抜かりが生じないのは、全員が自分の為《な》すべきことをしっかりわきまえているゆえなのだろうと思われた。

食材を刻んでいた女衆が、ふっとリミ＝ルウを振り返る。それに気づいたリミ＝ルウは、ちょこちょことそちらに近づいていった。まな板の上に載《の》せられていたのは、タケノコにも似たチャムチャムの切れ端《はし》の山だ。リミ＝ルウは「うーん」と可愛《かわい》らしく小首を傾《かし》げた。

「チャムチャムって、饅頭に入れてもしちゅーに入れても美味《おい》しかったよね！　今日はたくさんあるみたいだから、半分ずつ使っちゃえばいいんじゃないかなー？」

女衆はひとつうなずき、チャムチャムの半分を木皿に移した。残りのチャムチャムは、調理刀ですみやかに刻んでいく。

「……この場にいる北の民は、全員が西の言葉を扱えるのか？」

メルフリードが問いかけると、見張り役の衛兵が「はっ！」と敬礼した。

「この仕事を果たすには必要であろうという判断で、特に言葉に不自由のない五名が選ばれました！　少なくとも、こちらの指示はのきなみ正確に伝わるものと存じます！」

「そうか」とメルフリードが応じると、衛兵は緊張した面持《おもも》ちで壁際《かべぎわ》に戻《もど》った。おそらく、この衛兵にとって近衛兵団の長たるメルフリードは雲の上の存在なのだろう。そもそも石塀の外で暮らす人間には、貴族自体がそのような存在であるのだ。

（だけど、森辺の民にとっては貴族も町の人間も大差のない存在なんだもんな。今まではあちらも負い目がある分、ずいぶん友好的にこちらの言葉を汲《く》み取ってくれていたけど……北の民がからんでしまうと、話が違ってくるってことか）

メルフリードの冷たい横顔を盗《ぬす》み見ながら、俺はそのように考える。しかし、俺はもはやメルフリードという人間を疑ったりはしていなかった。すっかりご無沙汰《ぶさた》なマルスタインに対してはまだまだ底の知れない部分を感じてしまうが、少なくともメルフリードは信用に値《あたい》する御仁であると思うのだ。

もちろんまだ数えるぐらいしか言葉を交わしていないのだから、メルフリードにだって不明な部分はたくさんある。ましてや彼は、ジザ＝ルウなみに心情を覗かせない人柄《ひとがら》であった。伴侶や娘がかたわらにあるときだけ、わずかながらに人間味を感じさせるぐらいの状態だ。

しかしメルフリードは、サイクレウスを討《う》つために手を携《たずさ》えた相手である。少なくとも、彼が法や正義というものを何よりも重んじているという一点においては疑いようもなかった。

また、法や正義のためならば、長年の習わしだとか体面だとかにこだわる人間でもない、ということもこれまでの行状で知れている。彼はスン家の罪を暴くために自ら身分を偽《いつわ》って囮捜《おとりそう》査《さ》を敢行したり、剣士《けんし》の心を奮い立たせるために森辺の狩人を闘技会《とうぎかい》に招いたりもする、そういう型破りな人間でもあるのだった。

そのメルフリードが、森辺の民に対してひさびさに厳しい態度を向けてきたのである。それはきっと、王国の法を守るために、という強い意思でもたらされたものなのだろう。その上で、彼は森辺の民と正しい縁《えん》を紡《つむ》いでいきたいと言ってくれたのだから、俺はその言葉を信じたかった。

(でも、それじゃあ……西の民の貴族であるメルフリードたちの目に、彼女たちの姿はどんな風に映っているんだろう)

俺の目から見て、やはり彼女たちは普通《ふつう》の人間だとしか思えなかった。ただ少しばかり背が高くて体格のしっかりとした、健康で綺麗《きれい》な女性たちだ。身に纏っているのは粗末《そまつ》な布の装束であったが、ことさら薄汚《うすよご》れているわけでもない。髪はくしゃくしゃで肌などは擦《す》り傷《きず》が目立っていたものの、きっと毎日身を清めさせているのだろう。森辺の民や町の人々と変わらないぐらい、彼女たちは清潔な身なりをしているようだった。

それゆえに、足の鎖だけが不相応であるように思えてしまうのだ。罪人であるならば、鎖で縛《しば》る必要もあるだろう。しかし、トゥランに集められたのは戦を知らない北の民ばかりであると、さきほども語られていた。それならば、彼女たちは西の民に敵意を向けたこともなく、ただ「北の民である」という理由だけで奴隷に身を落とすことになってしまったのではないだろうか。

（それに、カミュアだって北の民の血を引いてるんだよな。もしもカミュアがジェノスにいたら、今回こそはこの場に顔を出していたんだろうか）

かつてサイクレウスの一件が落着した際、彼は頑《かたく》なにシフォン＝チェルに近づこうとしなかった。彼が北の民を救うためにサイクレウスを討伐《とうばつ》したのだと思われたら大変ややこしいことになってしまうので、あえて身を遠ざけているのだという話であった。

それぐらい、西の民にとって北の民というのは扱《あつか》いが難しいものなのだ。いっそ憎しみや恨みを持つ立場であったら、悩む必要もなくなってしまうのだろう。しかしそういった悪感情もなく、ただ王国の法に従って北の民を奴隷として扱うしかない、というのは——今さらながらに、ずいぶん錯綜《さくそう》した立場なのではないかと思われた。

「あっ！　ちょっと待って！　そっちの食材は、まだ混ぜないでほしいの！」

と、いきなりリミ＝ルウの声が響《ひび》きわたったので、俺は思わずドキリとしてしまった。刻んだ食材を木皿に移そうとしていた女衆が、静かにリミ＝ルウを振《ふ》り返る。

「今日はちょっと、饅頭の作り方を変えてみようと思うんだよねー。……って、勝手にリミが思いついちゃったんだけど、いいかなあ？」

それは俺に向けられた言葉だったので、「もちろん」とうなずいてみせた。

「今の責任者はリミ＝ルウなんだから、俺なんかに遠慮《えんりょ》をする必要はないよ。……でも、いったい何を思いついたのかな？」

「うん！　今日はいつもよりアロウだとかラマムだとかがいっぱいあるみたいだから、肉の饅頭とは別に果実の饅頭も作ってみようと思ったの！　ほら、ミンミだってこんなにあるんだよー？　ミンミは高いのに、もったいないよね！」

ミンミはたしかジャガルから運ばれてくる、桃《もも》のごとき果実である。西でも収穫《しゅうかく》できるアロウやラマムよりは、かなり値の張る食材であるはずだ。

確かにその場にはリミ＝ルウの言う通り、甘みや酸味のゆたかな食材が有り余っていた。ベリー系のアロウに、リンゴとよく似たラマム、そして外見はドリアンだが中身は柑橘系《かんきつけい》のシールである。

「せっかく砂糖を使えるようになったんだから、甘い果実の饅頭があってもいいでしょ？　砂糖を使えば、アロウとかシールとかだって美味しく食べられると思うんだよねー」

「うん、いい考えだね。そうしたら余計な食材を使わなくて済む分、肉饅頭《にくまんじゅう》の出来栄《ば》えだってよくなるはずだから、なおさらばっちりだね」

「えへへー」と、リミ＝ルウは嬉《うれ》しそうに笑った。

「それじゃあ、シールは酸《す》っぱい部分だけくり抜《ぬ》いて、皮のほうは普通の饅頭で使おっか。シールの皮って苦みがあるしゴリゴリ硬いし、甘い饅頭にはあわないと思うんだー」

北の女衆に出す指示も的確だ。もはやリミ＝ルウは、ルウ家におけるかまど番としてはナンバースリーの座を確固たるものにしていた。

俺がこっそりそんな風に感心していると、ずっとフワノの生地《きじ》をこねていた年若い女衆が無表情に振り返ってきた。

「……あなた、ふぁのいえのあすたですか?」

「あ、はい。ファの家のアスタです。はじめまして」

「……あなた、とてもかんしゃしています」

女衆は小さく頭を下げると、また黙然《もくぜん》とフワノの生地をこね始めた。

俺の名前や存在は、最初の段階から彼女たちにも告げられていたのだろう。彼女たちが涙《なみだ》を流して喜んだ、という姿はまったく想像することもできないが、今の短いやりとりだけでも、彼女たちの真情に触れることはできたような気がした。

そこでポルアースが「ふむふむ」と声をあげる。

「とりあえず、彼女らがいかに手際《てぎわ》よく作業を進められているかは理解できたかな。メルフリード殿、僕《ぼく》はトルスト殿と交代しようかと思います」

ならばと、俺とアイ=ファもジザ=ルウたちにこの席を譲《ゆず》ることにした。ジザ=ルウとレイナ=ルウとトルストがかまどの間に入っていき、俺たちは屋根の下でポルアースと相対する。

「あのリミ=ルウという娘さんは、本当に優秀な厨番《くりやばん》だね！　余計な口ははさまずに、それでいて作業の場にくまなく目が届いている。あの幼さで、大したものだよ」

「うむ」とアイ=ファが率先《そっせん》してうなずいたのは、きっとリミ=ルウをほめられたことが嬉《うれ》しかったゆえなのだろう。アイ=ファはすぐに目を伏せて「失礼した」という言葉を添《そ》えた。

「何も失礼なことはないよ。森辺の民と言葉を交《か》わすのが、今の僕には正式な職務なのだからね。……そしてこういう非公式の場においては、忌憚《きたん》のない意見を聞かせてもらいたいと願っているよ」

「……ひこうしき？」

「うん。森辺の族長が民《たみ》の総意として言葉を届けるのが公式の場で、こういう風に個人的に言葉を交わすのが非公式の場さ。こういう場では、言葉を飾《かざ》る必要はないよ」

アイ＝ファは軽く眉《まゆ》を寄せて、考え込むような顔を見せた。その難しげな表情に、ポルアースは小さく笑い声をあげる。

「率直《そっちょく》なのが、森辺の民の美点だものねえ。本音と建前を使い分けるというのは、あまりに難しい話になってしまうのかな」

「それでは、あなたがたには我々に見せていない本音が存在するということか」

「それはまあ、常に真情をさらしている人間なんて、城下町にはなかなか存在しないのじゃないのかな。僕なんかは、これでもかなり本音をさらけ出しているほうだと思うけれどね」

アイ＝ファがますます難しい顔になってしまったので、ポルアースは丸っこい頬《ほお》をつまみながら「ええと」と言葉を探してくれた。

「たとえば、リフレイア姫だね。彼女の本音は、北の民にもっと人間らしい暮らしを与えてあげたい、というものなのだろう。だけどそれをそのままの言葉で主張してしまったら、王都の人間に叛逆罪《はんぎゃくざい》と見なされる危険が生じてしまう。だから、ジェノスの富のために北の民の扱いを考えなおすべきである、という建前をひねり出すことになったのだよ。それは森辺の民にとって、間違った行いであると思えてしまうかな？」

「それは……もちろん真情をさらすに越《こ》したことはないが……その建前というやつも、決して虚言《きょげん》ではないのであろう？」

「もちろんさ。王国の法を守りながら、北の民に人間らしい暮らしを与えるにはどうするべきか、そのように思い悩んだ結果だろうね」

「ならばそれは、正しい行いであると思える」

アイ＝ファがあっさり言い切ると、ポルアースは満足げな顔でうなずいた。

「おそらく北の民の一件について、僕たちと森辺の民とでそれほど大きな意識の違いはないように思う。だからメルフリード殿も、誤解やすれ違いなどが生じないようにしていきたいと願っているのではないのかな」

ポルアースがそのように述べたとき、当のメルフリードがかまどの間から退出してきた。まだ入室したばかりであったジザ＝ルウやトルストたちも、それにつき従っている。

「しばらくは同じ作業が続くようなので、今の内に工事の場の視察も済ませておきたく思う。そちらは如何か？」

「ああ、異存はない」

そのように答えてから、ダリ＝サウティは俺のほうに顔を寄せてきた。

「申し訳ないが、アスタの荷車で同行させてもらえるか？　サウティの荷車は屋根がないので、雨季の間はひどく不便なのだ」

「もちろんです。こちらは俺《おれ》とアイ＝ファの二人きりですので」

ダリ＝サウティとヴェラの家長、それにジザ＝ルウとシン＝ルウもこちらの荷車に乗り込むことになった。ルド＝ルウは護衛役として、レイナ＝ルウは見物人として、かまどの間に居残るのだそうだ。

アイ＝ファの運転でサウティの集落を出て、森辺の道を南に下る。ここからさらに南下するのは、俺にとっても初めての道行きである。ダリ＝サウティによると、ここから先にはサウティの眷族であるフェイとタムルが家を構えているとの話であった。

かわりばえのしない森辺の道が、雨の中で煙《けぶ》っている。それから数分ほど荷車を走らせたところで、御者台《ぎょしゃだい》のアイ＝ファが「む……」と低い声をあげた。雨具を着込んだままであった俺は、思わずその横から身を乗り出してしまう。ある意味では想像していた通りの光景が、そこに現れたのだ。

北の民が、斧《おの》で樹木を切り倒《たお》している。切り倒された樹木が、台車や荷車で運ばれていく。槍《やり》を携えた衛兵に見守られながら、数十名の男たちがその場で働かされていた。

その全員が、ドンダ＝ルウにも負けない大男である。中にはジィ＝マァムぐらい大柄な人間もいる。何にせよ、誰もが岩のように頑強な体格をしていた。いちおう雨具は纏っているが、このような作業に従事していれば、あまり役には立たなかっただろう。全員がびしょ濡《ぬ》れで、泥《どろ》まみれの姿であった。

そのほとんどは、魁偉《かいい》な姿をした男衆である。だが、ところどころには女衆もいて、倒された樹木から枝葉を切り払《はら》う仕事などを受け持っていた。そうして丸裸《まるはだか》にされた樹木は、最終的に屋根なしの荷車へと積まれていく。ただし、荷台の尻《しり》からは大きくはみ出してしまうため、それを後ろから支えながら、外界へと運び出していくのだ。

その荷車を運転するのは西の民であり、後ろで樹木を支えるのは北の民だった。要するに、力を使っているのはトトスと北の民のみである、ということだ。

外界へと通ずる道も、ずいぶん大きく切り開かれている。その先は、ダレイム領の南端《なんたん》に繋がっているはずだった。荷車を手に入れるまでは、サウティやその眷族たちはその村落からアリアやポイタンを購入《こうにゅう》していたのだ。そこから宿場町まで向かうには、徒歩で数時間もかかるという話だ。

その外界へと通ずる道は南西にのびており、新たな道は東側に切り開かれている。俺たちが通ってきた北側からの道とあわせて、不格好な三叉路《さんさろ》となっている形だ。この辺りは樹木もまばらであり、そのためか、俺が想像していたよりもずいぶん作業は順調に進められていた。すでに何百メートルもの道が造られており、その奥《おく》側から次々と樹木が運び出されてきている状況であった。

(そういえば、もともと荷車が通れるぐらいの隙間《すきま》はあったってことなんだもんな)

レイト少年の父親やミラノ＝マスの義兄《ぎけい》などは、そういう森の隙間を発見したからこそ、ここが行路になりうると判断したのだろう。それでジェノス城に通行の許可を求め、サイクレウスを通じてスン家を紹介《しょうかい》されることになり――その末に、『ギバ寄せの実』でギバをけしかけられて、生命《いのち》を落とすことになったのだ。

三台の荷車が駆けつけて、そこから貴族や森辺の民が姿を現しても、北の民たちは黙々《もくもく》と働いていた。フードを目深《まぶか》にかぶっているので、表情はわからない。だけどやっぱり、この場でも彼《かれ》らは淡々としており、急ぐでもなく怠けるでもなく機械的に作業を続けていた。

「……ずいぶん見張りの衛兵が多いのだな」

荷車を降りて雨の中に足を踏み出すなり、ジザ＝ルウがそのようにつぶやいた。衛兵は作業の邪魔《じゃま》にならぬよう、切り開かれた道の片側に、等間隔《とうかんかく》で立ち並んでいる。何名かは自由に動いて北の民に指示を送っているようであったが、その大半は雨の中で槍をかまえるのが仕事であるようだった。

「総勢で百二十名ていどの北の民に対して、衛兵は六十名ていどがついている。その内の十名ていどは工事の指揮を執《と》り、残りの五十名弱は見張り役となっているはずだ」

メルフリードが低い声で応じると、ジザ＝ルウは「ふむ」とうなずいた。

「五十名弱は、何も為さずに立ち尽くしているばかりなのか。その者たちも手を貸せば、ずいぶん仕事もはかどるだろうにな」

「北の民が逃亡《とうぼう》や叛逆《はんぎゃく》を試みると危惧しているわけではないのだが、斧や鉈《なた》といった刃物《はもの》を預ける以上、普段よりは警護を強化したいという申し入れがあった。……これらの北の民に叛逆の意思があったとしたら、五、六十名の衛兵で鎮圧《ちんあつ》することなどかなわないのだろうがな」

「もっともだな。腕力《わんりょく》だけで言えば、この者たちは森辺の狩人にも劣《おと》ってはいないだろう。……あくまで、腕力のみの話だが」

二人の言葉を聞きながら、俺はきわめて落ち着かない気持ちを抱《かか》え込むことになった。北の民が鞭《むち》で打たれながら仕事をさせられている図を想像していたわけではないし、また、そうでないことを強く願ってもいた。そして実際に、彼らは鞭に打たれるどころか、粛々《しゅくしゅく》と働くばかりであった。雨の中で巨大《きょだい》な樹木を切り倒し、それを集落の外まで運んでいくという過酷《かこく》な労働を強《し》いられながら、彼らはロボットのように整然と振る舞《ま》っていたのである。

(何だろう……何かおかしな気持ちだ)

苦悩《くのう》の色がうかがえないというのも、ある意味では奴隷という立場ならではのものなのだろうか。それにしたって、彼らはあまりに静かすぎた。かといって、泥人形のように生気がない、というわけでもない。これならば、かつてのスン家の人々のほうがよっぽど人間味を失っており、悲愴《ひそう》なありさまであっただろう。

(そういえば……シフォン＝チェルだって、言われなければ奴隷だなんて思えない雰囲気だったよな)

このジェノスにおける奴隷というのは、俺の固定観念からは外れた存在なのかもしれなかった。それにそもそも、俺の故郷には奴隷という身分が存在しなかった。俺が持つイメージは、あくまで歴史やフィクションから得たものであったのだ。ジェノスの貴族たちだって、俺の持つ貴族のイメージとぴったり一致《いっち》するわけではない。町人や商人や狩人だって、それは同じことなのかもしれなかった。

だけど、それでも彼らは奴隷なのだった。好きでこのような場に集められたわけではないし、その足には鎖がはめられている。どんなに働いても賃金がもらえるわけでもなく、伴侶を娶ることすら許されない。そうして永久に故郷へと帰ることも許されない、というのなら――やっぱりそれは、比類もなく不幸な生であるはずだった。

「……我々が頭を悩ませることになったのは、トゥラン伯爵家《はくしゃくけ》の前当主サイクレウスに自由を与えていた代償《だいしょう》なのだろう、とダリ＝サウティは言われていたな」

と――やがてメルフリードが、感情のうかがえない声でそのように述べたてた。

「まさしく、それが真実なのだろうと思う。伯爵家の当主が自分の領地で何を為そうと、それを掣肘《せいちゅう》する権限は我《わ》が父たるジェノス侯爵《こうしゃく》にも与えられていなかったわけだが――それでいて、トゥランはジェノスの一部であり、トゥランの不始末はジェノスの領主が負わなければならない。これもまた、サイクレウスの残した負の遺産であるのだ」

「代価もなしにこのような者たちを好きに扱えるのだから、それはジェノスの得になる。……とは、考えていないということか？」

ダリ＝サウティの問いかけに、メルフリードは「無論」と応じた。

「我々は、北の民に憎しみを抱いていない。また、奴隷に頼《たよ》らねばならないほど貧しいわけでもない。それなのに、否応《いやおう》なく奴隷を使わなければならないというこの状況は――決して望ましいものではないはずだ」

そうしてメルフリードは、目に見えぬ敵をにらみすえるように灰色の瞳《ひとみ》を瞬《まばた》かせた。

「いっそ、奴隷などは他の町に売り払ってしまえばいいという話も出た。しかし、いきなりそのような真似に及《およ》んでしまえばトゥランは働き手を失ってしまうし、また、この近在で奴隷を扱う町などは存在しないことだろう。それに――」

そこでメルフリードが口をつぐんでしまったので、ダリ＝サウティが「それに？」とうながした。しかしメルフリードは黙《もく》して語らず、その代わりにポルアースが口を開いた。

「それに、売られた先がトゥランよりも幸福な地であるとも限りませんからね。それでは苦労をして買い手を探す甲斐《かい》もないというものです」

ダリ＝サウティとジザ＝ルウは、無言のままメルフリードのことを見つめていた。雨具を着込んだメルフリードは月光のように冷たく冴《さ》えわたった目で、北の民たちの働く姿を凝視《ぎょうし》している。

「……さきほどは、いくぶん言葉が足りなかったかもしれない。しかし、森辺の民が北の民について取り沙汰《ざた》すべきではない、というのはまぎれもない我らの真情だ」

「うむ。ややこしい話に首を突っ込むな、というのは間違《まちが》った言葉ではないのだろうなと思っている」

「世の中には、分相応という言葉がある。……そして、ジェノスに住まう北の民について思い悩むのは、ジェノスの貴族の役目であるはずだ」

そう言って、メルフリードはようやくこちらに向きなおった。

「森辺の民が、北の民について思《おも》い悩《なや》む必要はない。ただ、北の民の食事に関しては今後も助言を願うことになるやもしれんので、そのときには力を貸してもらえればありがたく思う」

「了承した。……続きは会談の場で、だな」

ダリ＝サウティは、静かな目つきで北の民たちを見回していく。ジザ＝ルウも、メルフリードと北の民たちの姿を無言で見比べていた。

そのときになって、俺はようやくひとつの事実が腑《ふ》に落ちてきた。北から西に神を移したカミュア＝ヨシュは、このメルフリードと盟友と言ってもいい間柄《あいだがら》であったのである。それがどのような関係性であるのか、俺にはまったくわかっていない。だけど、もしもメルフリードにとって、カミュア＝ヨシュが友と呼べるような存在であるならば――この場にいる誰《だれ》よりも、複雑な気持ちを抱くことになるのではないだろうか。

（こんなときに、あのお人はどこをほっつき歩いているんだろう。世界中を旅しているカミュアだったら、北の民の扱いに対してもさぞかし有効な助言ができるだろうに）

だけどあの飄々《ひょうひょう》としたカミュア＝ヨシュならば、こんな際でも薄笑《うすわら》いを浮かべて傍観者《ぼうかんしゃ》を気取ってしまうのだろうか。

そんなことは、推測するだけ無駄《むだ》であったが――何にせよ、いまメルフリードのかたわらに、カミュア＝ヨシュの姿はない。ジェノスの次期の領主たる彼は、その双肩《そうけん》に覚悟《かくご》と責任を担《にな》いながら、北の民の存在と向きあわなければならないはずだった。

第四章★★★　復帰の日

1

　茶の月の十七日——その日から、俺はついに宿場町における屋台の仕事を再開させた。

　サウティの集落を訪れた日の翌々日のことで、病に倒れた日から数えると、実に十二日ぶりの復帰となる。数時間にわたって屋外を歩いてもまったく深刻な疲《つか》れは見られなかったため、俺はようやく本格的な復帰に踏《ふ》み切る決断を下すことがかなったのだった。

　よって、アイ＝ファもこの日から狩人《かりうど》としての仕事を再開させることになる。その日の朝、下ごしらえの仕事を終えてファの家を出立しようとしたとき、アイ＝ファは普段以上に凛然《りんぜん》とした面持ちで俺を見送ってくれた。そのときにかけられた言葉は「たがいに仕事を果たしてみせよう」という一言のみであったが、俺はそれだけでこれ以上もなく奮起して仕事に臨《のぞ》むことができたのだった。

「それでは、出発いたしましょう」

　俺の代わりにギルルの手綱《たづな》を取ったのは、ユン＝スドラであった。本日はファの家が二台の荷車を出す日取りであったので、ファファの荷車がその後を追いかけてくる。こちらの荷車に同乗したのは、トゥール＝ディンとリリ＝ラヴィッツと、そしてマトゥアの若き女衆であった。

「アスタがここまで回復されて、本当に嬉しいです。仕事中におつらくなったら、無理をせずにすぐ言ってくださいね？　……なんて、新入りのわたしがそのような言葉を口にするのはおこがましいかもしれませんが」

いまだ十三歳であるマトゥアの女衆は、そのように述べながらにこやかに微笑《ほほえ》みかけてくれた。研修生である彼女《かのじょ》は毎日商売に参加していたので、自然と毎日お見舞いもしてくれていたのだった。

「うん、ありがとう。けっきょく俺は最初の二日間しか、君の面倒《めんどう》を見られなかったんだよね。とても心苦しく思っているよ」

「いいえ、とんでもありません。もちろんアスタ自身に手ほどきしていただきたかったという本心は否《いな》めませんが……それでもトゥール＝ディンやユン＝スドラのおかげで、なんとか恥《は》ずかしくない力をつけることができたと思います。今日の仕事でアスタに一人前と認めてもらえるかどうか、とても楽しみです」

雨季の到来《とうらい》と同時に研修を始めた彼女やミームの女衆は、一人前に認められないと賃金も低いままなのだ。が、もちろん彼女は賃金のことなどを気にしているわけではないのだろう。そんなことは、その無邪気《むじゃき》な笑顔《えがお》を見るだけで理解することができた。

そんな彼女のかたわらで、トゥール＝ディンはこっそりと目もとをぬぐっている。今日から俺も屋台の仕事に参加させていただくよと告げてみせると、トゥール＝ディンはまた嬉し涙でその頬を濡らすことになってしまったのだ。

「……本当に、大事に至らず何よりでありました。今後ともよろしくお願いいたします、アスタ」

と、ひとり離《はな》れた場所に座していたリリ＝ラヴィッツが静かに声をかけてくれたので、俺も「こちらこそよろしくお願いします」と頭を下げてみせた。相変わらず小さなお地蔵様みたいに柔和《にゅうわ》でありながら、なおかつ内心の読めないリリ＝ラヴィッツであるが、三日に一度の割合で仕事に参加している彼女も、ファの家を訪れるたびに俺の容態を尋《たず》ねてくれていたと、アイ＝ファたちからは聞かされていた。

そうして二十分ほどで、ルウの集落に到着《とうちゃく》する。誰かこちらの荷車に相乗りを願い出てくるかなと待ち受けていると、やってきたのはミンとムファの女衆だった。

「あの、人数にかたよりが出てしまうのですが、こちらの荷車に乗せていただいてもよろしいでしょうか……？」

「ええ、もちろん。でも、お二人がこちらに乗られるのは珍《めずら》しいですね」

彼女たちは、ルウ家の側の日替《ひが》わり当番である。これにレイを加えた三名の中から二名ずつが商売に参加しているのだ。

「他のみんなはすでにアスタとも言葉を交わせているということで、わたしたちが譲っていただけたのです。……本当に、お元気になられてよかったです、アスタ」

「あまりあちこちの人間に押《お》しかけられても迷惑《めいわく》だろうということで、ファの家まで足をのばすことはありませんでしたが、ミンの人間もみんなアスタが元気になられたことを喜んでいます」

　近在の氏族やルウやルティムほど交流のない彼女たちでも、そのように温かい言葉をかけてくれた。聞いてみると、彼女たちとは仕事中にもあまり言葉を交わす機会がないため、シーラ＝ルウが相乗りをすすめてくれたのだそうだ。そうして俺はシーラ＝ルウの気遣《きづか》いに感謝しながら、いっそう満ち足りた気持ちで宿場町に向かうことがかなったのだった。

　そして、宿場町に到着してからがまた大変であった。まず《キミュスの尻尾亭《しっぽてい》》を訪れるなり、テリア＝マスには泣かれてしまい、ミラノ＝マスにはものすごい勢いでつかみかかられてしまったのである。

「おい！　身体《からだ》はもう大丈夫《だいじょうぶ》なのか⁉」

「は、はい。ご心配をかけてしまって申し訳ありません」

「お前さんというやつは……もう立派な歳《とし》なのに『アムスホルンの息吹《いぶき》』なんざにかかるというのは、どういう了見《りょうけん》だ！」

　これではまるで、何か不実なことでも責めたてられているかのようである。だけど、ミラノ＝マスはそれぐらい俺のことなどを気にかけてくれていたということだ。両肩《りょうかた》をつかまれてぐわんぐわんと身体を揺《ゆ》さぶられながら、俺は涙腺《るいせん》がゆるみそうになるのを懸命《けんめい》にこらえなくてはならなかった。そして、そんな俺たちの姿を見比べながら、テリア＝マスは泣き笑いのような表情を浮かべていた。

「でも、本当によかったです……アスタの家まで様子を見にいこうかと、何度も考えたのですが……わたしなどが駆けつけたところで、何のお役にも立てませんし……」

「そのお言葉だけで十分です。本当にありがとうございます、テリア＝マス、ミラノ＝マス」

「ふん！」と盛大《せいだい》に鼻息をふいてから、ようやくミラノ＝マスは俺の身体を解放してくれた。

それから、まだ怒《おこ》った顔つきで俺の姿をじろじろとねめつけてくる。

「……それで、本当に身体はまともに戻ったんだろうな？」

「はい。完全に元の体力を取り戻すにはもう何日かかかりそうですが、仕事をしながら様子を見ようかと思っています」

「まだ十分な身体ではないのに、のこのこ町まで下りてきたということか！」

「あ、いえ、あくまで体力面のことですので……本当に心配はご無用です」

昂《たかぶ》るミラノ＝マスを何とかなだめて、俺はようよう屋台を借り受けることになった。

他の宿屋に料理を届けるのはルウ家の当番の日であったので、他のご主人への挨拶《あいさつ》は仕事の後だ。ということで、お次に立ち寄ったのはドーラの親父《おやじ》さんの露店《ろてん》であるわけだが――こちらはもう、男泣きに泣きながら、俺の両手をわしづかみにしてくれた。

「ああ、アスタ！　ようやく町に下りられるようになったんだな！　他のみんなから、もう心配はないと聞いてはいたけれど……本当によかったなあ……」

外見的にはそこそこ厳《いか》つい親父さんが、顔をくしゃくしゃにしてしまっている。そのかたわらをすりぬけて、可愛らしい雨具を着込んだターラが俺の身体にひっついてきた。

「アスタおにいちゃん、ひさしぶり！　もうすっかり元気そうだね！」

「うん、おかげさまでね。ターラのほうは元気だった？」

「うん！」

　こちらは親父さんと対照的に、輝《かがや》くような笑顔であった。雨具に包まれた俺の胸《むな》もとに、雨具に包まれた小さな頭をこすりつけてくる。こんなに情感豊かな父娘《おやこ》に挟《はさ》み撃《う》ちにされて、俺は今度こそ涙をこぼしてしまいそうだった。

「よかったなあ、本当に……最初の数日は、生きた心地《ここち》がしなかったよ！　おかげさんで、普段は近づきもしないセルヴァの神殿《しんでん》に毎日通うことになっちまったしな！」

「あのねー、毎日神様にお願いしたの！　アスタおにいちゃんの魂《たましい》を持っていかないでくださいって！　アムスホルンは眠《ねむ》っちゃってるから、その子供のセルヴァにお祈《いの》りするしかないんだよね」

「ありがとう。おかげでこんなに元気になれたよ」

　もう目もとににじんだ涙をごまかすには雨具のフードを払いのけるしかないかな、というタイミングで、親父さんはようやく俺の手を解放してくれた。

「もう今日は、行く先々でこういう目にあうだろうからな！　今のうちに覚悟を固めておけよ、アスタ！　……さ、今日はどの野菜を買っていくんだい？」

　俺はさりげなく目もとをぬぐってから、必要な野菜を購入させていただいた。

「そういえばな、いよいよティノもタラパもここに並んでるのが最後の品だ！　もう何日かしたら雨季の野菜を収穫するから、そのときはまたよろしく頼《たの》むよ！」

「ええ、こちらこそよろしくお願いします。まずは家に持ち帰って、みんなで美味しい食べ方を考案させていただきますよ」

そういえば、雨季が訪れてからもう半月近くが経《た》ってしまっているのである。タラパやティノやプラが本日で品切れということは、ついに屋台の献立《こんだて》も抜本的《ばっぽんてき》に変更《へんこう》せねばならないということであった。

「それじゃあな！　中天が近くなったら、ターラと一緒にお邪魔するからさ！」

「はい、お待ちしています」

俺たちは屋台と荷車を引きながら、露店区域の北端《ほくたん》を目指した。

その道中で、ユン＝スドラがにこりと笑いかけてくる。

「本当に今日は、どこに行ってもこのような騒《さわ》ぎになってしまうでしょうね。もちろん帰りには、他の宿屋にも寄っていかれるのでしょう？」

「うん、もちろん。お世話になっている人たちには挨拶をして回らないとね」

そうして、十二日ぶりの商売が始められることになった。

とはいえ、休んでいたのは俺ひとりであるので、屋台の商売のほうに変わりはない。また雨季のせいで若干《じゃっかん》客足が落ちてしまったかな、というぐらいで、実に平和なものであった。

顔なじみのお客さんたちも、「よお、ようやく戻ったのか」と気さくに笑いかけてくるばかりである。そういった人々には「体調を崩《くず》して休んでいる」というぐらいの説明しかされていないのだ。それでも俺は存分に感謝の気持ちを味わわされながら応対することになった。

そうして次に騒がしくなったのは、朝一番のささやかなピークを乗り越えた後のことである。森辺の女衆にも負けないカラフルな雨具を纏《まと》ったユーミが、屋台の内側を覗《のぞ》き込むなり「あーっ！」と派手にわめきたてたのである。

「アスタじゃん！　もう大丈夫なの⁉　なんだよー！　まだアスタはしばらくこっちに来られないかもって聞いてたのに！」

「ああ、うん。予告をしておいてその日に来られないと、余計な心配をかけちゃうかなと思って、あえて日取りは伝えずにおいてもらったんだ。心配をかけちゃってごめんね、ユーミ」

「ほんとだよー！　もう、一時はどうなるかと思ったじゃんかー！」

ユーミは雨具のフードの陰《かげ》で、満面に笑《え》みをたたえていた。

「いやー、テリア＝マスと一緒に様子を見にいこうかーって何度も話し合ったんだけどね！でも、熱が下がった後もアスタはガリガリに痩《や》せちゃってたって聞いてたからさー、やめておいたの！　アスタのそんな姿を見たら、あたしなんか泣いちゃいそうだもん！」

「あはは。そうだったんだね」

「笑い事じゃないよー！　もう、本当に心配してたんだからね！」

そのように語りながら、やっぱりユーミは笑っていた。表現は人それぞれであるが、みんなこれほどまでに俺などのことを心配してくれていたのだ。幸福感の波状攻撃《こうげき》をくらって、俺は胸が苦しくなるほどであった。

「いやー、だけど、よかったね！　ディアルのやつ、今日は来るのかなー？　あいつも、すっごく心配してたよ！」

「ああ、ディアルも病魔《びょうま》のことを知ってるんだね。俺は十日以上も休んでたから、その間に一度や二度ぐらいは屋台に来てくれていたのかな」

「うん。でも、あいつは最初から病魔のことを知ってたみたいだよ。たぶん、城下町でも噂《うわさ》になってたんじゃない？」

噂というか、きっとポルアースあたりから事情を聞くことになったのだろう。ちょうど北の民の一件で族長たちとやりとりをしていた時期であったから、そちらにはほぼリアルタイムで俺の状況《じょうきょう》も告げられていたのだ。

「……アスタ、まだちょっぴりだけ痩せたままだね」

「あ、わかるかい？　首から上は、ほとんど戻ったと思うんだけど」

「いーや！　首から顎《あご》にかけてがちょっぴりだけほっそりして見えるもん！　アスタはもともと痩せ気味《ぎみ》だったんだからさー、しっかり食べて肉をつけなよ？」

「うん、毎日しっかり食べているから、すぐに戻ると思うよ」

なかなか次の来客がなかったこともあって、ユーミはしばらく屋台の前に陣取《じんど》っていた。そうして雑談を続けてから、にわかに顔を寄せて声をひそめてくる。

「ところでさ、東の民がヴィナ＝ルウに婿入《むこい》りしたいとか言って森辺に住みついたって聞いたんだけど、それって本当のことなの？」

「うん、本当だよ。いちおう領主様にもお許しをもらえたらしいしね」

「えー!? 森辺に住むのに、領主なんかの許しが必要なの？」

「そうだね。やっぱり森辺ってのは特殊《とくしゅ》な場所だからさ。たとえば森辺には税を納める決まりがないから、町の人たちを無条件で受け入れたら、色々と面倒なことになってしまうだろう？それでマイムやミケルなんかは、トゥランの民っていう肩書《かたが》きのまま、森辺の客人として集落に宿泊《しゅくはく》している、という形を取っているんだよ」

「うーん、そっかー。色々とややこしいんだなー。……ちなみにその東の民ってのは、どういう了見で森辺の民になることを許されたの？」

「それはやっぱり、きちんとした森辺の民として生きていくっていうのが最低条件だったんじゃないのかな。……あと、彼はシムからセルヴァに神を乗り換《か》えたから、それだけの覚悟を持ってるってことも証明できたんだと思う」

「あ、それじゃあもう東の民じゃなくって西の民なのか。……うーん！　だったら、もともと西の民だった人間は、どういう形で覚悟を示せばいいんだろう？」

この段に至って、俺はようやく疑問を抱《いだ》くことになった。

「ユーミはいったい何の話をしてるんだい？　まさか、誰かが森辺の集落に住みたがってるとか？」

「え？　森辺の民になりたいのはあたしだよ。アイ＝ファとかから聞いてないの？」

「き、聞いてないよ！　いったい何の話さ？」

「あれー？　けっこう一大決心して打ち明けたんだけどなあ！　トゥール＝ディンは？　アスタに話してなかったの？」

トゥール＝ディンは、隣《となり》の屋台で『ギバ・カレー』を売っていた。いきなり矛先《ほこさき》を向けられて、たいそう戸《と》惑《まど》っている様子である。

「は、はい。それはユーミにとって大事な話でしょうから、うかつに話すべきではないと思ったのです。……たぶんアイ＝ファやユン＝スドラもそうだったのではないでしょうか……？」

「そっかそっか！　どーでもいい話だと思われてたんじゃないんなら、よかったよー」

ユーミはけらけらと愉《ゆ》快《かい》そうに笑い、トゥール＝ディンも「あはは」と困ったように笑っていた。

「驚《おどろ》いたな。そんな話をいつの間にしていたんだい？　というか、ユーミとアイ＝ファが口をきいているところなんて、俺は数えるぐらいしか見た覚えがないんだけど」

「そりゃーあれだよ！　ルウ家で歓迎《かんげい》の宴《うたげ》を開いてもらったとき！　男と女で寝《ね》る場所を分けられたでしょ？　あのとき、みんなで話したの！」

歓迎の宴ということは、すでに二ヶ月以上が経過している。そんな昔にそんな重大な会話が為《な》されていたというのは、驚きの一言であった。

「別に具体的な考えのある話じゃないんだけどさ！　森辺で暮らすのって楽しそうだし、男衆は男前なのが多いから、ちょっといいなーって考えてたんだ！　アスタはどう思う？」

「どう思うって……ちょっといいなーと思うぐらいでそんな決断ができてしまうユーミに驚き

だよ」

「だから、決断はまだしてないんだってば！　あたしなんかを嫁《よめ》にしてくれる男衆がいるかもわかんないしねー」

ユーミはあくまで、屈託《くったく》がなかった。その無邪気な笑顔を見返しながら、俺は「そうか……」と熟考する。

「それはまあ、なかなか簡単な話じゃないと思うけど……ただ、ややこしい話は抜きにして、ユーミがそんな風に考えてくれたのは嬉しいかな」

「本当に？　そう思う？」

「うん。森辺での暮らしが楽しそうって思ってもらえるのは、すごく嬉しいよ。しかもユーミは、生粋《きっすい》のジェノスっ子なんだしさ」

「あー、父さんたちが聞いたら、ひっくり返っちゃうだろうけどねー」

そうしてユーミはひとしきり笑ってから、「ま、いいや」と肩《かた》をすくめた。

「悩むのは、気になる男衆ができてからにしよーっと。……それじゃあ今日は、かれーにしよっかな！　アスタが売ってるこの料理は、かれーと合うかな？」

「うん。合わないことはないと思うよ」

俺が本日販売《はんばい》している日替わりメニューは、回鍋肉《ホイコウロウ》風の肉野菜炒《いた》めである。客足がまばらなこの時期は、作り置きが可能なメニューのほうが相応《ふさわ》しいように思われたのだ。

ちなみに俺が休んでいた間は『ギバ・カレー』の販売をユン＝スドラに託《たく》し、トゥール＝ディンが思いつく限りの日替わりメニューを考案していたらしい。レイナ＝ルウやシーラ＝ルウにも助力を願い、なんとか十二日間を乗り切ったのだそうだ。

「町の人間が森辺に嫁入《よめい》りしたいなんて、驚くべきことですね！　ほんの少し前までは、誰もが森辺の民のことを下賤《げせん》な『ギバ喰《ぐ》い』と蔑《さげす》んでいたはずなのに」

ユーミが食堂のほうに姿を消すと、マトゥアの女衆が感じ入ったようにそうつぶやいた。

確かに、驚くべき話である。シュミラルなどはまずヴィナ＝ルウに対する思慕《しぼ》の情があって、その末に婿入りしたいと決断したわけであるが、ユーミのほうはまず「森辺の集落で暮らしてみたい」という思いが先に立ったようなのだから、ある意味ではシュミラルのとき以上に驚くべき話であった。

むろん、そうそう簡単に実現するような話ではないだろうし、ユーミの側にもそれほど深刻な様子は見受けられない。が、ユーミのあっけらかんとした態度が、むしろ俺には嬉しくもあり、心強くもあった。生粋のジェノスの民として森辺の民を忌避《きひ》していたユーミがそのようなことを思いついたというだけで、俺には大いなる意識改革《かいかく》であるように感じられたのだった。

（俺の知らないところでも、色々な変化が起きてるんだな……まあ、当たり前のことだけど）

食堂のほうからは、ユーミの楽しそうな声が聞こえてくる。俺の復帰によって食堂のほうに戻《もど》ることになったユン＝スドラあたりと談笑《だんしょう》しているのだろう。

その後は、約束通りにドーラの親父さんとターラもやってきて、とてもゆるやかに時間は過ぎていき――今日もなんとかすべての料理を売り切ることはできそうかな、というタイミングで姿を現したのは、《銀の壺《つぼ》》の一団であった。

「アスタ、商売、戻られたのですね。回復、おめでとうございます」

無表情に頭を下げてくるラダジッドに、俺も「ありがとうございます」と頭を下げてみせる。

「みなさんも、わざわざファの家にまで来てくださったそうで、本当に申し訳ありません。その頃《ころ》は、まだ熱に浮《う》かされていたもので……」

「はい。苦しむ声、家の外、聞こえていました。とても悲痛な声、私、胸が痛くなりました」

「ああ、お恥ずかしい限りです……」

「恥ずかしいこと、ありません。アスタ、無事であったこと、それぞれの神、感謝、捧《ささ》げましょう」

そうしてラダジッドは切れ長の目に優《やさ》しげな光をたたえながら、さらに言った。

「本当は、今日、ファの家、訪《おとず》れるつもりでした。我々、明日の朝、ジェノス、出立します」

「あ、そうなのですか！　いよいよシムに戻られるのですね……ジェノスでの滞在《たいざい》期間はたった一ヶ月しかなかったのに、後半はほとんど言葉を交わすことができなくて、とても残念です」

「はい。ですが、私たち、何度でも、ジェノス、訪れます。再会の日、楽しみ、しています」

しかし、移動時間まで考えると、《銀の壺》が再びジェノスにやってくるのは十ヶ月後だ。それはまた、シュミラルが商人としての仕事を再開させるのにも、それだけの猶予《ゆうよ》がある、という意味でもあるのだが――それにしたって、ラダジッドたちと別離《べつり》しなければならないという悲しみに変わりはなかった。

「あの、もちろんシュミラルにも挨拶をしていかれるのですよね？」

「はい。夕刻、リリンの家、向かうつもりです。ルウの家も、挨拶、必要でしょう」

「それでしたら、やっぱりファの家にも立ち寄っていただけませんか？　あまり数はありませんが、ギバの干し肉をお渡《わた》ししたいです」

「……しかし、ギバの干し肉、城下町、売られるよう、なったのでしょう？　とても高価、聞いています。私たち、購入、難しいと思います」

つつしみ深いラダジッドの言葉に、俺は「いえ」と首を振《ふ》ってみせる。

「俺がお渡ししたいのは、特別仕立てではなく普通《ふつう》の干し肉です。それを、商品ではなく餞別《せんべつ》の品としてお渡ししたいのです」

「餞別……お心づかい、ありがたいですが、やはり、心苦しいです。以前と今、ギバ肉の価値、まったく違《ちが》っています」

「それでも、受け取っていただきたいのです。ラダジッドたちはもちろん、シムの故郷の人々に、それを食べていただきたいのですよ」

「……故郷の人々？」

小首を傾《かし》げるラダジッドに、俺は「はい」とうなずいてみせる。

「シュミラルは故郷に親しい家族を持っていないと聞いていますが、それでも知人や友人はおられたのでしょう？　そういう人たちに、ギバの肉を食べてもらいたいなと考えたのです。遠く離《はな》れた西の地で、シュミラルがどういう生活を送っているか――シュミラルと同じものを口にすれば、少しは想像しやすくなるかなと思って」

「……そうですか」

ラダジッドは奇妙《きみょう》な風に指先を組み合わせて、また頭を下げてきた。

「お心づかい、感謝します。必ず、ファの家、訪れます。……別れの挨拶、またそのときに」

「はい。それでは、またのちほど」

ラダジッドたちは残りわずかであった『ギバ・カレー』をすべて買い上げて、食堂のほうに立ち去っていく。その細長い背中を見送ってから、俺は深々と息をつくことになった。

本当に、あっという間の一ヶ月だった。その内の十日以上は病で臥《ふ》せっていたのだから、それも当たり前の話なのかもしれないが――時間の過ぎゆく無情さを、あらためて思い知らされた心地だった。

(だけど、生きている限りは、また再会することができるんだ)

今は、そんな思いに取りすがることしかできなかった。そして俺は、悪夢の中で何度となく死の記憶《きおく》を追体験させられたことによって、これまで以上に生の喜びというものを強く噛《か》みしめることができるようになっていた。

(俺はみんなと生きていきたい。アイ＝ファはもちろん、森辺のみんなとも、ジェノスのみんなとも、ラダジッドみたいな異国の人たちとも、みんなで一緒《いっしょ》に……)

そんな風に考えながら、俺は少しだけ身を引いて、灰色にくすんだ空を見上げた。

この世界の神々は、俺がこの地の住人として生きていくことを許してくれたのだろうか？

そもそも、俺は誰の意思によってこの地に送り届けられたのだろうか？

そんなことは、知るすべもなかったが――俺はこの地に降り立って、初めてはっきりと神に祈ることになった。

（この世界の片隅《かたすみ》に、俺が存在し続けることを、どうか許してやってください。……決して悪さはしませんから）

むろん、答えるものはなかった。

一緒に働いていたマトゥアの女衆が、「あの」と心配そうに呼びかけてくる。

「アスタ、屋根から出るなら、雨具を着てください。身体を冷やすのは、よくないことです」

「うん、ありがとう」

灰色の空をもう一度だけ強く見つめてから、俺は屋根の下に戻った。

屋台の商売の終業時間は、もう目の前に迫《せま》っているようだった。

2

商売の後は、予定通り《玄翁亭《げんおうてい》》や《南の大樹亭《たいじゅてい》》を巡《めぐ》ってから、森辺の集落に戻ることになった。

ネイルもナウディスも、それぞれの流儀《りゅうぎ》に従って、俺の復帰を祝福してくれた。どちらもミラノ＝マスやドーラの親父さんのように取り乱すことはなかったが、それでもその真情を疑う気持ちにはいっさいなれなかった。

「アスタが不在の間も、届けられる料理の質が落ちることはありませんでしたからな。まったく心強いことです」

宿屋のご主人の中ではもっともビジネスライクなナウディスも、そのようなことを述べながら、とてもにこやかに笑ってくれていた。

あとは《西風亭》にも顔を出しておきたかったのだが、中天を過ぎるとあのあたりは物騒《ぶっそう》な人間が増えるので、護衛役もなしに近づくのは危険なのではないかとたしなめられてしまった。しかたないので、いずれ朝方にギバ肉を届ける際にご挨拶をさせていただくことにして、その日は来訪を断念せざるを得なかった。

その代わりに訪れたのは、《タントの恵《めぐ》み亭》である。こちらは商売上の繋《つな》がりはないが、料理人のヤンが毎日のように訪れては料理の下ごしらえを受け持っているのである。ここのところ、屋台の商売などは別の人間に一任して、ヤンは裏方に徹《てっ》している様子だった。

「ああ、アスタ殿《どの》。本日から仕事を再開されたのですか。お元気になられたようで何よりです」

厨房《ちゅうぼう》から出てきたヤンも優しく微笑みながら、そのように言ってくれた。彼の主人たるポルアースとは二日前に顔をあわせているので、俺の復帰が近いことはすでに知らされていたのだろう。

「先日、城下町の市場でヴァルカス殿のお弟子《でし》とたまたま顔をあわせることになったのです。その頃はまだアスタ殿の病状も思わしくなかったので、たいそう心配をされておりましたよ」

「ヴァルカスのお弟子ですか。シリィ＝ロウやボズルですか？」

「シリィ＝ロウ殿と、もうおひとりはタートゥマイ殿でありました。野菜の仕入れに関しては、タートゥマイ殿が一任されているようですね」

タートゥマイというのは、シムとの混血であるご老人だ。その人物およびヴァルカスとは、もうずいぶん顔をあわせていないような気がした。

「ヴァルカス殿は、いまだにシャスカというシムの食材の研究にかかりきりのようですね。いったいどのような料理がお披露目《ひろめ》されるのか、わたしも心待ちにしております」

「たしか、俺《おれ》の考案したパスタやそばのような料理なのですよね。ええ、本当に楽しみです」

しかし、城下町の民《たみ》ならぬ俺には、なかなかヴァルカスの料理を口にする機会などは巡ってこない。またどこかで一緒にかまどを預かる役目が巡ってくることを待つしかないのだろうか。

「もしもシリィ＝ロウたちと顔をあわせる機会があったら、ご心配をかけて申し訳ありませんでしたとお伝え願えますか？　彼女たちには、こちら側から言葉を伝える手段がないのです」

「了解《りょうかい》いたしました。……ああ、アリシュナ殿に関しては、毎日シェイラのほうから状況をお伝えしているはずですので、ご心配なく」

現在は商売用のポイタンが品切れであるため、屋台でパスタを売ることができず、毎日『ギバ・カレー』を売りに出しているのである。よって、アリシュナには毎日それがヤンを通して届けられていたのだった。

「アリシュナ殿もひどくアスタ殿のことを心配されていたようですので、仕事を再開されたと聞けば、胸をなでおろすことでしょう。……本当に、誰もがアスタ殿の身を案じておられたのですよ」

「ええ、本当にありがたい限りです。もう滅多《めった》なことはないでしょうから、今後ともよろしくお願いいたします」

　そうして俺はヤンにも別れの挨拶を告げ、ようやく森辺に戻ることになった。

　ファファとルウルウの荷車は先に帰していたので、今は荷車も一台きりだ。朝方と同じように、その運転を担《にな》ってくれたのはユン＝スドラだった。

「リミ＝ルウは、今でも毎日サウティの集落に通っているそうですね。届く食材の量にばらつきがあるので、その扱《あつか》い方《かた》をサウティの女衆に教えているそうです」

　ユン＝スドラの言葉に、俺は「うん」と応じてみせる。復帰初日の本日は様子見で、これで問題がないようなら俺もまたサウティの家に顔を出させてもらうつもりだった。

「リミ＝ルウは大したものだよ。かまど番としての腕前《うでまえ》はわきまえていたつもりだったけど、まさかあそこまでの応用力を身につけているとはね」

「はい。それに、トゥール＝ディンもですね。わたしもアスタのおかげでかまど番としての自信を持つことがかないましたが、まだまだトゥール＝ディンとリミ＝ルウには遠く及びません」

「いや、だけどそれは――」

「はい。それはトゥール＝ディンたちがすごすぎるだけなのでしょう。ですからわたしもひがんだりはせずに、トゥール＝ディンたちをお手本としていっそう励《はげ》みたいと思います」

ちなみにそのトゥール＝ディンは、俺の隣で膝《ひざ》を抱えている。よって、顔を真っ赤にしながらいっそう縮こまることになった。

「ああ、ルウの集落が見えてきました。今日は少しだけあちらに立ち寄るのでしたね？」

「うん、ちょっとレイナ＝ルウたちに用事があってね。明日から出す料理について、意見が欲《ほ》しいみたいなんだ」

これも、俺が病で倒《たお》れていなければ、もっと早い段階で済ませておくべき案件であった。雨季で使えなくなるのはタラパとティノとプラであり、これはルウ家で扱っている『ギバ・バーガー』と『ミャームー焼き』に大きく関わってくる品目なのである。

ルウの集落は、今日も静まりかえっていた。雨季の間は、ほとんどの仕事を屋内でこなさなければならないのだ。しかしまた、土間や広間で毛皮のなめし作業や薪割《まきわ》りにいそしむ女衆のかたわらで、幼子たちがはしゃいでいる姿を想像すると、それはそれで微笑ましい感じがしてならなかった。

まずは本家の母屋《おもや》に立ち寄って、来訪の旨《むね》を告げてから、裏手のかまどの間へと回り込む。そこで待ち受けていたのは、レイナ＝ルウとシーラ＝ルウ、ミーア・レイ母さんとララ＝ルウの四名であった。

「ようこそ、ルウの家に。わざわざ呼びたてちまって申し訳なかったね。身体のほうは大丈夫かい？」

「はい、今のところはまったく問題ありません。……いやあ、美味《おい》しそうな香りが漂《ただよ》っていますね」

「レイナとシーラ＝ルウが頭をひねって面白《おもしろ》い料理をこしらえたんだよ。あたしは何の問題もないと思うんだけど、やっぱりアスタの言葉がないと安心できないみたいでさ」

その両名は、緊張《きんちょう》気味の面持《おもも》ちでかまどのかたわらにたたずんでいた。

「それでは、味見をお願いいたします。新しい料理といっても、こちらはぎばばーがーの味付けを変えただけなのですが」

「はい。やっぱりぎばばーがーはいまだに人気のようなので、雨季の間も売り続けるべきではないかと考えたのです」

そうしてレイナ＝ルウの手によって鉄鍋《てつなべ》の蓋《ふた》が取り除かれると、いっそう芳《かぐわ》しい香りがかまどの間に満ちた。見てみると、そこで煮込《に》まれているのはオレンジ色をしたソースである。まるでシチューのように、とろりとした質感をしていた。

「ああ、いい香りだね。この色合いは、ひょっとしてネェノンなのかな？」

「はい。タラパを使えない代わりに、ネェノンを使ってみてはどうかと考えました」

ネェノンは、ニンジンに似た野菜である。ただし、ニンジンほど風味は強くなく、その代わりに甘《あま》みが強い。存在感が薄《うす》い反面、色々な料理の彩《いろど》りとして使える便利な野菜であった。

「なるほど、ネェノンか。そういえば、他の屋台で売られているキミュスの肉饅頭《にくまんじゅう》なんかでも、ネェノンがたっぷり使われていたね」

「はい。自分たちなりに色々と手を加えてみたのですが……率直《そっちょく》なご意見をお願いいたします」

そのように語りながら、シーラ＝ルウがフワノの生地《きじ》の準備をした。屋台で売られているのと同じサイズの『ギバ・バーガー』が作られて、それが四等分にされる。ギバ肉のパテはオレンジ色のネェノンソースをたっぷりまぶされた状態で、一緒にはさまれたのはスライスされた生のアリアとネェノンだった。

「へえ、生野菜としてもネェノンを使っているんだね」

「はい。アリアだけですと辛《から》みが強すぎるので……できる限り薄く切っていますので、邪魔《じゃま》になることはないと思います」

リリ＝ラヴィッツやマトゥアの女衆は先に帰していたので、その場にいたのは俺とトゥール＝ディンとユン＝スドラのみだ。四等分にされた料理の最後のひとつは、ララ＝ルウの手でつままれることになった。

「それでは、いただきます」

以前よりもサイズは小さくなっているので、四分の一ならばひと口でたいらげることができる。それに、下手にかじるとソースがこぼれまくってしまうだろう。ということで、一番小柄《こがら》なトゥール＝ディンも、頑張《がんば》ってそれをひと口で食べていた。

お味のほうは、上々である。ネェノンは風味が弱いので、その色彩《しきさい》ほどの主張はない。俺たちの舌に届けられるのは、野菜の自然な甘みが主であった。

きっとタラパソースと同じように、アリアのみじん切りや果実酒も使っているのだろう。香草《こうそう》の類いは使われていないようだが、ピコの葉だけはしっかりと下味を支えてくれている。それに、各種の調味料がバランスよく使われているようだ。タラパソースに負けないほど、味の奥行《おくゆ》きが素晴《すば》らしい。なおかつそれは、肉汁《にくじゅう》たっぷりのギバ肉のパテとも抜群《ばつぐん》に相性《あいしょう》がいいように感じられた。

また、アリアとネェノンのスライスも、心地《ここち》好い食感とほどよい清涼《せいりょう》感を加えてくれている。俺の知るタマネギやニンジンほどクセは強くないので、生でも料理の味を壊《こわ》すことはなかった。

「うん、文句なしに美味しいと思うよ。塩とピコの葉と果実酒の他には、なんの調味料を使っているのかな？」

「タウ油と赤いママリアの酢《す》と、それに砂糖もほんの少しだけ使っています」

「でも、塩気や甘さや酸《す》っぱさを強めても、味がよくなるとは思えなかったので……このような仕上がりに落ち着いたのですが……」

レイナ＝ルウもシーラ＝ルウも、真剣《しんけん》そのものの目つきで俺の挙動を見守っていた。それを横目で眺《なが》めながら、ララ＝ルウは指先についたソースをなめ取っている。

「文句なしに美味しいって言ってもらえたんだから、それでいいんじゃないの？　だいたい、自分たちで美味しいって思えたんなら、もう十分な気がするんだけどなー」

「うん、その通りだよ。俺からつけ加える言葉なんて何も思いつかないし、レイナ＝ルウたちはもっと自分の味覚を信じるべきだと思うよ」

レイナ＝ルウとシーラ＝ルウは静かに手を取り合いながら、ほっと安堵《あんど》の息をついていた。その面《おもて》にゆっくりと喜びの表情がたちのぼってくるのを笑顔で見守りながら、ユン＝スドラも満足そうにうなずいている。

「わたしも、とても美味だと思います。以前のぎばーがーと比べても、決して負けてはいないと思います」

「はい、わたしも同じ気持ちです。ただ……」

と、トゥール＝ディンが言いかけると、レイナ＝ルウは顔色を変えて「ただ？」と問い返した。その様子に怯《ひる》んだトゥール＝ディンは、小ウサギのような俊敏《しゅんびん》さで俺の背後に隠《かく》れてしまう。

「い、いえ……ただ、お二人であったらもっと香草を使うかと思っていたので、少し意外でした……」

「……トゥール＝ディンは、香草が必要だと感じましたか？」

「け、決してそういうわけではありません！　ただ、意外に感じたというだけです！」

トゥール＝ディンの小さな指先が、俺の背中の生地をぎゅうっとつかんでいる。レイナ＝ルウは自分を落ち着かせるように胸もとを押さえながら、なんとか笑顔をこしらえていた。

「ごめんなさい。トゥール＝ディンほどのかまど番であったら、わたしたちにはわからなかった失敗でも見つけられるだろうと思って……思わず取り乱してしまいました」

「い、いえ、とんでもないことです……」

「香草を使わなかったのは、こちらの料理でたくさん使っているためです。アスタのほうでは毎日かれーを売るようになりましたし、あまり香草づくしだと、南の民のお客が嫌《いや》がるのでは

ないかと考えたのです」

そのように語りながら、シーラ＝ルウが革袋《かわぶくろ》の口を開いた。とたんに、強烈《きょうれつ》な香草の香りが他の香りを圧していく。

「ああ、これはお二人が得意な香味《こうみ》焼きですか？」

「はい。『ミャームー焼き』の代わりには、これを売りに出そうと考えています」

『ミャームー焼き』のほうでもティノの千切りが使われていたため、何らかの改良をほどこすことを余儀《よぎ》なくされたのだ。しかし、他の野菜をはさみこんでも味が落ちるだけであるようだし、それならいっそのこと味付けそのものを変えてしまおうと決断したのだ、とのことであった。

「これには、茹《ゆ》でたナナールを一緒にはさみ込みます。こちらも味見をお願いいたします」

刻んだ香草と果実酒に漬《つ》け込まれたバラ肉が、鉄鍋で焼かれていく。それを平べったく仕上げたフワノの生地の上に載《の》せ、さらに茹であげたナナールも重ねてから、クレープのように折りたたむのだ。

二人の作る香味焼きの美味しさは、もうずいぶんな昔から思い知らされている。ナナールというのはホウレンソウのごとき青菜であるが、この強い味付けの前では、わずかな食感を伝えてくるばかりであった。

よって、それより気になったのは、フワノの風味である。具材を包んだフワノの生地から、何か甘くてまろやかな香りがするのだ。香草の香りでだいぶん中和されていたが、どうやらフワノの生地をカロンの脱脂乳《だっしにゅう》で練りあげているようだった。

「ナナールは、彩りと滋養《じよう》のために入れました。フワノにカロンの乳を使ったのは……多少なりとも、香草の香りに馴染《なじ》むように感じられたためです」

「うん。普通の生地を使うより、いっそう美味しく仕上げる役に立っていると思うよ。こちらも文句なしの美味しさだね」

俺は大いなる満足感とともに、そのように伝えることができた。ララ＝ルウも、大喜びで香味焼きを食している。

「あたしはやっぱり、はんばーぐより普通の肉のほうが好きだからなー。こっちの料理のほうが、大好き！」

「ええ、とても美味ですね。以前に食したものよりも美味しく感じられます」

「果実酒の甘みが、香草の辛さととても合っていますよね」

当然のこと、ユン＝スドラやトゥール＝ディンからも文句の声があがることはなかった。そんな中、レイナ＝ルウとシーラ＝ルウはまた真剣な面持ちで俺のほうに詰《つ》め寄ってくる。

「それでは、これらの料理を屋台で出しても問題ない、とアスタにも思っていただけたでしょうか……？」

「もちろんだよ。雨季が終わっても、これをこのまま売り続けてもいいぐらいじゃないかな。特に香味焼きのほうは、昔から手がけているだけあって、申し分ないしね」

そのように言ってから、俺はひとつ思いついた。

「何だったら、『ミャームー焼き』はまた俺のほうで売りに出すことにしようか。ケルの根っていう面白い食材が手に入ったから、俺も『ミャームー焼き』の美味しさを追求したくなっていたところなんだよね」

本来、『ミャームー焼き』というのは生姜焼き《しょうがやき》に着想を得てひねり出したメニューであった。が、ミャームーはニンニクに似た香りを持つ香草なので、実態はニンニク焼きだ。すでにレイナ＝ルウたちも俺の提案で『ミャームー焼き』にケルの根も使っていたが、俺の伝えたい生姜焼きの美味しさを完成させるには、まだまだ研究が必要なのだった。

「そうしたら、『ギバ・バーガー』のパテ以外はみんなレイナ＝ルウたちが考案した料理、ということになるよね。シチューやモツ鍋《なべ》のほうも大好評なわけだし、何も心配はいらないさ」

「本当に大したもんだねえ。もちろんアスタの手ほどきがあったからこそ、レイナたちもここまで立派な料理を作れるようになったんだけどさ。……あんたたちはルウ家自慢《じまん》のかまど番だよ、レイナ、シーラ＝ルウ」

レイナ＝ルウは気恥《きは》ずかしそうに微笑《ほほえ》み、シーラ＝ルウはうつむいてしまった。

「もう数日もしたら、雨季の野菜が売りに出されるそうですよ。それがこれらの料理に使えるようだったら、いっそう美味しく仕上げられるかもしれないですね」

「ああ、雨季の野菜もようやく売りに出されるのかい。……だけどねえ、雨季の野菜ってのは扱いが難しいから、どうなることやらだよ」

当然のこと、森辺の民だって雨季の野菜は毎年口にしていたのだ。貧しい氏族であればアリアとポイタングらいしか買うことはできないが、ルウ家であればどのような食材でものきなみ購入《こうにゅう》していたはずであった。

「そいつが手に入るようになったら、またアスタもこうしてルウの家に来てくれるんだろう？」

「ええ、もちろん。そのときには、ミケルやマイムも招いて大々的に勉強会を再開させていただきたいと考えていました」

「ありがたい話だね。アスタに手ほどきをされなくなってから……ええと、もうひと月と半分ぐらいにはなっちまってるんだもんね。みんな、またアスタに手ほどきをしてもらえる日を心待ちにしているんだよ」

そんな風に言ってもらえる俺のほうこそ、ありがたい限りであった。

「それじゃあ、今日はこのへんで。美味しい料理をありがとうございました」

「とんでもありません。下ごしらえの仕事が終わったら、ゆっくり身体《からだ》を休めてくださいね」

「明日もアスタに会えるのを楽しみにしています」

「気をつけて帰ってねー。トゥール＝ディンたちも、また明日！」

ルウ家の人々に見送られながら、俺たちはかまどの間を後にした。そうして荷車のほうに足を向けるなり、ぎょっと立ちすくんでしまう。木陰《こかげ》に繋がれたギルルのかたわらに、雨具を纏った女衆の姿があったのだ。

「待っていたわ、アスタ……帰る前に、ちょっとだけ時間をもらえるかしらぁ……？」

それは、ヴィナ＝ルウであった。しとしとと降りそぼつ霧雨《きりさめ》の下《もと》、雨具のフードで表情を隠しつつ、ヴィナ＝ルウが幽霊《ゆうれい》のように立ち尽《つ》くしていたのだ。

「え、ええ、もちろんかまいませんよ。よかったら、荷車の中で話しましょうか」

「……ごめんなさい。他の人には聞かれたくない話なのぉ……ちょっとこっちに来てもらえるぅ……？」

そうしてヴィナ＝ルウはゆらりと身をひるがえし、木立の向こうへと歩を進め始めた。ユン＝スドラは目をぱちくりとさせながら、俺を振り返ってくる。

「どうしたのでしょう？　何やら様子が普通ではありませんね」

「うん。シュミラルと何かあったのかな。……悪いけど、少し待っていてもらえるかな？」

ユン＝スドラとトゥール＝ディンをその場に残し、俺はヴィナ＝ルウを追いかけた。ヴィナ＝ルウは、少し緑が深くなったところで立ち止まっている。雨は頭上の枝葉にさえぎられて、ほとんど地面にまで達していない。

「どうしたんですか、ヴィナ＝ルウ？　何か思《おも》い悩《なや》んでいるようなご様子ですね」

俺がそのようにうながしても、ヴィナ＝ルウはなかなか口を開こうとしなかった。今日は赤面などしておらず、フードの陰から覗く口もとにも表情らしい表情は見受けられない。そうしてしばらく沈黙《ちんもく》を保ったのち、やがてヴィナ＝ルウはこのように切り出してきた。

「アスタ、怒《おこ》ってるぅ……？」

「え？」と俺が聞き返すと、ヴィナ＝ルウは慌《あわ》てた様子でぷるぷると首を振り始めた。そうして雨具のフードを邪魔そうにはねのけると、真《ま》っ直《す》ぐに俺を見つめてくる。

「どうしてわたしは、こういう言い方になっちゃうのかしら……違うの、そうじゃなくってって……アスタが怒っていようといまいと、わたしは謝《あやま》っておきたかったのよぉ……」

「謝るって、何をですか？　まったく心当たりはないのですが」

「やっぱり、そうなのねぇ……うん、アスタはこんなことで怒ったりはしないんだろうと思っていたわぁ……というか、わたしが一人でうじうじと思い悩んでいただけだものねぇ……」

ヴィナ＝ルウは淡《あわ》い色合いをした瞳《ひとみ》に、かつてないほど真剣な光をたたえながら、さらに言った。

「わたしがアスタに謝りたいのはねぇ……アスタが病魔に苦しんでいたとき、様子を見にいかなかったことよぉ……」

「え？　だけど、ヴィナ＝ルウも一度はファの家を訪れてくれましたよね？」

あれは意識が回復して何日目のことであったか。朝方に、ルド＝ルウが本家の四姉妹《しまい》全員を引き連れて訪れてくれたことがあったはずだった。

「あれは、アスタが病魔を退けた後のことでしょう……？　わたしが言っているのは、アスタが苦しんでいた間のことよぉ……」

「ああ、最初の三日間ということですか。でも、その頃は俺も意識が混濁《こんだく》していて、誰《だれ》が訪れてくれていたかもまったく覚えていないのですよ」

「そう……レイナやルドなんかは毎日訪れていたはずだし、リミやララやシーラ＝ルウも、一回や二回は様子を見にいっていたはずよ……当然の話よねぇ……ルウ家の人間は、それぐらいアスタと深く関わっていたのだから……」

俺には、いまだにヴィナ＝ルウの言わんとすることがわからなかった。

ただ、ひとつだけ思い出したことがある。

「でも、その頃はまだシュミラルも怪我《けが》で寝込んでいたのですよね？　俺の意識が戻るぐらいまでは、シュミラルだってまだロクに動けないような状態だったんでしょう？」

「ええ、そうよぉ……だからわたしは、リリンの家を離《はな》れる気持ちになれなかったの……」

そのように述べてから、ヴィナ＝ルウは切なげに目を細めた。

「でも、あの人は別に、生命《いのち》に関わるような怪我ではなかったわぁ……アスタのほうは、生きるか死ぬかという状態だったのに……わたしはあの人のそばを離れる気持ちになれなかったの……いいえ、離れることは正しくない、と思ってしまったのよぉ……」

「正しくない？　それは、どういう――」

「わたしは以前、アスタに嫁入りを願っていたでしょう……？　そんなわたしが、あの人よりもアスタのことを重んじるのは、いけないことだと思ってしまったの……」

俺の言葉をさえぎって、ヴィナ＝ルウはそのように言いたてた。

人の言葉をさえぎるということ自体が、このヴィナ＝ルウには珍《めずら》しいことだった。

「どうせアスタはアイ＝ファのことしか目に入っていないのだからと、わたしは自分の思いを断《た》ち切ったわぁ……アスタに思いを寄せたことも、その思いを断ち切ったことも、決して後悔《こうかい》はしていないけど……でも、そんなわたしがあの人のそばを離れて、アスタのもとに駆《か》けつけるのは……絶対に許されないことのように思えてしまったのよぉ……」

振り絞《しぼ》るような声で言いながら、ヴィナ＝ルウは雨具に包まれた自分の両肩《りょうかた》を抱きすくめた。

「他の人間がどう思うかはわからないけど……でも、わたし自身が、そんなことは許せないと思ってしまったの……それでアスタのもとに駆けつけるようなら、この人の思いを受け止める資格なんてない、と思えてしまったのねぇ……」

「はい。……それが間違《まちが》った考えだとは、俺も思いません」

「そう……だけどわたしは、苦しかったわぁ……このままアスタが魂《たましい》を召《め》されてしまったら、一生自分を許せなかったと思う……でも、それもこれも全部自分で選んだ運命なのよねぇ……どうしてわたしのようなできそこないが、森辺の集落に生まれついてしまったのかしら……」

「そんなことは言わないでください。それを言ったら、俺なんて――」

「あなたは立派な森辺の民よ、アスタ……わたしなんかより、よっぽど森辺の民に相応しい存在だわぁ……」

ヴィナ＝ルウは、ふいに微笑んだ。

そして、そのなめらかな頬《ほお》に、雨水ならぬものを静かに伝らせていく。

「だけどわたしも、森辺の民としてやりなおしたい……もう二度と、故郷を捨てたいなんて考えないから……もう一度だけ、真っ当な森辺の民として生きていきたいの……」

「大丈夫《だいじょうぶ》ですよ。ヴィナ＝ルウは立派な森辺の民です。それより何より、立派で魅力的《みりょくてき》な人間です。そうじゃなかったら、シュミラルみたいな人がヴィナ＝ルウを伴侶《はんりょ》にしたいと願うわけがありません」

「どうかしら……わたしがどれほどちっぽけで浅ましい女かを知ってしまったら、誰だって逃《に》げ去っていくのじゃないかしら……」

「絶対に、そんなことはありませんよ」

俺は一歩だけヴィナ＝ルウに近づき、声に力を込めて言った。

「ヴィナ＝ルウはこの数日間、ずっと思い悩んでいたのでしょう？　そういえば、どこで顔をあわせても、ヴィナ＝ルウはほとんど口をきいていませんでしたね。ヴィナ＝ルウがそんなに苦しいのも、正しい心を持っているからです。苦しければ苦しいだけ、自分は正しい心を持っているんだという自信にしてください」

「わたしなんて……湿《しめ》ったピコの葉よりも価値のない人間よぉ……」

「湿ったピコの葉だって、きっと正しい使い道はあるはずですよ。この世の中に、価値のない存在なんてないんです」

「……わたしが湿ったピコの葉だってことは否定してくれないのねぇ……」

「あ、いやそれは、別に悪い意味ではなく――」

「ありがとう……そういう優しいアスタが大好きだったのよ、わたしは……」

ヴィナ＝ルウはその頬の涙《なみだ》をぬぐおうともしないまま、いっそう透明《とうめい》な微笑《びしょう》を浮かべた。

「わたしはもう一度、自分というものを見つめなおしてみるつもりよぉ……こんな自分に、人を愛する資格はあるのか……人に愛される資格はあるのか……それがわからないと、誰の思いを受け止めることもできないはずだもの……」

「資格の問題ではないと思います。でも、ヴィナ＝ルウの言いたいことはわかると思います。……ヴィナ＝ルウが正しい道を見つけられるように、俺も森に祈《いの》っています」

「あなたもねぇ、アスタ……あなたとアイ＝ファを見ていると、わたしはやきもきしてたまらないのよぉ……」

そう言って、ヴィナ＝ルウはほっそりとした首をのけぞらした。

栗色《くりいろ》の髪《かみ》が揺《ゆ》れ、涙が地面に落ちていく。

「アスタとシュミラルのおかげで、わたしは自分がどういう存在であるかを思い知らされたわぁ……どんな運命が待ち受けているにせよ、それを知るのは正しいことだったんでしょう……わたしは森辺の民として、わたしがわたしらしく生きていける道を探してみせるわ……」

俺は「はい」とうなずいてみせた。

今のヴィナ＝ルウに、それ以上の言葉は必要ないのだと感じられた。

森の天蓋《てんがい》に閉ざされた空を見上げながら、ヴィナ＝ルウもまたそれ以上の言葉を語ろうとはしなかった。

3

ルウの家からファの家に戻った後は、明日のための下ごしらえである。

かまどの間では、すでに九名もの女衆が待ち構えていた。その内訳は、宿場町での商売に参加していたマトゥアとミームの女衆、リリ＝ラヴィッツ、そして、フォウとランとリッドから二名ずつ、というものである。それで俺のほうにはトゥール＝ディンとユン＝スドラがいるのだから、総勢では十二名にもなってしまう。それでも何とか不自由なく作業ができるぐらい、この新設されたかまどの間は立派なものであったのだった。

「お疲《つか》れ様《さま》、アスタ。香草はあらかた粉にしておいたからね」

「はい、ありがとうございます」

かまどの間は、カレーの素《もと》を作るための香草の香りで満ちている。ポイタン不足でパスタが提供できない分、カレーの素の下準備は雨季の前と変わらぬペースで継続《けいぞく》する必要があったのだ。

俺がこまかい指示を送るまでもなく、女衆はてきぱきと動いて次の作業の準備を始めている。俺が不在でも過不足なく仕事を仕上げられるぐらい、作業工程は確立されているのだ。不慣れなかまど番が何名かまじっていても、手馴《てな》れたかまど番がそれをフォローして、次々と仕事を片付けてくれていった。

「……最近、ラヴィッツのほうはいかがですか？」

肉の切り分けをユン＝スドラに指導するかたわら、俺がそのように呼びかけると、カロン乳の攪拌《かくはん》作業に取りかかっていたリリ＝ラヴィッツは「はあ」と短い首を傾げた。

「これといって、大きな変化はございません。雨季のために、ギバの収穫《しゅうかく》が落ちたぐらいでしようか」

リリ＝ラヴィッツは、これまで下準備の仕事には参加していなかった。しかし、雨季が近づいて家の仕事にゆとりができると、こうして自分が当番の日のみ、参加するようになったのだった。

ラヴィッツではごく限られた食材しか購入されていないのだから、この場で得た知識を活用する機会もあまりないことだろう。それでも、ファの家の行いに否定的な見解であるデイ＝ラヴィッツが伴侶にこの仕事を申しつけてくれたのは、俺にとって喜ばしい変化であった。

また、デイ＝ラヴィッツは猟犬《りようけん》についても大きな関心を寄せている。ルウの家で猟犬が有用と判断されれば、雨季が明けてすぐに購入のための段取りが整えられるはずだ。そうしてラヴィッツでもギバの捕獲量《ほかくりよう》が上がり、今よりもさまざまな食材を扱えるようになればいいなと、俺はひそかに考えていた。

「あ、そうだ。こうしてアスタも元気を取り戻したことだし、例の話をそろそろ進めてみちゃあどうだろうね、ユン＝スドラ？」

そんな風に声をあげたのは、フォウの年配の女衆だった。ユン＝スドラは手もとに視線を落としたまま、「そうですね」と静かに応じる。

「でも、わたしは何も口出しする立場ではありませんので……家長の判断を待ちたいと思います」

「ええ？　だけどあんたこそ、立派な当事者じゃないか。あんたたちを家に招く日を、あたしらは楽しみにしてるんだけどねえ」

　俺がきょとんとしていると、別の側からランの女衆が笑いかけてきた。

「実は、フォウとランとスドラで、それぞれ晩餐《ばんさん》の会を開こうと考えているんだよ。おたがいの家の若い娘《むすめ》を相手の家に送り出して、若い男衆と引きあわせようっていう話なのさ」

「ああ……そうだったんですか」

　言うまでもなく、それはお見合いに該当《がいとう》する話なのだろう。

　ユン＝スドラは、無言で肉を切り分けている。

「とりあえず、スドラは家人の数そのものが少ないだろう？　だから、男衆を余所《よそ》の家に引っ張るのは難しいかなって考えたんだよ」

「だから、スドラの女衆をフォウかランに嫁入《よめい》りさせて、こっちからも女衆をスドラに嫁入りさせることができれば、家人の数は減らさずに済むじゃないか？」

「狩人よりは、女衆のほうが余所の家の流儀にも合わせやすいからね！　そうしてひとまず血族になれたら、男衆も一緒に狩《か》りの仕事をして、おたがいの流儀を学べば面倒《めんどう》も少ないだろう？だからとにかく、まずはおたがいに嫁入りができないもんか確かめてみようって話になったんだよ」

　それで、スドラに未婚《みこん》の女衆は二名しかいないため、わずか十五歳《さい》のユン＝スドラもそのメンバーに選ばれてしまったというわけだ。事前にそういった話は聞かされていたものの、やっぱりユン＝スドラの心情を思いやると、俺はいたたまれない気持ちになってしまった。

「まあ、どうしても気に入る男衆がいなけりゃ、スドラに嫁入りさせるだけでもかまいやしないさ。そうすりゃ、あたしらはもう立派な血族なんだからね！」

「あの、弓の的あてで勇者になったチム＝スドラなんかもまだ伴侶はないんだよね？　なりは小さいけど狩人としては立派だし、それになかなか可愛《かわい》い顔もしているから、あれなら喜んで嫁入りを願う娘もいるだろうさ！」

フォウやランの女衆は、実に楽しそうな笑顔《えがお》である。先細りであったフォウの家が新たな眷《けん》族《ぞく》を得るというのは、きっとたいそう幸福なことなのだろう。どの氏族だって、俺にとってはかけがえのない同胞《どうほう》だ。全員が満足できる形で話が進むよう、俺はこっそり胸の中で森に祈る他なかった。

そんな中、やはり笑顔でこの話を聞いていたリッドの女衆が、「あっ！」と声をあげる。

「日が出たよ！　アスタ、ポイタンやピコの葉は隣《となり》の部屋かい？」

「はい。食料庫にすべて準備されています」

火を扱っていなかった女衆は、全員が先を争うようにかまどの間を飛び出していった。雨季において、太陽を見られる時間はごくわずかだ。日々消耗《しょうもう》していくポイタンやピコの葉は、その貴重な日差しを使って干さなければならないのだった。

俺とユン＝スドラも、きりのいいところまで肉の切り分けを片付けてから、みんなの後を追う。見上げると、灰色の雲は薄く広がり、その向こうから白っぽい日差しがふんわりとした質感で地上に降りそそがれていた。

女衆は子供のようにはしゃぎながら、敷物《しきもの》の上にピコの葉を広げていく。ポイタンも、手に入る分はすべて煮詰《につ》めてあったので、それも木箱ごと日当たりのいい場所に設置されることになった。

「かまどのそばに置いておけば、水気を飛ばすことはできるけどさ。やっぱり、おひさまに当ててやらないとね！」

「今ごろは家の連中も大あわてだろうねえ。夕暮れが近いけど、いい日差しじゃないか」

確かに、日が出るだけで体感温度すらもが格段に変じたようだった。頰や手の甲《こう》にやわらかい日差しを当てられて、大いなる存在に優《やさ》しく抱《だ》きすくめられているかのような心地《ここち》である。

俺は、格子《こうし》のはまった窓からかまどの間に居残っている女衆へと呼びかけた。

「そちらも一段落したら、少し休憩《きゅうけい》にしましょう。せっかくだから、俺たちも太陽神の恵みを受け取っておかないと」

「はい。かれーのもとも煮詰まってきたところなので、ちょうどよかったですね」

そうして数分もすると、鉄鍋を抱《かか》えたトゥール＝ディンと三名の女衆も外に出てきた。カレーの素も、最終的には干し固めなければならないのだ。

俺たちは、しばし太陽神の恵みを満喫《まんきつ》した。これもまた、雨季のもたらすささやかな喜びであった。

それから、どれぐらいの時間が過ぎたのか――思い思いにくつろいでいた俺たちのもとに、荷車の走る音色が届けられてきた。やがて茂《しげ》みの陰《かげ》から姿を現したのは、二頭引きの巨大《きょだい》な荷車である。その手綱《たづな》を握《にぎ》るのは、革《かわ》のフードつきマントをかぶった東の民であった。

「ようこそ、ファの家に。早かったですね、《銀の壺《つぼ》》のみなさん」

「はい。仕事、思ったより早く、片付きました。狩人、シュミラル、まだ戻《もど》っていない、思って、ファの家、最初、訪《おとず》れました」

名前を知らない若めの東の民が、そのように述べながら御者台《ぎょしゃだい》を下りる。それから八名の東の民が荷台からぞろぞろと姿を現し、ひときわ長身の人物が俺の前に進み出てきた。

「アスタ、挨拶《あいさつ》、参りました。雨、やんで、何よりです」

「ええ、本当に。……雨季の期間に長旅をするのは大変そうですね」

「問題、ありません。しばらく進めば、雨季、関係ない土地、入ります」

そのように言ってから、ラダジッドはフードをはねのけた。

「屋台、手伝う女衆、たくさんですね。……みなさん、このひと月、ありがとうございました。私たち、美味なる食事、幸福な時間、得ることができました」

「わたしたちには見分けがつかないのですけれど、毎日来てくれていた東の民の方々ですね？そのように言っていただけると、わたしたちも嬉《うれ》しいです」

「わたしたちなんて、少し前から参加しているだけの新参者ですが」

ミームとマトゥアの女衆は、はにかむように笑っていた。そのやりとりを見届けてから、「少々お待ちくださいね」と俺は食料庫に向かう。一緒《いっしょ》についてきてくれたユン＝スドラに協力してもらい、俺は彼《かれ》らのための餞別《せんべつ》の品を屋外に引っ張り出した。

「ラダジッド、こちらが俺からの贈《おく》り物です」

俺とユン＝スドラが二人がかりで抱えているのは、何のへんてつもない木箱だ。ただその大きさに、ラダジッドは軽く目を見開いていた。

「こちら、干し肉ですか？　ずいぶん、たくさんです」

「いえ、実は干し肉の他にもうひと品……こちらの鉄鍋で干されているものの原材料、カレー用のスパイスが詰め込まれています」

「かれーようのすぱいす」とラダジッドはさらに目を見開く。

「各種の香草を配合して、乾煎《からい》りしたものですね。俺たちは、これをアリアや乳脂《にゅうし》と一緒に炒《いた》めることで、カレーの素を作っています。とりあえず、汁物《しるもの》料理や煮物《にもの》の料理、あとは炒め物なんかでも、こちらのスパイスを投じるだけで、カレー風味の料理に仕上げられるはずですよ」

「しかし……シムの香草、ジェノス、貴重ではないですか？」

「でも、シュミラルやラダジッドたちの身近な人たちにも、ぜひ味わっていただきたいのです。それで、今度ジェノスを訪れるときに感想でも聞かせていただけたら、それで十分です」

「しかし……」

「あ、あと、またたくさんの香草をジェノスに運んできてくださいね。シムの香草なくしては作れない料理なのですから。どうぞよろしくお願いいたします」

ラダジッドが小さく息をついてその木箱を手にすると、すかさず他の団員が駆け寄ってきて、恭《うやうや》しくも見える仕草でそれを受け取った。

「アスタ、お気遣《きづか》い、恐縮《きょうしゅく》です」

「いえ。毎日屋台まで食べに来てくださったお礼と――それに、シュミラルという共通の同胞を持つラダジッドたちに対する、友好の証《あかし》とでも思ってください。お返しなどは不要ですので」

「そういうわけ、参りません」

ラダジッドが目配せをすると、また別の若者が平たい木箱を手に近づいてきた。それを受け取ったラダジッドは、そのまま俺《おれ》のほうに差し出してくる。

「こちら、我々から、贈り物です」

「あ、いえ、このようものをいただくわけには――」

「私たち、受け取りました」

ここはきっと、日本人的な謙虚《けんきょ》さを発揮する場面ではないのだろう。俺は「ありがとうございます」と頭を下げてから、素直《すなお》にそれを受け取ることにした。三十センチ四方の平たい木箱で、厚みは十二、三センチほどだ。見た目よりは、ずっしりと重量感がある。

「売れ残り、なってしまいましたが、質が悪い、わけではありません」

「ありがとうございます。……開けてみてもよろしいですか？」

ラダジッドがうなずいたので、俺はユン＝スドラに下側を支えてもらい、木箱の蓋を取り去ってみた。

とたんに、頭上からの日差しが乱反射する。それは大きな、硝子《ガラス》の皿であったのだ。一面にびっしりとこまかいカットが入っており、まるで宝石のようなきらめきである。横から覗《のぞ》き込んでいたユン＝スドラや他の女衆も「わあ」と華《はな》やいだ声をあげた。

「こ、これはずいぶん値の張る品なのではないですか？　値段のことなど口にするのは無粋《ぶすい》かもしれませんが……」

「問題、ありません。こちら、友好の証、だけでなく、アスタに願い事、その代価です」

「俺に、願い事ですか？」

「はい。……シュミラル、見守ること、お願いいたします」

ラダジッドは長身を折って、深々と礼をしてきた。

八名の団員たちも、それぞれ頭を下げている。

「シュミラル、運命、シュミラルのものです。アスタ、力を貸す必要、ありません。……ただ、見守ってほしいのです。私たち、見守ること、できないので、アスタ、お願いいたします。シュミラル、運命、お見守りください」

「わかりました。この素晴らしい贈り物と、俺自身の名にかけて、それを果たすとお約束します」

「ありがとうございます」と言ってから、ラダジッドはゆっくりと面を上げる。

その顔には、やっぱり何の表情も浮《う》かべられていなかったが——それでもその黒い瞳には、シュミラルに対する懸念《けねん》の光と、そして俺に対する信頼《しんらい》の光が灯《とも》っているように感じられてならなかった。

それから数刻が経過して、夜である。

燭台《しょくだい》の光の下で晩餐を食しながら、俺は広間に飾《かざ》られた硝子の皿の由来について、アイ＝ファに語ってみせた。

「なるほどな。シュミラルとあの者たちは、確かに血の縁《えん》にも等しい絆《きずな》を持った同胞なのだろう」

アイ＝ファは厳粛《げんしゅく》きわまりない声音《こわね》で、そう言った。最初にこの硝子の皿を見せたときには子供のようにはしゃいでしまっていたので、その分の威厳《いげん》を取り戻さねばとでも考えているのだろうか。アイ＝ファは美しい硝子細工の品が大好きであるのだ。

「そして、あの者たちが再びジェノスを訪れた際は、シュミラルも半年ほど森辺を離れることになるのだな？　……それまでに、シュミラルがリリンの氏《うじ》を授《さず》かることはできるのか、ルウ家に婿《むこ》入りすることは許されるのか、アスタがその目で見守ってやるといい」

「うん、そのつもりだよ」

昼間に見たヴィナ＝ルウの涙と笑顔を思いだしながら、俺はそのように答えてみせた。

その間にも、晩餐の料理は見る見る間に減じていく。本日のメニューは、タラパソースで仕上げたロースのソテーと、ギバ肉を使ったクリームシチュー、ピーマンのごときプラで挽《ひ》き肉《にく》を包んだ副菜に、そして生野菜のサラダであった。

タラパとプラは、本日でしばし食べおさめとなるのだ。金ゴマに似たホボイの実をすりつぶしてこしらえた特製ドレッシングのかけられたサラダにも、キャベツのごときティノをたっぷりと使っている。

それらの料理を口にするアイ＝ファの姿を眺めているだけで、俺の胸にはふつふつと幸福感がこみあげてきてしまう。もう晩餐を作る仕事を再開させてから数日は経《た》っているのに、その感覚はいっこうにやわらぐ気配がなかった。

「……北の民《たみ》に教えたのも、たしかこのカロンの乳を使ったしちゅーであったな？」

「うん。ただ、そっちでもこっちでも、本当はもっとじっくり出汁《だし》をとりたいところなんだよな。キミュスの骨ガラを半日ばかりも煮込むことができたら、もっと深みのある味にできると思うんだけど」

銅貨を払《はら》えば、それを近在の女衆に依頼《いらい》することはできる。が、日常の晩餐を作製するのに人を雇《やと》うというのは気が引けるし、かなうことなら、アイ＝ファのための食事は自分ひとりで手がけたいという思いもあった。

「あ、そうだ。そういえばアイ＝ファに相談があったんだよ。町で煉瓦《れんが》を買いたいんだけど、許してもらえるかな？」

「煉瓦？　というのは——城下町の家などで使われている、あれか？」

「うん、そうだよ。それで森辺に石窯《いしがま》というものを作ってみたいんだ。雨季の間は石や粘土《ねんど》を集めるのも大変そうだから、手っ取り早く煉瓦を買わせてもらおうかと思ったんだけど、どうだろう？」

「もちろんお前の判断に任せるが、雨季が明けるまでも待ちきれぬのか？」

甘辛《あまから》く仕上げたプラ巻きの挽き肉に手をのばしながら、アイ＝ファが少し不思議そうに問うてくる。

「うん、石窯っていうのは前々から興味があったものだし……それに、北の民のためにも、雨季が明ける前に作業手順を完成させたいんだ」

「……北の民のために？」

「ああ。今は彼らもフワノを与《あた》えられているけれど、雨季が明けたらまたポイタンに戻されるはずだろう？　で、ポイタンってのは水でこねてもフワノみたいに固まりにくいから、焼きあげるのが少し手間なんだよ。それで、大きな石窯があれば一気にたくさんのポイタンを焼きあげられるんじゃないかと思ってさ」

「ふむ……」

「フワノだったら、今みたいに蒸《む》したり、あとはワンタンみたいに茹でることもできるんだけど、やっぱりポイタンは扱《あつか》いが難しいからさ。トゥール＝ディンたちが俺に作ってくれたみたいに、美味《おい》しいポイタン汁《じる》ってものを追求していく道もあるけれど、だけどやっぱり焼いて食べたほうが腹にもたまるし、汁物よりは美味しく仕上げられると思うんだよな」

「…………」

「大きな皿に水で溶《と》いたポイタンを敷《し》きつめて、それを石窯で焼くことができれば、それほどの労力もなくたくさんの焼きポイタンを仕上げることができると思うんだよ。少なくとも、鉄板なんかを買いそろえるよりは、煉瓦で石窯を作るほうが安く済むだろうし。それだったら、北の民が普段《ふだん》使っているかまどの間に、自分たちで石窯を作ってもらえれば、雨季が明けた後も美味しい食事を食べ続けることができるんじゃないかと考えたんだ」

アイ＝ファは手に持っていた木皿を敷物の上に置き、俺の姿をじっと見つめてきた。その真剣な眼差《まなざ》しに、俺はいくぶん焦《あせ》ってしまう。

「もちろん、北の民に関してはあまり口出しをするなっていうメルフリードの言葉を忘れたわけじゃないよ。でも、ポルアースは個人間なら忌憚《きたん》なく意見を述べてほしいって言ってたし、メルフリードだって、食事に関しては森辺の民にまた知恵《ちえ》を借りるかもしれないって言ってくれてたし……」

「そのような話は、べつだん気にしていなかった。ただ、病魔《びょうま》のせいで口にすることになったポイタン汁のことまで今後に活《い》かそうと考えているのかと、感心させられただけだ」

アイ＝ファは厳粛きわまりない顔つきのまま、そう言った。

「身体のほうはまだ七分ていどの回復であろうが、心や気持ちはすっかり元の力を取り戻せたようだな。家長として、とても喜ばしく思っているぞ、アスタよ」

「そ、そうか。でも、アイ＝ファも仕事を再開させるなり、すごい収穫だったよな」

アイ＝ファは本日、八十キロ級のギバを担《かつ》いで帰り、しかも、もう一頭分の牙《きば》と角まで持ち帰ってきたのだ。雨の中で飢《う》えたギバと出くわし、肉も毛皮も使い物にならないぐらい、激しい戦いになってしまったのだという話であった。

「十日以上も休んでいたのだから、これではまだまだ足りていまい。明日からもいっそうの力で狩人の仕事に励《はげ》むと誓《ちか》ってみせよう」

「すごいなあ。こっちは閑散期《かんさんき》だから、あまり頑張《がんば》りようがないんだよな」

「そんなことはあるまい。そうしてお前はさまざまなことを考えながら、仕事を進めようとしているではないか」

シチューの残りをかき込んでから、アイ＝ファは静かにそう言った。

「私はお前を誇《ほこ》らしく思っている。……そして、こうしてまたアスタの料理を食べることができるようになり、心から嬉しく思っている」

「うん。俺もアイ＝ファに自分の料理を食べてもらえる幸福感を噛《か》みしめているよ」

俺が口もとをほころばせると、アイ＝ファは軽く眉《まゆ》を寄せ、ぴくりと肩《かた》を震《ふる》わせた。

「どうした？　何か気にさわったか？」

「そんなわけがあるか。……あまり無防備な表情を私に見せるな」

「え？　アイ＝ファに気持ちを隠《かく》さなくちゃいけないのか？」

俺がきょとんとしてしまうと、アイ＝ファははっきりと眉間《みけん》に皺《しわ》を刻んだ。

「そうか。今のは私が間違えていた。全面的に取り消すので、今の言葉は忘れるがいい」

「うん、わかった。でも、アイ＝ファの様子がちょっと心配だな。アイ＝ファのほうこそ、何か気がかりなことがあるなら、何でも打ち明けてくれよ」

「気がかりではない。この十日あまりは常ならぬ生活に身を置いていたので、家長として、狩人として、正しく生きていけるように気を引き締《し》めているのだ」

「ああ、だからずっと難しげな顔をしていたのか。アイ＝ファは本当に融通《ゆうずう》がきかないなあ」

俺が思わず笑ってしまうと、アイ＝ファはもどかしげに身体をゆすり始めた。

「……お前のほうは、腹が立つぐらい普段の調子を取り戻したようだな、アスタよ」

「そうかなあ？　これでもけっこう、情緒《じょうちょ》は不安定なつもりなんだよな。アイ＝ファが満足そうに食事をしている姿を見ているだけで、涙がこぼれそうになるぐらい嬉しくなっちゃってるしさ」

それは、本心からの言葉である。だから、俺の顔にはその心情があふれかえっていたことだろう。その結果として、アイ＝ファは決然と立ち上がることになった。そして三歩で俺のもとに近づき、肉食獣《にくしょくじゅう》のようなしなやかさで膝《ひざ》をついてくる。

「な、何だろう？　首でもしめられそうな迫力《はくりょく》を感じてしまうのだけれども」

「……そのような真似《まね》をするわけがあるか」

言いざまに、アイ＝ファはふわりと俺を抱きすくめてきた。俺の背中に軽く指を立て、頬に頬をすりつけてくる。この十日あまりでは何度となく重ねられていた行為《こうい》であったが、もちろん俺は激しく心臓をどきつかせることになった。

「ど、どうしたんだよ？　やっぱり様子がおかしいぞ、アイ＝ファ？」

アイ＝ファは答えずに、少しだけ腕《うで》に力を込めてきた。

アイ＝ファの温《ぬく》もりと、やわらかさと、力強さと、甘《あま》い香りが、俺の身体に流れ込んでくる。

俺は幸福感でおし潰《つぶ》されそうになりながら、アイ＝ファの背中に腕を回そうとしたのだが——

——その瞬間《しゅんかん》、アイ＝ファは俺の身体を解放して立ち上がった。

寒い朝、いきなり布団《ふとん》をはがされたような心地で、俺はその凛然《りんぜん》とした面を見上げる。

「すまなかったな。自分の弱さに屈《くっ》するのはこれが最後と、ここに誓おう」

「え？　ああ、うん……ごめん、やっぱりいまひとつ理解が及《およ》ばないのだけれども……」

「本来、私たちはむやみに触《ふ》れ合うことを許されぬ身であるはずだ。このたびばかりはその禁を破る他なかったが、今後はきっちりとけじめをつけて過ごすべきであろう」

「うん、まあ、それはそうなんだろうな」

「だから、この場でけじめをつけた。今後はただ愛《いと》しいというだけの理由でお前の身に触れることはないと、ここに誓う」

そのように述べたててから、アイ＝ファは自分の席に戻り、残りわずかであった食事をたいらげ始めた。収まりがつかないのは、俺である。

「ちょ、ちょっと待ってくれ。アイ＝ファのそういう生真面目《きまじめ》な部分は、尊敬するけどさ！　一方的にけじめをつけられた俺の気持ちはどうすればいいんだろう？」

「うむ？　何がだ？」

「何がだじゃないよ！　俺は何の心の準備もないまま、漫然《まんぜん》と今の時間を過ごしてしまったんだけど！」

アイ＝ファは、子猫《こねこ》のように首を傾《かし》げていた。さっきまでの厳しい表情もやわらいで、何やら満ち足りた面持《おもも》ちになっている。それがまた、俺の気持ちを大いにかき乱してくれた。

「そうか。私はこれが最後と覚悟《かくご》を固めていたが、お前にはその準備がなかったということだな」

「う、うん、まあ、そういうことなのかな……？」

「では、お前も覚悟を固めて、私の身に触れるがいい」

アイ＝ファは座《すわ》ったまま、俺に向かって両腕《りょううで》を広げてきた。

俺は敷物に手をついて、渾身《こんしん》の力で溜息《ためいき》をつかせていただく。

「そのお気持ちだけでけっこうです……どうぞお食事をお続けください」

「よいのか？　この夜からは、もう寝床《ねどこ》も別にするのだぞ？」

「いいったら！　あらためて口に出されると気恥ずかしいだろ！」

「……わけのわからぬやつだな、お前は」

それは見解の相違《そうい》というものであろう。しかしこれもまた、俺にとっては何より大事なアイ＝ファの一面であった。

アイ＝ファは、こういう人間なのである。単純なような、複雑なような。おたがいを何より大事に思いながら、それでも婚姻《こんいん》を結ぶことはかなわないという現在の状況《じょうきょう》を、心の中でどんな風におさめているのか――わかるような気もするし、まったくわかっていないような気もしてしまう。

「ああ……なんだか、どっと疲れたよ」

嘆息《たんそく》まじりに俺が述べると、アイ＝ファは心配げに顔を寄せてきた。

「身体のほうは、まだ十全ではないのだからな。あまりに手ひどく疲れたようならば、仕事は一日置きにでもするがいい」

「いや、そういう話じゃなくってさ。……ま、いいか」

俺は、くすりと笑ってしまった。

アイ＝ファは、ますますけげんそうな顔になっている。

「こんな風にアイ＝ファとやりとりできるようになったのも、元気になったおかげなんだもんな。そのありがたさを噛みしめておくよ」

「……うむ」

アイ＝ファはしばらく不明瞭《ふめいりよう》な表情をしていたが、やがて気を取り直した様子で食事を再開させた。

家の外では、まだ雨が降っている。夕刻の前に晴れた空も、日が落ちる寸前ぐらいからまたぐずつき始めてしまったのだ。

なかなかとんでもない幕開きになってしまったが、ジェノスの雨季はまだ始まったばかりなのである。期間で言えば、二ヶ月の内のようやく半月ばかりが過ぎたていどだ。

この後には、いったいどのような騒《さわ》ぎが待ち受けているのか。それを漠然《ばくぜん》と考えながら、俺はアイ＝ファと二人で過ごせる幸せをギバ肉と一緒に噛みしめることにした。

箸休め〃 ～憂苦の雨～

アスタが『アムスホルンの息吹《いぶき》』に倒《たお》れて以来、ユン＝スドラもまた重く苦しい気持ちで日々を過ごすことになった。

もっともそれは、ユン＝スドラに限った話ではない。森辺の集落においては、数多くの人間が同じ気持ちを抱え込んでいたことだろう。それぐらい、森辺の民にとってアスタの存在は大きくかけがえのないものになっていたのだ。

また、宿場町で懇意《こんい》にしている人々にアスタの話を伝えると、そちらでもとてつもない騒ぎが巻き起こることになった。《キミュスの尻尾亭《しっぽてい》》のミラノ＝マスや野菜売りのドーラなどは顔面蒼白《そうはく》となって、「アスタは大丈夫なのか⁉」とユン＝スドラたちに詰《つ》め寄るぐらいであったのだった。

アスタというのはそれぐらい、多くの人々にとって重要な存在になっていたのだ。アスタが生まれたのは海の外であり、身近には血の縁を持つ人間も一人として存在しないというのに——まるで家族が死の淵《ふち》に立たされたかのように、数多くの人々が心を乱してしまっていたのだった。

「アスタは……無事に回復できるでしょうか……？」

特にアスタを慕《した》っているトゥール＝ディンなどは、事あるごとに涙を浮かべてしまっていた。スンの分家を出自とする彼女《かのじょ》は、とりわけアスタに強い思い入れを抱いていたのだ。それを励ますのは、屋台の商売のために長きの時間をともにしているユン＝スドラの役割であった。

「大丈夫です。母なる森が、アスタを見捨てるはずがありません。三日もすれば、熱もひいて元気な姿を見せてくれるに違《ちが》いありません」

そのように語りながら、ユン＝スドラ自身も心にのしかかる重苦しい不安を必死にねじ伏《ふ》せていた。

ユン＝スドラは、アスタに恋情《れんじょう》を抱いている身であったのだ。

しかしもちろん、自分とアスタが婚儀《こんぎ》をあげることにはならないだろうと、すでに心を定めている。アスタの心にはすでにアイ＝ファの存在があり、自分の割り込む隙間《すきま》などはこれっぽっちもないのだということを、ユン＝スドラはもう何ヶ月も前から理解していた。ユン＝スドラはアスタが幸福になることを心から望んでおり、その幸福な生にはアイ＝ファが必要なのだ、と――そのように考えて、自らの恋情を心の奥深《おくふか》くに追いやってみせたのである。

その決断を、ユン＝スドラは後悔していない。今はアスタのかたわらでかまど番として働けるだけで、ユン＝スドラは幸福であった。もしもこの先、フォウやランから婿《むこ》を迎《むか》えることになろうとも、アスタとの縁が切れてしまうわけではない。アスタの伴侶になることが許されないのなら、アスタと同じぐらい立派なかまど番になって、大事な家族たちに喜びをもたらすのだ。かつてアスタがそうしてくれたように、今度は自分が喜びをもたらす側になるのだと、ユン＝スドラはそのように念じて日々を過ごしていたのだった。

「今のわたしたちにできるのは、アスタの代わりに屋台の商売をやりとげることだけです。アスタが繋《つな》いでくださった宿場町との絆を、わたしたちが守ってみせましょう。それができるのは、アスタから手ほどきを受けたわたしたちだけなのです」

ユン＝スドラがそのように力づけると、トゥール＝ディンも涙をぬぐって「はい」と応えてくれた。彼女は繊細《せんさい》で、気弱な顔を見せることも少なくはなかったが、その内には森辺の民に相応《ふさわ》しい気丈《きじょう》さが育《はぐく》まれているのだ。それもまた、アスタが運命を切り開いてくれた恩恵《おんけい》なのだろうと、ユン＝スドラはそのように信じていた。

（泣き言なんて言ってるひまはない。一番つらいのはアスタ自身と、それを見守っているアイ＝ファなんだから……今こそファの家に恩を返すんだ）

そんな風に念じながら、ユン＝スドラはその日も屋台の商売をやりとげた。

アスタが病魔で倒れてから、すでに四日目となっている。アスタがアムスホルンの選別を乗り越《こ》えられれば、明日の朝には熱もひくはずだ。どんなに苦しくても、明日の朝には安息が訪れる。ユン＝スドラたちは、そのように信ずるしかなかった。

そうして細い雨の降りそぼつ中、宿場町からファの家に戻ってみると——家の外にまで、獣《けもの》のようなうめき声がもれ聞こえていた。

高熱に苦しむアスタが、苦悶《くもん》の声を振《ふ》り絞っているのだ。

それを耳にした瞬間、トゥール＝ディンはまたこらえようもなく涙を浮かべてしまっていた。

「……アスタはまだ、容態が回復しないようですね」

自分たちの荷車でファの家まで同行していたレイナ＝ルウが、小さく肩を震わせながら、そのようにつぶやいていた。

「わたしたちは、明日にでもまた様子をうかがうことにします。ユン＝スドラ、トゥール＝ディン……どうか、ファの家をお願いいたします」

「はい。おまかせください」

レイナ＝ルウと何名かの女衆らは、悄然《しょうぜん》と道を引き返していった。

ユン＝スドラたちは、かまど小屋で料理の下ごしらえである。明日は屋台の商売も休みの日取りであったが、最近は毎日のようにカレーの素の作り置きをしていたのだ。

アスタのうめき声に心を打ちのめされながら、母屋《おもや》の脇《わき》を通ってかまど小屋まで出向いてみると、そこではすでにフォウやランの女衆らが働いていた。彼女たちもまたアスタやアイ＝ファの身を案じて、日中はなるべくこちらのかまど小屋で過ごすようになっていたのだ。手空《てす》きの時間は家からこの場に仕事を持ち込んで、いざというときに備えているという話であった。

「ああ、戻ったんだね。みんな、お疲れ様。宿場町のほうに変わりはなかったかい？」

フォウの年配の女衆が、意外に元気そうな声でそのように呼びかけてきた。この女衆とて、アスタの身を案じていないわけはなかったが、長きを生きてきた人間は『アムスホルンの息吹』で魂《たましい》を返す幼子の姿を何人も見送っている。まだ若いユン＝スドラとは、覚悟のほどが違っているのだろうと思われた。

「はい。特に懇意にしているユーミやテリア＝マスといった娘たちが、ファの家を訪れたいと願っていましたが……アスタの様子を伝えると、思いなおしたようでした」

「ああ。アスタはまだ誰《だれ》にも顔をあわせられるような状態じゃないだろうからねえ」

そう言って、フォウの女衆はふっと息をついた。

「アスタ自身は当然として、あたしはもうアイ＝ファの姿を見るだけで胸が痛んじまってさあ。それでも弱音を吐《は》かないアイ＝ファは、立派だよ」

ユン＝スドラはこの三日間、アイ＝ファの姿もほとんど目にしていなかった。ファの家には他に家人がなかったので、アイ＝ファがつきっきりでアスタの面倒を見ているのだ。

「アイ＝ファはほとんど眠《ねむ》ることもできないのですよね？　どうしても、他の女衆を頼《たよ》りたくはないのでしょうか？」

「ああ。アスタの苦しむ姿を、他の人間には見せたくないそうだよ。それに、アイ＝ファのことだから……アスタが苦しんでいるのに自分だけ楽をするなんて許されない、なんて思《おも》い詰めちまってるのかもしれないねえ」

フォウやランの人間は、何年か前までファの家と交流を持っていたのだ。まったく交流のなかったユン＝スドラとは異なり、彼女たちはアイ＝ファの幼い頃《ころ》を知っていたのだった。

「……今日はわたしがアイ＝ファに晩餐を届けます。みなさんはどうぞ家で休んでください」

「そうかい？　それじゃあこっちの仕事を片付けたら、引き上げさせてもらうよ」

アイ＝ファがアスタの面倒を見ている分、ファの家の他の仕事は近在の家の人間が引き受けているのだ。アイ＝ファの昼夜の食事の準備をしているのも、こうしてかまど小屋で働く人間の役割であった。

それから数刻が過ぎて、間もなく日没《にちぼつ》という頃合《ころあ》いで、ユン＝スドラはファの家に晩餐を届けることにした。この時間まで居残って、ともに準備をしてくれたのは、トゥール＝ディンだ。大事な食事が雨に濡《ぬ》れてしまわないように布を掛《か》けて、二人はファの家の母屋へとおもむいた。

「失礼します。アイ＝ファに晩餐をお持ちしました」

ユン＝スドラがそのように声をかけても、しばらくは何の反応もなかった。

家の中は、しんと静まりかえっている。アスタの苦しげな声も聞こえてこない。

まさか最悪の事態が生じたのではないかと、ユン＝スドラの背筋が震えそうになったとき──

──ふいに、閂《かんぬき》を外す音色が響《ひび》きわたった。

戸板が開かれて、そこにアイ＝ファの姿が現れる。その姿を目にした瞬間、ユン＝スドラは慄然《りつぜん》と立ちすくむことになった。

べつだんアイ＝ファの外見に、変わるところはない。ユン＝スドラが知る通りの、美しくて凛々《りり》しい姿だ。だが、その青い瞳《ひとみ》が爛々《らんらん》と輝《かがや》いていた。まるで、怒《いか》り狂《くる》っている獣のような眼光である。しかし、アイ＝ファは怒《おこ》っているわけではなかった。それは、内心の不安や悲しみをねじ伏せるための激情であったのだ。

「ば……晩餐をお持ちしました」

ユン＝スドラがなんとかそのように声をあげてみせると、アイ＝ファは沈着《ちんちゃく》なたたずまいで

「うむ」とうなずいた。そういった所作も普段通りであったが、ただ双眸《そうぼう》だけが火のように燃えている。

「今日は、ユン＝スドラとトゥール＝ディンが運んできてくれたのだな。これまでの食事も、ユン＝スドラたちが作りあげたものであったのであろう？　血の縁も持たぬファの家のためにそうまで尽力《じんりょく》してくれたことを、心より感謝している」

「いえ、とんでもありません。ファの家のこれまでの尽力と比べたら、このていどのことは苦労とも呼べないはずです」

そのように応じたのは、トゥール＝ディンのほうであった。その目にうっすらと涙《なみだ》をたたえつつ、アイ＝ファの姿を一心に見返している。

「どうぞ晩餐を召《め》しあがってください。滋養《じよう》をつけられるように、さまざまな食材を使いました」

「感謝する」と繰《く》り返して、アイ＝ファは布の掛けられた木皿を受け取った。

そうしてすぐに戸板が閉められそうになったので、ユン＝スドラも慌《あわ》てて声をあげてみせる。

「あの、アイ＝ファ……この夜で、アスタが倒れてから丸三日が過ぎました。遅《おそ》くとも、明日の朝には熱も下がるはずですから……どうぞ、最後まで頑張ってください」

「うむ」とうなずくアイ＝ファの姿が、戸板の向こうに隠された。

しばらく無言で戸板を見つめてから、ユン＝スドラとトゥール＝ディンはきびすを返す。

「アイ＝ファは本当に、強い人間ですね……誰よりも心を痛めているはずなのに、そんな弱気を決して余人に見せません」

そんな風に語りながら、トゥール＝ディンは目もとに浮かんだ涙をぬぐった。

「わたしもアイ＝ファを見習いたいところですけれど……わたしのように気弱な人間が、狩人《かりうど》であるアイ＝ファを真似ることなんてできるはずがありませんよね……」

「そんなことはありません。トゥール＝ディンだって、立派な人間です」

ユン＝スドラは、そんな風に答えることしかできなかった。

「それじゃあ明日は朝一番で、ファの家に集まりましょうね。アスタに最初の食事を届ける役目は、わたしたちに任されたのですから。力を尽《つ》くして、その役割を果たしてみせましょう」

「はい。では、また明日の朝に」

トゥール＝ディンと別れたユン＝スドラは、一人でとぼとぼとスドラの家を目指した。

その途中《とちゅう》で、ぐっと背をのばす。アイ＝ファがあまで力を尽くしているのだから、ユン＝スドラが気落ちをすることなど許されるわけもなかった。

(きっとアスタは大丈夫《だいじょうぶ》だ。アイ＝ファがあんなに力を尽くしてくれているんだから……)

あの眼光の凄《すさ》まじさが、アイ＝ファのアスタに対する情愛そのものなのだろう。それが怒りの激情に似て見えたのは、アスタの存在を脅《おびや》かす世界そのものに憤激《ふんげき》しているのかもしれなかった。

アイ＝ファはきっと、全身全霊《ぜんしんぜんれい》でアスタのことを愛しているのだ。たとえ世界のすべてを敵に回してでも、アイ＝ファであればアスタを守り抜《ぬ》こうとするのだろう。

そのように信じたからこそ――ユン＝スドラは、自分の想《おも》いを心の奥底《おくそこ》に封《ふう》じ込めることがかなったのだった。

そうして、翌日である。

ユン＝スドラとトゥール＝ディンが朝一番でファの家を訪れると、別人のように穏《おだ》やかな眼差しをしたアイ＝ファに出迎《でむか》えられることになった。

「アスタは無事に目を覚ました。もはや病魔に見舞《みま》われることもなかろう。これも、ユン＝スドラらが尽力してくれたおかげだ」

細く開いた戸板の隙間から、アイ＝ファが小声でそのように言いたてた。

「ただし、アスタはずいぶん肉が落ちてしまい、別人のように痩《や》せ細《ほそ》ってしまっている。アスタと言葉を交《か》わす前に、それだけはわきまえておいてもらいたい」

「承知しました。アスタが無事に目覚めて、本当によかったです」

ユン＝スドラがそのように答えてみせると、アイ＝ファはふっと眉を曇《くも》らせた。

「それで……アスタと顔をあわせる前に、昨晩の非礼を詫《わ》びさせてもらいたいのだが」

「非礼？　なんのことでしょう？」

「ユン＝スドラとトゥール＝ディンはアスタばかりでなく私の身をも案じてくれていたのに、私は正しく言葉を返すゆとりを持てなかった。これほど尽力してくれたユン＝スドラたちに、あのように素っ気ない態度を取ることなど、決して許されまい」

そんな風に語るアイ＝ファは、心から申し訳なさそうな顔をしていた。

昨晩のように激情をみなぎらせたりはしていないが、まだまだアスタの身を案じて気を張っている。それでいて、アイ＝ファはユン＝スドラたちへの配慮《はいりょ》も二の次にしたりはしなかったのだった。

（……本当に、アイ＝ファにはかなわないなあ）

そんな思いを胸に、ユン＝スドラはアイ＝ファに笑いかけてみせた。

「何も非礼なことなどありませんでしたので、アイ＝ファが詫びる必要はありません。わたしは……アイ＝ファとアスタの絆を心より得難《えがた》く思っています」

アイ＝ファはどのような表情を浮かべるべきか迷うように、まばたきを繰り返した。どこか、子供っぽいようにも思える仕草だ。

アイ＝ファはどこまで魅力的《みりょくてき》な存在なのかと、そんな思いを込めて、ユン＝スドラはもうひとたび笑いかけてみせた。

アイ＝ファは相変わらず、ほのかな戸惑《とまど》いを漂《ただよ》わせながら目をぱちくりとさせていた。

Cooking with
wild game.
群像演舞

宿場町の食道楽

　雨季の到来《とうらい》からさかのぼること、およそふた月――ジェノスの宿場町が太陽神の復活祭で賑《にぎ》わっていた紫《むらさき》の月の下旬《げじゅん》、シムの商団《黒の風切り羽》の団長であるククルエル＝ギ＝アドゥムフタンは三名の同胞《どうほう》とともにジェノスの宿場町を散策していた。

　石の街道《かいどう》には普段以上の人々があふれかえって、たいそうな賑わいになっている。城下町でも同じような騒ぎが繰り広げられていたが、やはり通行証を必要としないこの宿場町のほうが勢いではまさっている様子であった。

　ククルエルは――いや、西の王国で行商に励む東の民は、こういう賑わいを何よりも愛していた。そうでなければ、故郷を遠く離《はな》れる理由もない。風の神たるシムの息吹を頰《ほお》に感じながら、悠久《ゆうきゅう》なる草原の地で、のんびりギャマを追いながら暮らす――そういう生活に飽《あ》きたりない人間だけが、流浪《るろう》の生活に身を投じるのだ。

　ゆえに、シムでも屈指《くっし》の大きな商団で、西の貴族たちとばかり商《あきな》いをしているククルエルでも、時間を見つけてはこうして雑多な宿場町に下りるようにしていた。礼儀正《れいぎただ》しい城下町の民も、粗野《そや》で蛮なる宿場町の民も、草原の民たるククルエルにはどちらも新鮮《しんせん》であり、そして愛すべき存在なのだった。

『ククルエル、今年の復活祭はいつも以上の賑わいであるようですね』

ともに歩いていた同胞の一人が、故郷の言葉でそのように語りかけてくる。

『そうだな。去年は王都で過ごしたので、復活祭の時期にジェノスを訪《おとず》れるのは二年ぶりになるが、ずいぶん様子は違っているようだ』

その理由は、すでに城下町で明かされていた。ほんの数ヶ月前に、ジェノスにおいては伯爵《はくしゃく》家《け》の当主が大罪人として捕縛《ほばく》されるという大きな事件が起きていたのだ。

しかもそれは、《黒の風切り羽》がシムの食材を売っていたサイクレウスという人物であった。サイクレウスというのはかなり大口の顧客《こきゃく》であったため、ククルエルとしても大変な損失を抱《かか》える覚悟を固めていたのだが――幸いなことに、サイクレウスとの商いはトゥラン伯爵家とジェノス侯爵家《こうしゃくけ》が手分けをして、きちんと引き継《つ》いでくれていた。苦労をして運んできた生きたギャマも無事に引き取られることになり、商売の約定が踏《ふ》みにじられることはなかった。

だが、ジェノスの側では色々と問題があったらしい。どうやらサイクレウスという人物は、買いつけていた食材を独占《どくせん》して、ろくに流通させていなかったようなのである。

そのような真似をしていれば、使いきれない食材を無駄《むだ》にして、けっきょく自分が損をするばかりであるように思えるが、それでもかまわなかったらしい。美食というものに異常な執《しゅう》着《ちゃく》を見せていたサイクレウスは、自分と縁のある貴族や料理店の他には一品たりとも食材を流していなかったそうなのだ。

そんなサイクレウスの支配が、終焉《しゅうえん》を遂《と》げた。それで、この宿場町にもさまざまな食材が流通することになったのだ。

確かに前回訪れたとき、この宿場町では粗末《そまつ》な料理しか売られていなかった。調味料などは岩塩やわずかな香草《こうそう》ぐらいで、トゥランでとれるママリアの酢《す》すら流通していなかった。あとは自産の野菜やキミュスの肉、それから隣町《となりまち》のダバッグから仕入れたカロンの足肉ぐらいしか使われることもなかったのだった。

（確かにジェノスぐらい豊かな町であれば、宿場町でもこれぐらい賑わうのが当たり前だ。城下町は王都と同じぐらい豊かでありながら、宿場町は場末のような状態であったこれまでのほうが、よほどおかしかったのだろう）

宿場町にはたくさんの屋台が出されていたので、道を歩いているだけでもさまざまな料理の香りを楽しむことができた。カロンの乳の乳脂《にゅうし》の香り、シムから持ち込まれた香草の香り、ジャガルから仕入れるタウ油の香り――それも以前は城下町でしか嗅《か》ぐことのできない香りであった。

『やはり、森辺の民の屋台というのはもう店を閉めてしまっているようですね』

と、また別の同胞がそのように語りかけてくる。

宿場町に食材を流すにあたって、ジェノスの貴族たちは森辺の集落に住まう料理人というものを頼ったそうなのだ。それは海の外から来た渡来《とらい》の民でありながら森辺に住みついた変わり者で、城下町の料理人にも劣《おと》らぬ腕前《うでまえ》でさまざまな食材を使いこなすことができるのだと聞いている。その人物が、宿場町の民には見慣れない食材を使って美味なる料理を披露《ひろう》して、人々に模範《もはん》を示したのだという話であった。

ククルエルは、モルガの森に道を切り開くべきではないかという腹案を抱《いだ》いている。そんな中でその人物の評判を聞き、たいそうな好奇心《こうきしん》をかきたてられたのであるが、彼《かれ》の屋台は中天の前から下りの二の刻までしか開いておらず、多忙《たぼう》なククルエルたちはいまだにその姿を見ることさえできていなかったのだった。

『まあ、復活祭が終われば、我々も今よりは自由に動くことができる。それまでは、他の屋台を楽しむことにしよう』

城下町ならば丁寧《ていねい》に調理された料理をいくらでも楽しむことができる。しかし、市井《しせい》の人々が頭をひねって作りだした料理を味わうのも、また旅情である。そういう思いもあって、ククルエルは城下町での商売で手が空いたときは、こうして足しげく宿場町に通うようにしていたのであった。

『どれ、適当につまんでみるか』

あまり人の並んでいない屋台を選んで、ククルエルたちは軽食を購入《こうにゅう》した。キミュスの肉をポイタンの生地《きじ》で包んだ、小さな料理である。最近は、料理の量をおさえつつ安値で売るのが流行であるらしい。これならば一日で複数の料理を楽しめるので、ククルエルにもありがたい話であった。

それで、肝心《かんじん》の料理であるが——それはなかなか、奇抜《きばつ》な味であった。キミュスの肉と野菜が煮込《にこ》まれているのだが、どうやら乳脂とママリアの酢が使われているらしく、甘さと酸っぱさが奇妙《きみょう》にまざり込んでいる。それも甘さのほうがまさっているぐらいなので、ジャガルの砂糖も使われているように思えた。

『さすがに数ヶ月では、新しい食材を使いこなすのも難しいようですね。あまり美味とは思えません』

同胞の一人はそのように述べていたが、東の言葉であったので屋台の人間に反感を抱かれることはなかっただろう。確かにこれは、美味とは言い難《がた》い味である。何かが余計だし、何かが足りていない感じがする。そもそも乳脂とママリア酢というのは、それほど相性《あいしょう》のいい食材であるようにも思えなかった。

(だが、そうして新しいものに取り組んでいこうという気持ちが大事なのだろう。昔のように肉を塩だけで煮込んだ料理では、客の関心を集めることもできないだろうからな)

これだけシムやジャガルの食材であふれた町というのは、王都の他には見たことがない。時間を重ねれば、ジェノスならではの独特な食文化というものが生まれる余地は大いにあるように思われた。

『空《す》いている屋台を選んだのが間違《まちが》いであったかもしれんな。次は人気のありそうな屋台で買ってみるか』

雑踏《ざっとう》の賑わいを楽しみながら街道を南に下っていくと、露店《ろてん》区域の終わり間際《まぎわ》にたいそう賑わっている屋台があった。しかも看板には、西の言葉で『ギバ』と記されている。

『あれが森辺の民の店なのでしょうか?』

『いや、主人は南の民であるようだ。……いや、南と西の混血かな？』

ともあれ、城下町でもたびたび耳にしたギバ肉の料理とあっては捨て置けなかった。何か事情があって、ギバ肉は城下町で流通していないのである。それも『いずれ時期が来れば』という話であったので、ギバ肉の品質自体に問題があるわけではないようであった。

『ギバ肉の料理なんて、これも以前には考えられなかったことですね』

『ポイタンがフワノのような形で焼かれているのも驚《おどろ》きでした。わずか数ヶ月で、こうまで変わるものなのでしょうか』

行列に並びながら、同胞らが語らっている。むろんそれで感情をあらわにするような粗忽者《そこつもの》はいないが、彼らが浮《う》きたっているのは明白に過ぎた。もちろん祭のさなかであるのだから、ククルエルも十分に浮きたっている。

「お待たせいたしました。香草の味とタウ油の味がありますが、どちらをお求めでありましょうかな？」

ようやくククルエルたちの順番が回ってくると、店の主人が朗《ほが》らかに微笑《ほほえ》みかけてきた。やはり、混血なのだろう。顔の造作や体格などは南の民そのものであるが、肌《はだ》は西の民のように黄色いし、それにシムの民たるククルエルたちを忌避《きひ》する様子もない。

「では、二つずつお願いします」

売られているのは小さな饅頭《まんじゅう》の料理であったので、それだけの数を購入することにした。四つに割ってひと口ずつ食べれば、味見には十分だろう。

そうしてその饅頭を口にしてみると――これは、掛け値《ね》なしに美味であった。タウ油のほうには砂糖も使われているようで、いかにも南の民が好みそうな味付けだ。タウ油も砂糖もジャガルの食材であるため、非常に相性がいいのだろう。シムの民たるククルエルとしても、まったく不満のない味わいである。

そして、ギバの肉というのがその味付けにとても合っていた。ギバ肉というのは噛み応えのあるしっかりとした肉質で、タウ油や砂糖の強い味付けに負けない存在感があったのだ。カロンよりは、ギャマに近い肉質かもしれなかった。

そして、香草を使った饅頭であるが――これには、心底から驚かされた。南の血を引く人間が、どうしてこうまで見事に香草を使うことができるのか。その饅頭にはシムの民であるククルエルがこまかく判別できないぐらいさまざまな香草が使われている上に、しかも完璧《かんぺき》に調和していた。

舌を刺《さ》すほどの強さではないが、それでも風味はとても強い。きっとタウ油やカロンの乳や砂糖なども使って、香草の辛《から》さを緩和《かんわ》しているのだろう。ククルエルたちであれば、もっと味が尖《とが》っているほうが好ましいぐらいであったが、しかしそれらの手立てを邪魔《じゃま》に感じるほどではなかった。

そしてこちらも、ギバの肉がとても合っている。肉や野菜の出汁《だし》がなければ、いくら香草を使っても美味なる料理には仕立てられないのだ。強く感じられるのは香草の風味でも、その土台を支えているのは肉と野菜の出汁であるはずだった。

「この料理は美味ですね。非常に驚かされました」

　こらえきれずに、ククルエルは屋台の横から仕事中の主人に話しかけてしまった。新しい饅頭をこしらえつつ、主人は「ありがとうございます」と笑《え》みを浮かべる。

「この宿場町で、ギバの肉を扱える店は限られておりますからな。よかったら食堂のほうにもいらしてください」

「あなたは、宿屋のご主人であられるのですか？」

「はいはい。《南の大樹亭《たいじゅてい》》という宿屋であります。お泊《と》まりになられるのは南のお客様が主ですが、食堂には西や東のお客様も大勢いらっしゃいますぞ」

「それは是非《ぜひ》、今晩にでもうかがわせていただきたく思います」

《中天の日》や《滅落の日》といった祝日を除けば、夜は比較的《ひかくてき》自由に動ける。城下町は夜間の出入りを禁じられているので、そうすると宿場町で宿を取ることになってしまうが、このように美味なる料理と引き換《か》えであるならば、それもまたよしであった。

　そうして主人に礼を述べて、宿場町の散策に戻《もど》る。道を折り返して、今度は通りの逆側を物色していると、やはりそこでも活気を呈《てい》しているのは軽食の屋台であるようだった。ひさびさにジェノスの宿場町を訪れた人々は、誰もがこの変容っぷりに度肝《どぎも》を抜かれているのだろう。

　とある屋台では、鉄串《てつぐし》に刺したキミュスにタウ油を塗《ぬ》りながら火で炙《あぶ》っている。革張《かわば》りの屋根の張られた一画では、香草の香りのする汁物《しるもの》が配られている。こまかく切り分けたカロンの足肉を乳脂で焼いていたり、大量のママリア酢で食材を煮込んでいたり、野菜で色をつけたポイタンで肉や香草をはさみ込んでいたり――とにかく誰もが物珍《ものめずら》しい食材を使って、客の目をひきつけようと躍起《やっき》になっているようだった。

ダレイム伯爵家の紋章《もんしょう》を掲《かか》げた屋台などでは、カロンの胸肉の料理が売られている。以前まででは、安値な足肉ぐらいしか宿場町では売られていなかったのだ。

それに対抗《たいこう》してか、皮つきのキミュス肉で料理を作っている屋台もあった。皮つきの肉では値が張ってしまうが、タウ油やシムの香草といったものの分量を控《ひか》えれば、他の店と同じぐらいには元が取れるのかもしれない。それに、祭の間は人々も気が大きくなっているので、普段《ふだん》よりは銅貨を惜《お》しむこともないだろう。

まだいくぶん胃袋《いぶくろ》に余裕《よゆう》があったので、ククルエルたちももうひと品、軽食を買ってみた。肉と野菜を香草の煮汁《にじる》で煮込み、それをポイタンの生地でくるんだものである。肉はカロンの足肉で、野菜はアリアとロヒョイ、それにチャムチャムという組み合わせだ。ロヒョイやチャムチャムというのも、ジャガルやセルヴァの他の地域でとれる、このあたりでは珍《めずら》しい野菜であるはずだった。

『うわ、これはすごい味付けですね』

思わず、というように同胞の一人が声をあげる。もう少し気を抜いていれば顔に感情が出てしまいそうな勢いであったが、ククルエルにもその気持ちはわからなくもなかった。この料理にはシムの香草がふんだんに使われていたが、その使い方がずいぶん突飛《とっぴ》であったのだ。

舌を刺すようなチットの実と、鼻に抜けていくようなサルファルの葉は、普通《ふつう》シムでは一緒《いっしょ》に使わない。サルファルは水で溶《と》いて、焼いた肉などに塗るのが普通であり、そもそも煮込み料理で使う香草でもなかったのだった。

しかも、これでは西や南の民《たみ》には辛すぎるためか、砂糖やカロン乳まで使われている様子である。その組み合わせが、また意想外だ。さきほどのギバ肉の軽食と比べてしまうと、少なからず場当たり的に思えてしまう。

まず香草が辛いから砂糖を使おうという発想が愉快《ゆかい》であるし、そもそもシムには砂糖というものが存在しない。いや、シムでも他の藩《はん》であればその限りではないかもしれないが、少なくともギヤジの一族が治める草原の領土においては、砂糖に類する調味料というものは存在しなかった。

だからこれは、異国でしか味わえない料理であった。シムの香草が、思いもよらぬ形で使われている。さきほどの店と比べればその使い方は不出来であったものの、しかしククルエルは妙《みょう》に楽しい気分になってきてしまった。

『故郷の家族に、いい土産話《みやげばなし》ができたではないか。これもまた旅の醍醐味《だいごみ》だ』

同胞たちはうなずきつつ、苦労をしながらその料理を口の中に押《お》し込んでいた。


そして、夜である。

いったん城下町に戻って商いの仕事を片付けてから、ククルエルは宿場町に戻っていた。また三名の同胞を引き連れているが、昼とは異なる顔ぶれだ。昼の三名はサルファルの煮込み料理でいくぶんめげてしまったらしく、晩餐《ばんさん》は城下町で済ませたいとのことであった。

『夜でも活気がありますね。まるで祝日のようです』

同胞の言う通り、夜でも露店区域にはちらほらと軽食の屋台が出されていた。人通りも、日中に比べれば半分ていどであるものの、なかなかの賑わいであるように感じられる。

だが、今宵《こよい》の目当ては宿屋の食堂であった。

祭の賑わいを心地《ここち》好く感じながら街道を南に下っていくと、宿屋の密集した区域のだいぶん南寄りの位置に、《南の大樹亭》を発見できた。宿場町の宿屋としては、かなり大きなほうだろう。なおかつ、祝日でもないのに店の前にまで卓《たく》が出されて、それらのすべてが客で満たされている。ギバ肉を扱《あつか》う希少な宿屋ということで、ずいぶん繁盛《はんじょう》しているようであった。

「いらっしゃいませ。四名様でありますかな？」

一階の食堂に足を踏み入れると、昼間も見た主人が笑顔《えがお》で迎えてくれた。が、あちらはククルエルの姿を見分けることはできなかっただろう。異国人というのはみんな似通った姿に見えるものだし、それにククルエルは日中も現在も外套《がいとう》の頭巾《ずきん》を深くかぶっていたのだった。

「あいにく混み合っておりますため、二名様ずつ分かれていただくことになってしまうやもしれませんが、それでもかまいませんかな？」

「はい、かまいません」

「あと、本日はギバの料理を切らしてしまっているのですが、そちらはいかがでありましょう？」

ククルエルは、思わず返事に詰まってしまった。それでも表情を動かすような恥《はじ》はさらさず、「そうなのですか」と応じてみせる。

「それは残念です。まだ日が没《ぼっ》してから一刻も経《た》ってはいないかと思いますが、もう品切れになってしまいましたか」

「申し訳ありませんな。今日は大きな団体のお客様が飛び込みで入ってしまったもので……明日からは、もっとたくさんのギバ肉を仕入れるよう考えております」

ククルエルは、黙考《もっこう》した。目当てのギバ料理が品切れであるならば、南の民の多いこの店で二人ずつに分かれてまで食事をとる理由はないように思えてしまう。

「おや、ひょっとしたらあなたは、昼間に屋台で料理を買ってくださったお客様でありましょうかな？」

「はい。よくお気づきになられましたね」

「はいはい。あなたのように西の言葉が堪能《たんのう》な東のお客様は珍しかったもので」

そのように言いながら、主人は少し考え深げな顔をした。

「ふうむ。食堂のほうにもいらしてくださいとお誘《さそ》いしたのはわたしのほうであるのに、こんなに早くからギバの料理を切らせてしまって、本当に申し訳ない限りでありますな。……よろしければ、他でギバ料理を扱っている宿屋をご紹介《しょうかい》いたしましょうか？」

「それはありがたいお話ですが、よろしいのですか？」

「はいはい。本当にわたしの店まで足を運んでくださったあなたへの、せめてもの感謝の気持ちであります」

そうして主人は、三軒《げん》の宿屋の名前をククルエルに伝えてくれた。ギバの料理を扱っている宿屋は、この宿場町でもそれしか存在しなかったのだった。

「今は宿場町でも、目新しい食材が山のように増えましたからな。それが落ち着いたら、ギバ肉を取り扱いたいと願う店もさぞかし増えることでありましょう」

そんな主人の言葉を最後に、ククルエルたちは《南の大樹亭》を出た。

まずは、三軒の中で一番規模が大きいという《キミュスの尻尾亭》という宿屋を目指す。その宿屋は、主街道を少し北に戻ったところに店をかまえているという話であった。

『ああ、ここですね』

《南の大樹亭》よりはひとまわり小さな、ごくありふれた宿屋であった。店の外まで卓が出されていたりはしていないが、扉《とびら》の向こうからは十分に賑やかな気配が伝わってくる。

「いらっしゃいませ。四名様ですね？」

扉を開けると、若い娘《むすめ》が出迎えてくれた。両手に空の木皿を抱えて、非常に忙《いそが》しそうな様子である。純朴《じゅんぼく》そうなその顔にも、汗《あせ》が光っている。

「申し訳ありません。ただいま満席ですので、半刻ぐらいはお待ちいただくことになるかもしれません」

「半刻ですか……」

それは空腹であるククルエルたちには、いささか厳しい条件であった。

「半刻待てば、ギバ料理を食べられますか？」

それでもそのように尋《たず》ねてみると、娘は「うーん」と小首を傾《かし》げた。

「少々お待ちくださいね。……父さん、ギバの料理は半刻の後にも残っているかしら？」

「そんなことは、食堂に詰めかけた大食《おおぐ》らいどもに聞いてくれ！」

受付台の向こうの扉から、荒《あら》っぽい声が返ってくる。食堂はたいそう繁盛しているのに、人手が足りていないらしい。

「申し訳ありません。ギバの料理はとても人気があるので、すぐに売り切れてしまうのです。明日からは、もっとたくさんの肉を買い付けることになると思うのですが……」

「そうですか。では、また機会があればおうかがいさせていただきます」

そうしてククルエルたちは、またすごすごと退散することになってしまった。

『やはり大通りの宿屋というのは、ひときわ人気があるのだろうな。残りの二軒は小さな宿屋であるという話であったので、そちらに期待をかけてみよう』

ということで、路地に入って次なる宿屋を目指す。次の宿は、《玄翁亭《げんおうてい》》という東の民のための宿屋であるという話であった。

路地を進むにつれ、人影《ひとかげ》は少なくなってくる。この宿屋は民家の集まった区域で商いをしているのだ。

『このような場所に、宿屋があるのですね。知らなければ気づきようもない場所です』

『そうだな。しかし、隠《かく》れた名店というのはそういうものなのだ』

しばらく歩くと、言われた通りの場所に《玄翁亭》を見出《みいだ》すことができた。が、造りも大きさも普通の民家である。看板が出ていなければ、見過ごしてしまったことだろう。その建物も含《ふく》めて、辺りはしんと静まりかえってしまっている。

『これなら、満席ということはないかもな』

そのように思って扉を開けたが、見通しが甘《あま》かった。店の食堂には、シムの民たちがぎっしりと押し込まれていたのである。シムの民は食事の場でもあまり騒《さわ》ぎたてたりはしないので、これだけ静まりかえっていたというだけのことであった。

ククルエルたちと同じようないでたちをした外套姿のシムの民が、せまい座席で肉をかじったり煮汁をすすったりしている。そこに満ちているのは、まぎれもなく昼の軽食で味わったあの香草の料理の芳香《ほうこう》であった。

「いらっしゃいませ。四名様ですね」

店の主人と思《おぼ》しき男が、音もなく近づいてくる。一見普通の西の民であるが、その主人は東の民のように無表情で落ち着いていた。

「おや、初顔のお客様ですね。《玄翁亭》にようこそいらっしゃいました。わたしは店主のネイルと申します」

「これはご丁寧にいたみいります。私は商団《黒の風切り羽》の団長ククルエルと申します」

「ほう、《黒の風切り羽》。お名前はかねがねうかがっております。シムでも指折りの大きな商団であらせられるそうですね」

そのように語りながら、やはり表情を動かそうとはしない。ずいぶん東の習わしをわきまえている人物であるようだった。

「ご覧の通り、現在は満席でありまして……四半刻もすれば、お席を準備できると思うのですが」

「そうですか。……しかし、ギバの料理はいかがでしょう？」

ククルエルが尋ねると、ネイルは申し訳なさそうに目を伏せる。それだけでもう、次の言葉は予想できてしまった。

「相済みません。ちょうどさきほど、最後のギバ料理を売り切ってしまったところなのです。どうにも今年の復活祭は例年以上の賑わいであるらしく、仕入れの加減を見誤ってしまいました」

「そうですか。我々はこれで三軒の宿屋を巡《めぐ》ったことになるのですが、いずれの食堂でもギバの料理を口にすることはできませんでした」

「ああ、きっとそれらの宿でも、復活祭が始まるなりこれほどのお客様を迎えることになろうとは予測できなかったのでしょうね。ましてやギバ料理というのは、ごく限られた宿でしか扱っておりませんし……それでいて、日中の屋台ではギバの料理が大変な評判になっているので、こちらの商売がおっつかなくなってしまっているのです」

「なるほど……しかし、私が日中に散策していたときは、ギバの料理を扱っている屋台もひとつしかありませんでした。早々に店を閉めてしまうという森辺の民の屋台だけで、それほどまでの評判を呼んでいるのでしょうか？」

「はい。森辺の民だけで五つの屋台を出しており、その他にも西の民が二つほど屋台を出しているようですね。それだけで、千食を超《こ》える料理が売れているというお話でした」

「千食……」

さしものククルエルも表情を動かしそうになってしまい、慌てて自制することになった。

「それは、とてつもない人気ですね。しかも、ごく短い時間しか店を開いていないのでしょう？」

「はい。森辺の民というのは、それだけ料理を作る技術に長《た》けているのです。わたしの店でも、ギバの肉だけではなくギバの料理を森辺の民から買わせていただいております」

そこでククルエルは、ひとつの疑念にとらわれることになった。

「そういえば、こちらには日中に食した料理と非常によく似た香りが漂っているようです。あれは東の民でもなかなか思いつかないような香草の組み合わせであったので、非常に驚かされたのですが」

「ああ、《南の大樹亭》のナウディスの屋台ですね？　あちらでは『ぎば・かれー』を使った軽食を売りに出しているのだと聞いています。その『ぎば・かれー』も、森辺の民たるアスタのこしらえたかれーの素《もと》というものを使っているのですよ」

ネイルは何か誇《ほこ》らしそうに目を細めながら、そのように述べたてた。

「ギバ肉を扱う四つの宿では、すべてその『ぎば・かれー』を売りに出しています。アスタの作る料理はどれも見事なものですが、やはり『ぎば・かれー』というのは別格の存在であるようですね」

「では、あの香草の組み合わせも、そのアスタという御方《おかた》が考案したものであったのですか」

城下町の貴族までもが頼りにしたというアスタなる料理人の力量を、ククルエルは改めて思い知らされた心地《ここち》であった。

「《南の大樹亭》ではジャガルの食材を使った甘めのかれーを、わたしの店ではチットの実を加えた辛めのかれーを出しております。そうして作る人間によって味を変えられるのも、『ぎば・かれー』の面白《おもしろ》いところなのでしょう。ジェノスを離れる前には、是非とも一度は味わっていただきたく思います」

「はい。私も非常に興味をかきたてられました」

そうしてククルエルたちは、三軒目の宿屋も後にすることになった。

月明かりの下、最後の宿屋に希望を託《たく》して歩きつつ、同胞がかたわらから呼びかけてくる。

『ククルエル、さきほどの宿屋で香草の香りを嗅がされて、空腹感が耐《た》え難いものになってきてしまったのですが』

『私もだ。これでギバ料理を口にすることができなかったら、わざわざ苦しむために宿場町まで出張ってきたことになってしまうな』

最後の宿屋は、いわゆる貧民窟《ひんみんくつ》に存在した。路上では、見るからに真っ当でない者たちが地べたに座《すわ》って果実酒をあおっている。さすがに東の民であるククルエルたちに難癖《なんくせ》をつけてくる者はなかったが、あまり油断のできる区域ではないようだった。

宿屋の名前は《西風亭》だ。そちらもそれほど大きな宿屋ではなかったが、《玄翁亭》とは異なり、近づく前からずいぶんな賑やかさが伝わってきた。

「いらっしゃーい。四名様だね？」

迎《むか》えてくれたのは、髪《かみ》の長い西の民の娘だ。淡《あわ》い色合いをした肩《かた》や腹を惜しげもなくさらしており、やはり忙しそうに立ち働いている。客の入りは、八割ていどであるようだった。

「食事かい？　泊まりかい？　今ならどっちも空いてるけど」

「食事ができるなら、そのまま宿泊《しゅくはく》もさせていただきたく思います。……ただ、ギバの料理というものは残っていますでしょうか？」

「あー、ギバ料理がお目当て？　悪いけど、『ぎば・かれー』は売り切れちゃったね。《玄翁亭》からあぶれたお客さんが、こっちのほうまで流れてきたみたいでさ」

そのように語りながら、娘はにっと白い歯を見せた。

「でも、それ以外のギバ料理だったら、まだ残ってるよ。三日分の肉をまとめて買い溜《た》めておいたのが、明日でなくなっちゃいそうな勢いだけどさ！」

「では、そのギバ料理をお願いいたします」

ほっとしながらククルエルが応じると、娘は「四名様、ごあんなーい！」と大声で店の奥《おく》に呼びかけた。

「席はこっちね。ギバ肉を使った料理は、焼肉とポイタン料理と汁物料理があるけどどうする？」

「はい。四人で食べるには、どれぐらいが適量でしょうか？」

「って、全部ギバ料理でいいの？　そうすると、カロンやキミュスの料理より割高になっちゃうけど」

「ええ、かまいません」

「東の民ってのは気前がいいね！　それじゃあ、肉料理とポイタン料理を二つずつ、汁物料理は人数分って感じかな。それで足りなかったら、追加で注文してよ。あと、飲み物は果実酒でいい？　今日はラマムか干しキキの汁《しる》だね」

「では、それも二名分ずつお願いいたします」

それでようやく、ククルエルたちは腰《こし》を落ち着けることができた。空腹な上にあちこちを歩き回るはめになり、なかなか疲《つか》れがたまってしまっている。これでギバ料理にありつけなかったら、さぞかしみじめな思いで夜を過ごすことになっていただろう。

（そういえば、軽食でもギバの料理はほんの少し割高だったな。だからこの宿では、ギバ料理が売り切れることもなかったのか）

貧民窟のど真ん中であるのだから、この食堂に集まっているのも無法者じみた輩《やから》ばかりである。いきなり衛兵でも踏み込んできたら、半数ぐらいは逃《に》げ出してしまうかもしれない。

その中で、ククルエルたちの他にも東の民というのは数名ばかり見受けられたが、南の民というのは一人として存在しない。ジェノスを訪れる南の民というのはあるていど裕福《ゆうふく》な商人ばかりなので、護衛役もなしにこのような区域には踏み込めないし、そもそも踏み込む理由もないのだろう。

それで、無法者や無頼漢《ぶらいかん》であれば、そこまで懐《ふところ》には余裕がないものである。そういう者たちにとって、ギバ料理というのは少なからず贅沢《ぜいたく》な晩餐となるのだった。

『さすがにここまでうらびれた宿で晩餐を取るのは、あまりないことですね。まともな食事を出されるといいのですが』

と、若い団員の一人がそのように述べたてた。日中にギバ料理を食したのはククルエルのみなので、彼らは不安をぬぐいきれないようだ。ひょっとしたら、好奇心でククルエルについてきたことを後悔《こうかい》し始めているのかもしれなかった。

まあ、このような宿屋であれば、値の張る食材を無駄に使うこともないだろう。ギバ肉であればただ塩で焼いただけでも満足できそうであったし、むしろそういう素朴《そぼく》な料理であるほうが、ギバ肉本来の味を楽しむことができるはずであった。

そんなことを考えている間に、続々と料理が運ばれてくる。それを目にして、ククルエルは少なからず驚かされた。そこに並べられたのは、思っていたほど素朴な料理ではなかったのである。

焼肉料理というのは、確かにギバ肉を焼いたものであるようだった。ただ、アリアやプラやネェノンといった野菜も一緒に焼かれており、その上に何か甘辛《あまから》い香りのする汁が掛《か》けられている。ククルエルに判別できるのは、タウ油とミャームーの香りであった。

いっぽうポイタン料理というのは、なかなか奇妙な料理であった。どうやらポイタンの中に肉や野菜を混ぜ込んで、一緒に焼きあげた料理であるらしい。形は普通に丸くて平べったいが、そこにもタウ油の香りがする汁が掛けられている。ただしそちらは、甘辛いのではなく酸《す》っぱそうな香りであった。

なおかつその上に、正体不明の黄白色の液体も掛けられている。いや、半分は固形であるのだろうか。細く網目状《あみめじよう》に掛けられているのに、そのままの形でてらてらと輝《かがや》いている。何か油分の強そうな輝きだ。

そして汁物料理に使われているのは、カロンの乳であった。乳脂も使われているのだろうか。まろやかな甘い香りであり、白い汁からごろごろとした肉や野菜の影《かげ》が覗《のぞ》いている。

「はい、こっちは干しキキの汁で割った果実酒で、こっちがラマムね。足りなかったら、また声をかけてよ」

年配の女性と二人がかりで料理を運んできた娘は、せわしなく立ち去ってしまう。とりあえずククルエルたちは食前の祈《いの》りを東方神に捧《ささ》げ、それから酒杯《しゆはい》に果実酒を注いだ。

城下町で飲まれるような蒸留酒ではない。甘みと酸味の強い、ママリアの果実酒だ。干しキキの汁ではさらに酸味が加えられ、ラマムの果汁《かじゆう》では甘みが加えられている。嫌《きら》いな味ではなかったが、いささか酒気は弱いように感じられた。

ともあれ、料理である。ここまでふんだんにタウ油やカロン乳が使われているとは思わなかったが、外見や香りに大きな問題は感じられない。娘が取り皿を準備してくれたので、二人前の焼肉料理とポイタン料理は半分ずつ四名で分け、それぞれ口に運ぶことにした。

『これは……美味ですね』

さきほど心配そうに声をあげていた若い団員が、真っ先にそう言った。

ククルエルにも、まったく異論はない。

焼肉料理は、その香りの通りに甘辛い。それがギバの肉にはよく合っている。タウ油やミャームーばかりでなく、砂糖やアリアのすりおろしなども使われているらしく、その甘みがタウ油の塩気やミャームーの風味と素晴《すば》らしく調和しているようだった。

肉の部位は、胸か背中あたりであろうか。ほどよく脂《あぶら》がのっており、とても食べ応えがある。日中の軽食でも思ったが、強い味付けに負けない立派な肉だ。これには焼いたポイタンの切れ端《はし》も添《そ》えられていたので、それを一緒に食べるといっそう美味であった。

ポイタン料理のほうは、それとは対照的な酸味の強い味付けである。こちらには、タウ油の他にタラパやママリア酢が使われているようで、それが酸味を強めているのだ。

それに、正体不明の黄白色の調味料も、基本的には酸っぱい味であった。きっとこちらもママリアの酢が使われているのだろう。ただ、それほど風味は強くないし、色合いも白みが強かったので、これは最近ジェノスで流通するようになったバナームの白いママリア酢であるようだ。他には何が使われているのか判別もつかないが、ただ酸っぱいだけではなく、妙に料理の味を引き立てる味わいであった。

そうして酸味を強調した二種の調味料が使われている料理であるが、肉と野菜を封《ふう》じたポイタンの生地はなかなかの厚みがあったので、「酸っぱい料理」という感じはしなかった。ポイ

タンに混ぜ込まれた肉にはさきほどの料理よりも脂がのっており、きわめて美味である。野菜はざっくりと切られたティノのみであったが、その噛《か》み応えがまた心地好かった。

ポイタンの生地を肉や野菜と一緒に焼きあげるというのはずいぶん乱暴なようにも思えたが、しかし美味である。ポイタンとギバ肉とティノを別々に焼きあげても、このような味にはならないのだろう。それぞれの食感と味が組み合わさることによって、この楽しい料理はできあっているようであった。

最後の汁物料理は、比較的、素朴な料理であったかもしれない。ジェノスの宿場町でカロンの乳や乳脂が使われ始めたのはごく最近であるが、城下町や隣町のダバッグではいくらでも口にすることができる。それを汁物料理で使うというのも、ごくありふれた手法であった。

その他にも、とりたてて珍しい食材が使われているわけではない。塩とピコの葉と、タウ油あたりも少しは使われているのかもしれないが、ごく尋常《じんじょう》なる素朴な味わいであった。

ただ、素朴であるゆえに、ギバ肉の質の高さがしっかりと感じられる。出汁が、力強いのだ。汁をすすると、さまざまな滋養《じよう》が身体中《からだじゅう》にしみわたっていくかのようである。そんなに食欲のない日であるならば、この汁物料理とポイタンの生地だけで満足できそうなほどであった。

それに、ごろりとしたギバの肉も、また美味であった。これは少し、カロンの肩肉《かたにく》と食感が近いかもしれない。赤身の部分はぎゅうぎゅうに繊維《せんい》が詰《つ》まっており、それが口の中でほどけても、しばらくは噛み応えを楽しむことができる。硬《かた》い肉が入念に煮込まれたときに生み出される、独特の味わいだ。

気づけば、同胞らも黙々《もくもく》と食事を進めていた。感想を述べ合う時間をも惜しむかのように、ひたすら木匙《きさじ》を動かして料理を楽しんでいる。果実酒の減りに比べて、明らかに料理の減っていく速度がまさっていた。

「どう？　お口には合ったかな？」

と、他の卓に果実酒を配っていた娘が声をかけてきたので、ククルエルは「はい」とうなずいてみせた。

「非常に美味です。ギバ料理を口にするのはこれで二度目ですが、とても満足しています」

「そりゃーよかった。二度目ってことは、森辺のお人らの屋台で何か食べたのかな？」

「いえ。宿場町に下りた時間が遅《おそ》かったので、《南の大樹亭》の屋台で軽食を買いました」

「あー、アスタたちは二の刻に店を閉めちゃうからね。アスタたちはすっごく凝《こ》った料理を出してるから、集落に戻ってもその下ごしらえが大変なんだってさ」

なかなかおしゃべり好きであるようで、娘は楽しげにそのようなことを話してくれた。

「うちの店でもその『お好み焼き』っていうポイタン料理を屋台で出してるんだけど、アスタたちの人気に便乗して、同じぐらいの時間には売り切っちゃうんだ。マイムなんて、アスタたちより先に売り切っちゃうぐらいだしなあ」

「ああ、森辺の民とともにギバ料理の屋台を出しているというのは、この宿であったのですか」

「うん、そうそう。復活祭の間だけ、特別にね。アスタたちの料理は別格だから、ジェノスを出る前に一度は食べておいたほうがいいよ！」

「他の宿屋でも、同じようなことを言われました。しかし、こちらの料理もきわめて美味であると思います」

「そりゃまあね！　うすたーそーすやまよねーずや焼肉のたれなんかは、ぜーんぶアスタの手ほどきで作りあげたものだしさ！　……でもね、やっぱアスタたちの料理は別格なんだ。うちより立派な食材をたーくさん使ってるし、きっと驚かされると思うよー？」

「……自分の店よりも立派な料理が売られていることを、あなたはそのように嬉《うれ》しそうな様子で語るのですね」

「ん？　どーゆー意味？」

「いえ。さきほどの宿屋のご主人も、何やら同じような様子であったのです。あなたたちは、そのアスタという人物に強い敬服の念を抱いておられるようですね」

「けーふくとかよくわかんないけど、アスタたちとはそれなりの仲だからさ！　商売仇《がたき》じゃなくって、一緒に頑張《がんば》ってる仲間みたいなもんなんだよ」

そのように語る娘の顔には、とても無邪気《むじゃき》な笑みが浮かべられていた。

表情を動かすことを恥と考えているシムの民でも、異国の民がそうでないことに苦痛を感じるわけではない。有り体《てい》に言って、それはきわめて魅力的《みりょくてき》な笑顔であった。

「私は若い頃《ころ》から二十年以上もジェノスに通っていますが、いまだ森辺の民とは言葉を交《か》わしたことはないのです。狩人《かりうど》の一族である彼らが宿場町で屋台を開くというのはずいぶん奇妙に感じられたのですが、やはりそのアスタという人物が彼らに変化をもたらしたのでしょうか？」

「うーん、どうだろ？　そりゃまあアスタがいなかったら屋台の商売なんて始めなかったんだろうけど、あのお人らは前からああいう人柄《ひとがら》だったんだろうね。あたしは森辺の民、大好きだよ！」

西の民からそのような言葉を聞かされるのも、かつてはまったくなかったことだ。野蛮《やばん》なる狩人の一族として、南方神を捨てた異端《いたん》の徒として、森辺の民は長らく西や南の民に忌避されていたのである。それが災厄《さいやく》の象徴《しょうちょう》とされていたギバの肉で屋台を出し、これほどの評判を呼んでいるなどというのは、数ヶ月前の宿場町からはまったく考えられない事態であるはずだった。

（それならば……モルガの森に道を切り開くというのも、意外に絵空事ではないのだろうか？）

ククルエルがそのようなことを考えたとき、娘が卓の上を見回しながら、呆《あき》れたような声をあげた。

「それにしても、ずいぶん早食いのお客さんだね。そんなにお腹《なか》が空《す》いてたのかい？」

ククルエルも驚いて視線を巡らせると、他の団員たちはすっかり料理をたいらげてしまっていた。そして、全員が同じ目つきでククルエルのことを見つめている。

「どうする？　それで満足したんなら、寝所《しんじょ》のほうに案内するけど」

ククルエルは口もとがほころびそうになるのを懸命《けんめい》にこらえながら、娘に言葉を返した。

「いいえ。私も同胞《どうほう》もまったく満ち足りていないようです。焼肉料理とポイタン料理をもう二人前ずつ運んでいただけますか?」

「りょーかい!」と元気よく応じながら、娘は身をひるがえした。

城下町に居残った仲間たちは、石造りの立派な宿屋で空腹を満たしているはずだ。しかし、この場にいる四名よりも充足《じゅうそく》した気持ちを得ることはできているだろうか?

そのようなことを考えながら、ククルエルは追加の料理が届くまでラマムの香りがする甘酸《あまず》っぱい果実酒の味を楽しむことにした。

小鳥の部屋

1

慌《あわ》ただしい復活祭の時期が過ぎ去って、銀の月──シフォン＝チェルは灰色の壁《かべ》に囲まれた小さな空間で、一人ぼんやりと物思いに耽《ふけ》っていた。

シフォン＝チェルの主人であるトゥラン伯爵家《はくしゃくけ》の現当主、リフレイア姫《ひめ》の部屋に通ずる次の間である。主人に用事を言いつけられない限り、ここにこうして一人で座しているのが、今のシフォン＝チェルの仕事であるのだった。

ただ座しているだけで仕事を果たせるのだから、これほど楽なことはない。が、一日のほとんどをそうして為《な》すべきこともなく過ごすというのは、存外に苦しいものであった。

そうしてぼんやり過ごしていると、どうしても想念はあらぬ方向に傾《かたむ》いてしまう。特に最近のシフォン＝チェルは、過去の出来事に心をとらわれることが多くなっていた。

それはおそらく、ダレイム伯爵家の人間にアスタからの言葉を届けられたためだ。アスタは宿場町でシフォン＝チェルの兄と出会い、彼《かれ》が無事に生きているということを、わざわざ伝えてくれたのである。

（兄のエレオが生きていた……それがアスタと顔をあわせることになるなんて、いったいどういうお導きなのかしら……）

シフォン＝チェルは、もう五年近くも兄とは顔をあわせていないはずであった。シフォン＝チェルは城下町、エレオ＝チェルはトゥラン領で、それぞれの生を生きている。その生活も、もう五年ぐらいが経過したということだ。

そもそもシフォン＝チェルたちは、十年以上も前に奴隷《どれい》として捕縛《ほばく》された身であった。チェルの家があったターレス連山の集落は、その日、セルヴァの軍勢に急襲《きゅうしゅう》を受けて、滅《ほろ》ぶことになってしまったのだ。

大人の男や老人たちは皆殺《みなごろ》しにされて、若い女と子供はすべて奴隷として捕《と》らえられることになった。マヒュドラの男は十三歳《さい》にもなれば戦士として戦える大きさになっていたので、あと一年も遅ければ兄のエレオ＝チェルも殺されていたに違《ちが》いない。

ということは、故郷を失ったのは兄が十二歳の頃であるから――シフォン＝チェルは、わずか十歳だ。今から十三年ほど前に、シフォン＝チェルたちは奴隷として生きていく運命を授《さず》かったことになる。

最初に連れていかれたのは、マヒュドラから荷車で五日ほど離《はな》れた場所にある、どこかの領地の荘園《しょうえん》であった。当時はまだ西の言葉を覚えていなかったし、そもそも領地の名を明かされた覚えもない。そんな名前もわからないセルヴァのどこかの片隅《かたすみ》で、シフォン＝チェルたちは八年間を過ごすことになったのだった。

一番苦難に満ちていたのは、その時代であったろうと思う。親も同胞も殺されて、セルヴァで奴隷として働かされることになったのだ。どうして自分たちがこのような運命を授からなくてはならないのかと、神を恨《うら》んだことさえあった。

鎖《くさり》で繋《つな》がれ、鞭《むち》で打たれ、動物のように働かされ——与《あた》えられる食事は一日に一度、骨がらと野菜のくずをポイタンで煮《に》込まれた泥水《どろみず》のような煮汁だけであり、寝床《ねどこ》に用意されているのは土だらけの藁《わら》だけであった。そこはセルヴァでもかなり北寄りの領地であったため、夜の寒さなどはマヒュドラと大差はなく、最初の数年で半分ぐらいの仲間たちが生命《いのち》を落とすことになった。

国境の近くに住むセルヴァの民たちは、マヒュドラの民を心から憎《にく》んでいたのだ。そんな彼らが、奴隷たちに容赦《ようしゃ》をするはずがない。シフォン＝チェルの背中には、まだあの頃に打たれた革鞭《かわむち》の痕《あと》がくっきりと残されていた。

だが、彼らも理由なくマヒュドラの民を憎んでいるわけではなかった。セルヴァとマヒュドラは、シフォン＝チェルが生まれるずっと前から、領土を巡って争い続けていたのである。マヒュドラに占領《せんりょう》された町においては、セルヴァの民が奴隷として働かされている。また、戦においてはおたがいがおたがいの民を殺し合っている。そうしてセルヴァとマヒュドラは、数百年もの歳月《さいげつ》をかけて、恨みと憎しみの歴史を紡《つむ》いできたのだった。

俺《おれ》の弟は貴様らに殺されたのだと、鞭を打つ男がいた。

わたしの娘はお前たちにさらわれたのだと、唾《つば》を吐《は》きかけてくる女もいた。

シフォン＝チェルは、たびたび聞かされる罵倒《ばとう》の言葉から、まずは西の言葉を覚えていくことになった。最初に覚えた言葉は、おそらく「野蛮人《やばんじん》」であったろうと思う。

シフォン＝チェルは、もともと西の民に憎悪《ぞうお》の念などを抱《いだ》いてはいなかった。チェルの家があった集落は平和であり、あの災厄の日がやってくるまでは、一度として西の民の姿を見ることもなかったのである。

だが、シフォン＝チェルの同胞がセルヴァとの争いに加わっていないわけではなかった。シフォン＝チェルの父親たちも、セルヴァの民を何人となく殺《あや》めていたのだ。ターレスの山を下りて、セルヴァの町や集落を襲《おそ》い、そこでしか手に入らない珍しい肉や野菜を山ほど持ち帰って、シフォン＝チェルたちにも食べさせてくれていた。それを奪《うば》うためにどれほどの血が流されたか、まだ幼かったシフォン＝チェルにはそれが想像できていなかっただけの話であった。

その代償《だいしょう》として、シフォン＝チェルの同胞はセルヴァの兵たちに殺められることになったのだ。憎しみの連鎖《れんさ》というのは、こうして際限なく紡がれていくものなのかもしれない。その救い難《がた》い事実を思い知らされたとき、シフォン＝チェルは親を殺されたときと同じぐらい恐《おそ》ろしく、そして悲しい気持ちにとらわれることになった。

ともあれ——シフォン＝チェルはその地で八年間を過ごすことになった。八年も経てば、シフォン＝チェルは十八歳、エレオ＝チェルは二十歳《はたち》。どちらももう、立派な大人である。だが、粗末《そまつ》な食事しか与えられていないために、奴隷たちはみんな痩《や》せこけていた。特に男衆などは、本来あるべきマヒュドラの戦士の半分ぐらいしか肉がついていないように思われた。

八年という歳月が、猛《たけ》き北の民から力を奪ってしまったのだ。それは肉体ばかりの話ではない。幼い頃から鞭で打たれ続けた奴隷たちは、西の民よりも生気に乏《とぼ》しく、老いた動物のように弱々しかった。希望のない生というのは、肉体よりもまず精神を蝕《むしば》むのだ。

大いなる北方神は、どうしてその子たる自分たちにこのような苦難を与えるのか。最初の数年はその怒《いか》りに蝕まれ、怒《おこ》る力も尽《つ》きてしまうと、あとは生ける屍《しかばね》のように働くことしかできなかった。

そんな生活に突如《とつじょ》として終止符《しゅうしふ》が打たれたのは、いったい如何《いか》なる理由であったのか、それもシフォン＝チェルたちには知るすべもなかった。ただ、ある日突然《とつぜん》、その地で働かされていた奴隷の全員が荷車に詰め込まれて、別の地へと運ばれることになったのだ。

おそらくは、シフォン＝チェルたちを使っていた領主が没落《ぼつらく》したのだろう。特に近辺でマヒュドラとの争いが勃発《ぼっぱつ》した気配はなかったので、まったく異なる理由から、身分や財産を失うことになったに違いない。

それでシフォン＝チェルたちは、別の地の領主に売られることになった。その頃にはシフォン＝チェルも多少は西の言葉をあやつることができるようになっていたので、兵士たちの立ち話からも、そんなような内容の言葉を盗《ぬす》み聞くことができた。

そうしてシフォン＝チェルたちは、このジェノスの町に――正確に言えば、トゥラン伯爵《はくしゃく》の領地にと連れてこられたのである。

その道行きは、ずいぶん長かった。ひと月ぐらいは荷車に揺《ゆ》られていたように思う。そうして道を進むごとにどんどんと気温は高くなっていき、半月も過ぎた頃には毛皮の装束《しょうぞく》すら不要になるぐらいであった。日差しは強く、じりじりと肌《はだ》を焼いてくる。世界は明るい光に包まれ、地面や木々さえもが色合いを変じているようであった。

『セルヴァには、このように豊かな領土が広がっていたのね』

同じ荷車に揺られていた女は、虚《うつ》ろな声でそのように述べていた。

『それなのに、どうしてセルヴァの民は氷雪に閉ざされたマヒュドラの領土までをも脅《おびや》かそうとするのかしら……セルヴァの民というのは、どこまで貪欲《どんよく》なの……？』

荷車の小さな窓から同じ光景を眺《なが》めつつ、シフォン＝チェルには返す言葉を見つけることができなかった。

セルヴァの軍はシフォン＝チェルの故郷を跡形《あとかた》もなく燃やし尽くしても、そこを占拠《せんきょ》しようとはしなかった。だから、相手の領土を奪おうとしているのはマヒュドラのほうで、セルヴァはそれに抗《あらが》っているだけのように思える。しかしその反面、セルヴァだけがこのように肥沃《ひよく》な地を独占《どくせん》している理由もわからない。もしかしたら、もともとはマヒュドラの土地であったものを、太古の昔にセルヴァが奪ったのかもしれないのだ。

セルヴァとマヒュドラは、いつから争っていたのか。争う前には、おたがいに平和な暮らしを営んでいたのか。いったいどういうきっかけで領土を奪い合うことになり、正義はどちらの側にあるのか――そのようなことが、シフォン＝チェルなどにわかるはずもない。そのようなことがわかるのは人間たちの営みを遥《はる》かな高みから眺めている神々だけなのだろうと、シフォン＝チェルはそんな風に考えるようになっていた。

そうしてひと月ばかりの時間が過ぎ去り、シフォン＝チェルたちはトゥラン領に到着《とうちゃく》した。荷車から下ろされると、そこに待ちかまえていたのは白い甲冑《かっちゅう》を着たトゥランの兵士たちであった。

「お前たちは、今日からこの地で働くことになる。十分な働きを見せることができれば、鞭で打たれることもない。また、脱走《だっそう》を企《くわだ》てた者はその場で斬首《ざんしゅ》に処されることとなるぞ」

その場に居並んだ同胞たちは、無言でその言葉を聞いていた。捕らわれてからもうすでに八年もが経過していたので、幼子などと呼べるような人間はいない。また、二十歳を超える女衆は別の地へと売られていったので、そこに残されたのは少数の若い娘と、さまざまな年齢《ねんれい》の男衆ばかりであった。

「……この中で、西の言葉をあやつれる者はいるか？」

やがて、兵士の長と思しき男がそのように述べたてた。

「西の言葉をあやつれる者には、我々の言葉を仲間たちに伝える役目を担《にな》ってもらう。その役目を果たせば、他の者よりも上等な食事と寝床を与えられることになるぞ」

十名ほどの人間が、しかたなしに名乗りをあげることになった。上等な食事や寝床などというものが本当に与えられると期待したわけではない。ただ、虚言《きょげん》を吐いたら後で鞭を打たれるのだろうなと思ったまでだ。シフォン＝チェルと兄のエレオ＝チェルも、その中には含まれていた。

「よし。それでは、わたしがさきほど述べた言葉を全員に伝えろ。そして、怠《なま》けた人間は食事を抜《ぬ》かれることもあるので、懸命に励《はげ》むがいい、ともな」

そうして、トゥラン領における新たな生活が始まった。

仕事はやはり、畑仕事である。この地で収穫《しゅうかく》できる、フワノとママリアというものを育てる仕事だ。夜が明けてから日が沈《しず》むまで、奴隷たちはまた一日中、動物のように働かされることになった。

だが、これまでに比べれば、生活はうんと楽になったように思える。日中の暑さは耐え難いものがあったが、夜に凍《こご》えることはなくなった。食事も一日に二度は与えられ、やっぱりそのほとんどは粗末なポイタン汁であったが、肉や野菜の量は格段に増えていた。また、西の言葉をあやつれる者は、最初に告げられた言葉の通り、ときおりは焼いたフワノや香草《こうそう》のきいたキミュスの肉を食べることが許された。

それにどのような者であれ、とにかく食事は腹いっぱいになるまで口にすることができた。この地の領主は、奴隷が飢《う》えや病気で死ぬことを「損」と考えているようで、とにかく食事の量だけは決して惜《お》しもうとはしなかったのだった。

そうなると、もとは頑健《がんけん》なるマヒュドラの民《たみ》である。男衆などは見る見る身体が大きくなってきて、身長までもがのびたように感じられた。すでに十八歳であったシフォン＝チェルも、そこでようやく月のものを得ることになった。

さらに、特筆することがある。この地に来てからは、革鞭で打たれることがほとんどなくなっていたのだ。以前の屋敷《やしき》では、些細《ささい》な失敗でも鞭を打たれていた。いや、失敗をしなくても鞭を打たれ、罵倒《ばとう》されていた。北の民を憎む彼らにとって、鞭をふるうのに特別な理由など必要なかったのである。

しかし、この地の西の民たちは、めったなことで鞭をふるうことはなかった。脱走を企てた者は容赦なく処断されたが、それ以外では暴力を受けることも罵倒されることもなかった。

そもそも彼らには、北の民を憎むという気持ちがないようにさえ思えた。北の民を蔑《さげす》んだり、あるいは恐れたりはしているように思える。しかし、そこに憎しみや恨みや怒りの感情を見て取ることはできなかった。どうやらこのジェノスの町に住む人間たちは、マヒュドラの民と剣《けん》を交わしたこともないので、憎しみや恨みを抱く理由がないようであった。

『だからといって、決して上等な主人というわけではないわ。わたしが以前に働かされていた町では、北の民ももっと人間らしく扱《あつか》われていたもの』

そのように語っていたのは、別の領地から買われてきた女衆であった。彼女《かのじょ》が以前に働かされていた地においては、仕事のできる奴隷には銅貨が与えられ、同じ北の民を伴侶《はんりょ》として娶《めと》ることさえ許されていたというのだ。シフォン＝チェルにとって、それは想像し難い話であった。

『この地は逆に、マヒュドラから離れすぎているために、奴隷の扱い方《かた》がわかっていないのよ。銅貨を与えれば頑張る人間はいるし、子を生《な》すことさえ許されるのなら、この地で生きていこうと覚悟《かくご》を固めることもできる。どうせ生まれた子供だって奴隷として使われることになるのだから、主人にとっても損にはならないはずでしょう？　ここの主人には、そういう当たり前のことがちっともわかっていないのだわ』

そういう不満を持つ者は、他にもちらほら存在するようだった。よって、脱走を企てるのもそういう者たちばかりであり、シフォン＝チェルと故郷を同じくする者たちは、みんな大人しく新しい生活を受け入れていた。

シフォン＝チェルたちは、もっと劣悪《れつあく》な環境《かんきょう》で働かされていたのだ。ここで生きることをあきらめなければ、もっと上等な主人に買われることもあるかもしれない。あるいは、また以前のように過酷《かこく》な生を与えられるかもしれない。脱走をするならば、そうして今よりも事態が悪くなってからでも遅くはないのではないか——そんなような思いにとらわれることになったのである。

そうして半年ほどが経過したとき、変転の日がやってきた。見覚えのない顔をした武官がやってきて、奴隷たちを畑の前に並ばせたのだ。

「このたび、領主様が側仕《そばづか》えの奴隷を所望《しょもう》されることになった。この中で、もっとも西の言葉を巧《たく》みにあやつれる者を三名、領主様のもとに連れていくこととする」

選ばれたのは、シフォン＝チェルを含む二名の女衆と、一名の男衆であった。

エレオ＝チェルも名乗りをあげたが、それはあえなく却下《きゃっか》された。シフォン＝チェルが兄の姿を見たのは、それが最後である。

もともと寝所は男女で別に分けられていたし、仕事の最中は口をきくことも許されていなかったので、兄の存在を身近に感じられるのは二度の食事のときのみだった。そんなささやかな時間さえ、シフォン＝チェルたちは奪われることになってしまったのだ。

よって、城下町に召《め》されることになっても、シフォン＝チェルは空虚《くうきょ》な気持ちしか得ることはできなかった。鎖を外され、身体を洗われ、故郷にいたときよりも上等な服を着させられても、その気持ちが変わることはなかった。

そして、シフォン＝チェルの思いは正しかったのだ。

そこは決して、外界よりも幸福な場所ではありえなかったのである。

シフォン＝チェルたちが任されたのは、立派な石造りの屋敷における下働きであった。食事や荷物を運んだり、洗い物をしたり、客人の世話をしたり、というのが仕事の内容だ。

農地で働くよりは、よほど安楽な仕事であろう。しかし、その場には西の民しかいない。ときおり東や南の民が訪《おとず》れることはあったが、北の民が招かれることなどはありえない。なおかつ同じ下働きの身である二名とは別の場所で働かされていたので、これまでで一番の孤独感《こどくかん》を味わわされることになったのだった。

屋敷の主人は、トゥラン伯爵家の当主、サイクレウスという薄気味悪《うすきみわる》い小男である。この男もまた、北の民を憎んだりはしていなかった。しかし、奴隷を監督《かんとく》する兵士たちよりもいっそう強く北の民を蔑んでおり、まるで野の獣《けもの》でも見るような目でシフォン＝チェルたちを見ていた。

そんなサイクレウスがわざわざ北の民に側仕えを命じたのは、ほんの気まぐれであったのだろう。彼の屋敷を訪れる客人たちはシフォン＝チェルの姿に驚《おどろ》きつつ、面白がっていた。特に南の民などは、遠く離れたマヒュドラの人間と顔をあわせる機会もなかったので、心底から物《もの》珍《めずら》しがっているように感じられた。

そして考えられるのはもうひとつ、サイクレウスが北の民を人間扱いしていなかったゆえである。シフォン＝チェルたちは普段《ふだん》の雑用とは別に、「毒見」という仕事も与えられることになったのだ。

おそらくサイクレウスという人間は、他者というものをまったく信用していなかったのだろう。それでいて、彼は外部からひっきりなしに高名な料理人というものを招き入れていたので、毒見をさせずにはその料理を楽しむこともかなわなかったのだ。

北の民ならば、毒に当たって生命を落とすことになってもかまわない。それが、シフォン＝チェルたちを側仕えにした最大の理由であるようだった。

だが、それを除けばサイクレウスというのも、決して悪い主人ではなかった。ともかく彼は北の民を人間扱いしていなかったので、興味も関心も抱いてはいなかったのだ。そもそもサイクレウスとは直接顔をあわせる機会もほとんどなかったので、どれほど蔑まれていても何か害になることはなかった。

だから問題は、もう一人の主人のほうにあった。シルエルという名を持つ、サイクレウスの弟である。護民兵団というものの長であったその人物は、サイクレウスよりも残虐《ざんぎゃく》で、悪い主人であった。そちらともそれほど顔をあわせる機会はなかったのだが、彼には何回か鞭で打たれることになった。

シフォン＝チェルは、べつだん失敗を犯《おか》したりもしていなかった。そしてシルエルという人間も、北の民を特別に憎んでいる様子はなかった。そうであるにも拘《かか》わらず、彼はシフォン＝チェルを鞭で打ったのだ。それは単なる憂《う》さ晴《ば》らしであり、癇癪《かんしゃく》を起こした子供が皿を投げたりするのと同じような行為《こうい》であるように思えた。

だが、シルエルは子供ではない。西の民にしてはそれなりに立派な体格をした、壮年《そうねん》の男だ。武官の長であるのだから、力が弱いこともない。彼に鞭で打たれると、半日ぐらいはまともに動くこともできなくなってしまった。

しかしまた、そのていどの被害《ひがい》で済んだのは僥倖《ぎょうこう》であったのだ。シフォン＝チェルを除く二名の男女は、一年と経《た》たずしてシルエルに責め殺されることになってしまったのである。こまかな理由を聞かされることはなかったが、とにかくシルエルの前で失敗をしたり、不興を買うようなことをしでかしてしまったらしい。それでも脱走を企てるような真似《まね》をしたわけではないはずであったのに、シルエルによって神に魂《たましい》を返すことになってしまったのだった。

それでサイクレウスは、珍《めずら》しく弟を叱責《しっせき》したのだと聞く。客人たちにマヒュドラの奴隷たちは面白がられていたし、また、貴族の館で働かせるためにはさまざまな手ほどきをする必要があった。また新しい奴隷をしつけるには大層な手間がかかってしまうのだから、自重すべし——と、そのように述べていたらしい。

それでシフォン＝チェルは、救われることになった。サイクレウスの配慮《はいりょ》でシルエルと顔をあわせる機会はより少なくなり、鞭で打たれることもなくなったのだ。だが、生命を落とした二人の代わりに、新たな奴隷が呼びつけられることもなかった。それまでは当番制であった毒見の仕事についても、毎回シフォン＝チェルが受け持つことになった。

そうしてシフォン＝チェルは、完全に孤独になってしまったのだ。

それ以降、シフォン＝チェルは一度として北の民の姿を見たことがない。石の塀《へい》に囲まれた石の屋敷の中で、シフォン＝チェルはただ一人の北の民であった。赤く日に焼けていた肌はどんどん白くなっていき、筋肉が落ちた代わりに脂肪《しぼう》がついた。鏡と呼ばれる不思議な道具の前に立つと、そこに映るのはかつての母親とそっくりの美しい姿であった。

だが、それでシフォン＝チェルの気持ちが浮《う》きたつことはなかった。最悪な環境からトゥランに居場所を移されて、少しずつ人間らしい情感を取り戻《もど》しつつあったのに、それがまた冷えて固まっていくのを強く感じた。

客人に失礼がないようにと優雅《ゆうが》な立ち居振《ふ》る舞《ま》いを覚えさせられ、楽しくもないのに笑う訓練までさせられて、傍目《はため》には何不自由なく生きているようにさえ見えるのかもしれないが……シフォン＝チェルの心は、夜明け前の川面《かわも》のように凍《い》てついていた。その下にどのようなうねりが隠《かく》されているものか、自分自身にもわからなくなるほどであった。

そうして五年もの月日が流れ――シフォン＝チェルは、やっぱり石の壁の中で過ごしている。

この数ヶ月で大きく情勢は変化したが、その一点だけは変わりがなかった。

今のシフォン＝チェルの主人はサイクレウスではなく、その娘《むすめ》であるリフレイアだ。サイクレウスとシルエルは、それぞれ罪人として裁かれることになった。サイクレウスは牢獄《ろうごく》に閉じ込められ、シルエルはどこかの地で苦役《くえき》の刑《けい》を科せられたのだと聞いている。奴隷を鞭で打っていたシルエルが、今度は自分が奴隷のように鞭を打たれて働かされているのである。

トゥラン伯爵家は、突如として滅びを迎えることになったのだ。いまだその家名は残されているし、当主としてのリフレイアは健在であるが、もはやかつての栄華《えいが》は見る影もない。立派な屋敷は侯爵家《こうしゃくけ》に没収《ぼっしゅう》され、リフレイアもまた虜囚《りょしゅう》のように自由を奪われている。その後見人として選ばれたトルストという人物があれこれ奔走《ほんそう》している様子であるが、それで守られるのは家名のみであり、サイクレウスやシルエルやリフレイアの立場が変わるわけではないように思われた。

シフォン＝チェルは、再び主人を失うことになったのだ。しかし、新たな主人はリフレイアであり、五年前のようにシフォン＝チェルの運命が大きく動くことはなかった。すべての小姓《こしょう》や侍女《じじょ》たちが遠ざけられた代わりに、シフォン＝チェルはただ一人で主人の側に仕えることを命じられてしまったのである。

これでトゥランの農地に戻されるかもしれない――あるいは、また別の地に売りつけられるのかもしれない――そういう予想は、ことごとく外れることになった。それが幸いであったのかどうか、シフォン＝チェルにはわからない。ただシフォン＝チェルの胸には、アスタから届けられた言葉だけがいつまでもぐるぐると渦巻《うずま》いていた。

（エレオは、まだ生きている……五年前と同じように、トゥランの畑で働かされているのだわ……）

それで自分は、何を思うべきなのか。この胸に宿った感情は喜びであるのか悲しみであるのか、それすらシフォン＝チェルには判然としなかった。

シフォン＝チェルは、灰色の壁に囲まれて暮らしている。それと同じぐらい分厚い壁が、自分の心を覆《おお》っているかのようだった。

2

回廊《かいろう》側の扉《とびら》が、こつこつと叩《たた》かれた。

物思いに耽っていたシフォン＝チェルが立ち上がって扉を開けると、そこに立っていたのはサンジュラであった。

彼は、リフレイアを守るお付きの武官である。もともとはサイクレウスの下で働く間諜《かんちょう》のようなものであったらしいが、彼だけは何故《なぜ》かトゥラン伯爵家に居残ることが許されたのだ。それは別に慈悲《じひ》や恩赦《おんしゃ》といったものとは関わりなく、むしろ彼が危険な力を備えているゆえに、野放しにしたくなかったという思惑《おもわく》であるらしかった。

「失礼します。リフレイア、何をされていますか？」

サンジュラが、穏《おだ》やかな声音《こわね》で問うてくる。外見的には、非常に温和で優《やさ》しげな若者である。西と東の混血で、西方神の子として生きている身であるそうだが、黒い肌をしているし、西の言葉もシフォン＝チェルより覚束《おぼつかな》無いので、シムの民としか思えない。ただ、淡《あわ》い色合いをした髪《かみ》と瞳《ひとみ》の色だけが、少しばかりは西の民らしさをたたえていた。

「朝方に浴堂で身を清めてから、リフレイア様はずっとこちらでお休みになられています……何をされているかは、わたくしにもわかりません……」

シフォン＝チェルがそのように答えると、サンジュラは「そうですか」と口もとをほころばせた。彼は西の民であるために、表情を動かすことを恥《はじ》とは考えていないのだ。

「私、話をしたいので、取り次ぎをお願いします」

「かしこまりました」

よほど機嫌《きげん》が悪くない限り、リフレイアが彼の来訪を拒《こば》むことはない。その日もリフレイアは分厚い扉ごしに「通してかまわないわ」という言葉を告げてきた。

「ああ、あとお茶をもらえるかしら、シフォン＝チェル？」

「かしこまりました」と同じ言葉を繰《く》り返しつつ、シフォン＝チェルはサンジュラとともにリフレイアの部屋へと足を踏《ふ》み入れた。

ジェノス城からほど近い、公邸《こうてい》の一室である。広さのほうは申し分ないが、かつての伯爵家の邸宅《ていたく》のように華美《かび》な装《よそお》いは施《ほどこ》されていない。その中で、リフレイアは革張《かわば》りの長椅子《ながいす》にゆったりと腰《こし》かけていた。

身に纏《まと》っているのは、浴堂から上がったときと同じく、屋内用の白い長衣《ながぎぬ》だ。飾《かざ》り物の類いはつけておらず、ただのびかけの栗色《くりいろ》の髪だけがくるくると渦巻いて、幼き姫の身を飾っている。

「リフレイア、ずいぶん退屈《たいくつ》なようですね」

サンジュラがそのように呼びかけると、リフレイアは横目でそちらを見つめ返した。

「そうね。この世でわたしほど退屈している人間など、そうそういないのじゃないかしら」

「たまには、外出、如何《いかが》でしょう？　人間が健《すこ》やかに生きるため、太陽の光、必要です」

「ふん。わたしが外出するには、いちいち見張り役の兵士を呼びつけなくてはならないのだから、おたがいに手間じゃない。そうまでして外を歩いたって、何か面白《おもしろ》いものが待ち受けてるわけでもないしね」

「そうですね。では、トトス乗り、如何でしょう？　ジェノスの貴族たち、退屈なときは、庭園でトトス乗りに興じているようです」

「そうね……昔はひまつぶしで、よくトトスにも乗っていたわ」

リフレイアは肘《ひじ》掛けに頬杖《ほおづえ》をついて、遠くの何かを透《す》かし見るように目を細めた。

「懐《なつ》かしいわね。庭園をぐるぐる回るばっかりで、何が楽しいわけでもなかったけど」

「トトス乗り、身体に必要な筋肉、鍛《きた》えられます。ゆえに、貴族たちもトトス乗り、興じるのでしょう」

「ふーん。いっそトトスが空でも飛べたら、まだ乗り甲斐《かい》もあるのだけれどね」

そのように言ってから、リフレイアはちらりとシフォン＝チェルを見た。

「そうそう、お茶を飲みたいんだったわ。チャッチのお茶をお願いね」

「かしこまりました」

裕福《ゆうふく》な暮らしと父親を失ってから、はや五ヶ月。外面的には大きな変わりもないが、やはり以前のままのリフレイアではない。かつての傲岸《ごうがん》さはずいぶんなりをひそめてしまっているし、その瞳には物思わしげな光が灯《とも》ることが多くなった。

父親のサイクレウスは罪人として投獄《とうごく》されたが、彼女もまた虜囚のようなものなのだ。名目上は当主であるが、行動の自由は許されていない。外出の際にも、人と会う際にも、見張りの兵士が呼ばれることになる。邪《よこしま》な考えを持つ者が彼女に近づかぬよう、最大限に注意が払《はら》われているのだった。

サイクレウスとともに悪事を働いていた人間は、すべて捕らえられたとされている。しかし、たとえ罪を犯していなくとも、サイクレウスと懇意《こんい》にしていた人間は数多く存在するのだ。その中の誰《だれ》かがリフレイアを当主として祭り上げて、自分の利益になるように働きかけようとすることを、ジェノス侯爵は阻止《そし》しようと考えているらしかった。

西の民は新年の訪れとともに齢《よわい》を重ねるので、リフレイアは十二歳となった。彼女がいずれ伴侶を迎《むか》え、爵位《しゃくい》を譲《ゆず》り渡《わた》すまでは、こういった生活が続いていくのだろう。いわば彼女は爵位という名の鎖に繋がれて、自由を奪われている身なのである。

「……お待たせいたしました」

シフォン＝チェルは黒く磨《みが》かれた卓《たく》の上に、チャッチの茶を注いだ杯《さかずき》と皿を置いていく。それを見下ろしながら、サンジュラは困ったように眉尻《まゆじり》を下げた。

「私の分、用意してしまったのですか？　私、客ではありません」

「うるさいわね。飲むか飲まないかは好きにすればいいけれど、部屋を出ていかないなら座《すわ》りなさいよ。あなたみたいに背の高い人間がぬぼーっと立ってたら、こっちは落ち着かなくてたまらないんだから」

もちろんそれはシフォン＝チェルではなく、リフレイアの言葉であった。そろそろ彼がそのような言葉をかけられる頃合《ころあ》いだろうなと思って、シフォン＝チェルも二名分の茶を準備したのである。

サンジュラは長い栗色の髪をかきあげつつ、リフレイアの正面に腰を下ろした。その結果に満足しつつ、シフォン＝チェルはリフレイアに呼びかけた。

「御用《ごよう》がお済みでしたら、わたくしは次の間に戻りますが……如何でしょう？」

「あなたもしばらくここにいたら？　お茶のお代わりでいちいち呼びつけるのも面倒《めんどう》くさいから」

「……かしこまりました」

リフレイアは、気分によって他者を遠ざけたり近づけたりする。どうやら本日は、後者であるようだ。そういう気性《きしょう》も以前から有していたものであるが、しかしかつての身分を失ってからは、いっそう強くあらわれているように感じられた。

現在のリフレイアの周囲には、シフォン＝チェルとサンジュラしかいない。新しく雇《やと》われた小姓や侍女たちは、なるべくリフレイアに近づけぬようにされているのだ。叛乱罪《はんらんざい》で捕らわれた貴族の娘というのは、そこまで警戒《けいかい》されてしまうものなのだろう。

孤独というものは、人間を変えてしまう。だからリフレイアも、色々と変わったのだろうと思う。しかしそれがどのような変化なのかは、これだけそばにいるシフォン＝チェルにも漠然《ばくぜん》としかわからなかった。

「……で、あなたは朝からどこに行っていたの？　またうろちょろ動き回ると、トルストたちに痛くもない腹を探《さぐ》られるわよ？」

「はい。私、トルストに呼ばれて、ジェノス城からの使者と会っていました。月の終わり、行われる、闘技会《とうぎかい》の話です」

「闘技会？　ああ、銀の月にはそんなものもあったわね。復活祭が終わったばかりだというのに、まだ騒《さわ》ぎ足りないというのかしら」

「はい。雨季の前、闘技会を行うのが、ジェノス、習わしであるようですね。雨季、人間の心を沈めるので、その前に、鼓舞《こぶ》しようという習わしなのかもしれません」

この地には、二ヶ月ばかりも続く雨季というものが存在する。今年は三年に一度の閏月《うるうづき》がある年なので、いくぶん日取りが読みにくいようであるが、来月の終わりぐらいには間違《まち》いなくやってくるはずだ。その前に、闘技会というものを済ませてしまう予定であるようだった。

「それで、リフレイア、トゥランの当主として招かれます。その打ち合わせ、トルストや使者と行っていたのです」

「ご苦労なことね。闘技会なんて、わたしは何の興味もないけれど」

チャッチの茶をすすりつつ、リフレイアがふっと面《おもて》を上げる。

「そういえば、あなたはその闘技会に出場したりしないの？」

「私が？　何故ですか？」

「何故って、あなたも剣士《けんし》なのでしょう？　剣士にとって、闘技会で勝つことは何よりの誉《ほま》れじゃないの？」

「……私、誉れは必要ありません。リフレイアを守る使命、果たせれば、それで満足です」

サンジュラが目を細めて微笑《ほほえ》むと、リフレイアはうるさそうに眉《まゆ》をひそめてそっぽを向いた。

サンジュラは、ときどき妹を見る兄のような目でリフレイアを見ることがある。そういうとき、リフレイアはいつもことさら素っ気なくなってしまうのだった。

（兄か……エレオはそろそろ昼の食事どきかしら……）

部屋の隅《すみ》にひっそりと控《ひか》えたまま、シフォン＝チェルは息をつく。すると、サンジュラが何故かこちらに視線を向けてきた。

「そういえば、シフォン＝チェル、雨季の話、聞きましたか？」

「はい……？　雨季が、どうかされましたか……？」

「雨季の間、北の民たち、別の仕事をあてがわれるようです」

「別の仕事……？　それは、トゥランを守る塀の修理などではないのですか……？」

五年前には、シフォン＝チェルも一度だけその仕事に従事させられたことがある。雨季の間はフワノもママリアもまともに育たないため、仕事の手が空いてしまうのである。しかし、サンジュラは「いえ」と首を振《ふ》った。

「それとは、異なる仕事です。モルガの森、道を切り開く仕事、あてがわれるそうです」

瞬間《しゅんかん》、シフォン＝チェルは言葉を失ってしまった。モルガの森というのは、トゥラン伯爵家を滅びに追いやった森辺の民たちの住まいであるはずなのだった。

「シムと通ずる新しい道、造りたいそうです。森辺の民からも、了承《りょうしょう》を得られたようです」

「ですが……モルガの森というのは、ギバの出る危険な区域なのではないのですか……？」

「はい。危険のないよう、森辺の民、協力するそうです」

あの、北の民にも負けない猛々《たけだけ》しさを持つ森辺の民のもとに、エレオ＝チェルたちが遣《つか》わされる。そのように考えるだけで、シフォン＝チェルはわけもなく鼓動《こどう》が速まるのを感じた。

シフォン＝チェルが最初に出会った森辺の民というのは、ファの家のアスタという奇妙《きみょう》な少年であった。アスタは余所《よそ》の土地から森辺の集落に移り住んだという変わり者で、外見上は西の民にしか見えない。しかも彼は狩人《かりうど》ですらなく、料理人としてトゥラン伯爵家に拉致《らち》されてきたのである。

拉致してきたのは、リフレイアに命じられたサンジュラたちだ。その罪で、リフレイアも一時期は牢獄に入り、サンジュラたちは鞭叩《むちたた》きの刑に処されていた。

アスタは、不思議な少年であった。シフォン＝チェルよりも背が小さく、とても優しげな容姿をしているのに、その内には激烈《げきれつ》なまでの意志の力が宿されていた。森辺の集落における生活が、彼にそのような力を与えたのだろうか。貴族にかどわかされたというのに、彼はまったく屈《くっ》することなく、最初の夜などは二階の窓から逃《に》げようと試みるほどであった。

その意志の力が、当時のシフォン＝チェルにはまぶしくてたまらなかった。己《おのれ》の自由を奪われたことに対する怒りや憤り《いきどお》——理不尽《りふじん》な運命に対する反骨の気持ち——十三年も前に故郷を燃やされ、運命に屈して生きるのが当たり前になっていたシフォン＝チェルにとって、それはあまりに鮮烈《せんれつ》に過ぎたのである。

アスタが戦士としての力を備えていたなら、シフォン＝チェルもそれほど驚きはしなかっただろう。しかし彼は、無力な料理人であった。下手をしたら、十歳の頃《ころ》の自分よりも非力なのではないかと思えるほどであった。そうであるにも拘わらず、彼は運命に屈しようとしなかったのだ。

結果的に彼を救ったのは森辺の同胞たちであったが、もしも彼が運命に屈していたなら、健やかな日常に回帰することも難しかったかもしれない。だが、後日再会したアスタは見違《みちが》えるぐらい幸福そうにしていた。彼の強さが、正しい運命を招き寄せたのだ。シフォン＝チェルには、そのように思えてならなかった。

もちろんアスタとて、シフォン＝チェルと同じ境遇《きょうぐう》であったなら、どこかで心を折られていたのかもしれないが——シフォン＝チェルには、運命に屈するアスタの姿というものを想像することができなかった。彼の内には、森辺の狩人ともマヒュドラの民とも異なる静かな猛々しさが感じられたのである。

「……何をぼーっとしているの、シフォン＝チェル？」

ふいに問われて、シフォン＝チェルは我に返った。

リフレイアが、不審《ふしん》げにこちらを見つめている。

「いえ……北の民たちがそのように危険な場所に連れていかれると聞いて、少し心を乱してしまっただけです……お見苦しいところを見せてしまい、申し訳ありません……」

「ふうん？」とリフレイアが眉をひそめていると、今度はサンジュラが微笑みかけてきた。

「シフォン＝チェル、以前はトゥランで働いていたのですよね？　もしかして、家族でもいるのですか？」

「……はい」と応じると、リフレイアのほうが大きく目を見開いた。

「あなたには家族がいたの、シフォン＝チェル？　それなのに、あなただけが城下町で働かされていたというの？」

　これにも、「はい」と応じるしかなかった。

　リフレイアは唇《くちびる》を噛《か》んで、シフォン＝チェルの足もとに視線を落とす。そうして主人が黙《だま》り込んでしまったため、それを取りなすようにまたサンジュラが穏やかに声をあげた。

「きっと、危険はないでしょう。そのために、森辺の民、協力を願ったのです。森辺の民、信《しん》頼《らい》に値《あたい》すると思います」

「ええ……そうなのでしょうね……」

　そのとき、扉が外から叩かれて、くぐもった男の声が聞こえてきた。

「リフレイア姫はいらっしゃいますか？　お客人をお連れしました」

　シフォン＝チェルは、得体の知れない感情の渦巻く胸《むな》もとに手をやりながら、侍女としての仕事を果たすべくそちらに近づいた。

「侍女のシフォン＝チェルです……お客人とは、どなたですか……？」

「南の民、鉄具屋のディアル様です」

その声はリフレイアのもとまで届いたらしく、シフォン＝チェルが問うまでもなく「通していいわよ」と告げられた。シフォン＝チェルが扉を開けると、まずは馴染《なじ》みの武官が礼をしてきて、それから客人を案内してきた。

「やあ、ひさしぶりだね、リフレイア。今日も部屋に閉じこもってたの？」

濃淡《のうたん》まだらの褐色《かつしょく》の髪をした娘が、笑顔《えがお》で部屋に入ってくる。まだ日が高いためか、彼女は男のようなジャガル風の装束を身に纏っていた。その手には何やら大きな革《かわ》の鞄《かばん》を携《たずさ》えつつ、室内の様子を見回してくる。その明るい緑色をした瞳がサンジュラを捉《とら》えると、顔から笑《え》みが消え失《う》せた。

「あー、あんたもいたんだね。サンジュラだったっけ？」

「はい。おひさしぶりです、ディアル様」

サンジュラは立ち上がり、騎士《きし》のような礼をした。それから、微笑《びしょう》を含《ふく》んだ眼差《まなざ》しでリフレイアを見つめる。

「私、次の間に待機しています。御用あれば、お呼びください」

「……別にあんたに出ていけとは言ってないよ？」

唇をとがらせながらディアルが口をはさむと、サンジュラは「はい」とうなずいた。

「しかし、東の民の姿をした私、目に入ると落ち着かないでしょう？　あなたの従者も、私、部屋を出ることを望むと思います」

「あー、それじゃあしばらく、表でラービスと遊んでてもらえる？　確かにそのほうが、ラービスも安心だろうからさ」

南の民は東の民が仇敵《きゆうてき》であるため、ディアルはサンジュラを苦手にしているのだ。しかし、シムの血が入っていてもサンジュラは西の民であるため、どのように扱うべきか判じかねている様子であった。

そういうわけでサンジュラは退室することになり、シフォン＝チェルは新たな茶をいれることになった。

「あんた、いつでもおんなじ服だね。たまには貴族らしく着飾《きかざ》ったら？」

「外出の用事もないのに、着飾る理由はないでしょう？」

「そうかなあ？　そんな夜着みたいな服を一日中着ているから、余計にぼーっとしちゃうんじゃない？」

湯を沸《わ》かしている間にも、そのような会話が聞こえてくる。彼女は唯一《ゆいいつ》、見張りなしでリフレイアと面会できる客人なのだった。

少し前までは彼女との面会でも見張りがつけられていたが、彼女が扱っている商品は食材ならぬ鉄具だ。彼女とトゥラン伯爵家《はくしやくけ》の間で取り交《か》わされていた商売の話はすべてジェノス侯爵家に移し替《か》えられたし、今さらリフレイアを相手に悪巧《わるだく》みをする余地もなかったので、無事に解禁と相成ったのである。

というか、同じような立場の商人たちは、いまさらリフレイアと面会しようなどとは考えないのだろう。つまり彼女は、ジェノスの中で唯一、損得勘定《かんじょう》ぬきでリフレイアに会おうと考える人間であるのかもしれなかった。

「今日は、おみやげを持ってきたんだよ！　念のために聞いておくけど、昼の食事を済ませたりはしてないだろうね？」

「まだ中天の鐘《かね》も鳴っていないのに、食事なんてするはずがないでしょう。別に空腹なわけでもないし」

「ふふーん？　こいつを見たら、空腹になるかもよー？」

そうしてちょうどシフォン＝チェルがお茶を準備して戻ったとき、卓に載《の》せられていた鞄の蓋《ふた》が開けられた。横に平たい、大きな鞄である。その中に収納されていたのは、また蓋をされた平たい木箱であった。

「何よこれは？　まさか、食事を持参したというの？」

「うん！　しかもこいつは、アスタの作ったギバ料理だよ！」

シフォン＝チェルは、思わず茶器を落としてしまいそうになった。リフレイアも、呆《あき》れたように目を見開いている。

「ちょうど仕事の手が空いたからさ、ひとっ走り宿場町まで行ってきたんだよ。もちろん、リフレイアの分も買ってきてあげたからね」

「……わたしは勝手に銅貨を使うことも許されない身よ？」

「そんなみみっちいこと言わないでよ！　どうせ赤銅貨数枚の話なんだからさ。そんな値段でこんな美味《おい》しい料理が食べられるなんて、宿場町の連中は幸せだよねー」

重ねられていた木箱が卓に並べられていき、大きな鞄は床《ゆか》に下ろされる。そうして木箱の蓋までもが外されると、とたんに芳《かぐわ》しい香りが室内に満ちた。肉と野菜を炒《いた》めた料理、タラパをまぶされた丸い肉、それに、細い紐《ひも》のようにのたくった奇妙な料理である。

「えーっとね、こっちのこいつが『ほいこーろー』、こっちが『はんばーぐ』、それでこっちが『かるぼなーら』ね。『はんばーぐ』ってのはポイタンの生地《きじ》にはさまれて売られてるんだけど、ぐちゃぐちゃになりそうだったから別に分けてもらったの」

そのポイタンというのはフワノにそっくりの白い生地で、布の包みにくるまれていた。

「あ、悪いんだけどさ、取り分けて食べたいから皿を持ってきてもらえるかな？」

ディアルに言われて、シフォン＝チェルは何枚かの皿を運ぶことになった。それに匙《さじ》と三股《みつまた》の串《くし》を添《そ》えてみせると、ディアルは「あれ？」と首を傾《かし》げる。

「ねえ、匙とかが足りなくない？」

「ああ、料理ごとに使い分けないと、味がまざってしまいますね……大変失礼いたしました……」

「いや、そうじゃなくってさ。この量を二人で食べきれると思う？」

言葉の意味がわからずに、シフォン＝チェルはきょとんとしてしまった。

「あのね、これにはあんたの分も含まれてるの。嫌《いや》じゃなかったら、一緒《いっしょ》に食べようよ」

「ええ……？　ですがわたくしは、リフレイア様の侍女なのです。侍女と主人が同じ卓で食事をとるわけには……」

「別にいいじゃん。格式ばった晩餐会《ばんさんかい》でもあるまいし。僕《ぼく》だって昼の軽食なんかは、ラービスと一緒に食べてるよ？」

シフォン＝チェルが困惑《こんわく》しながら立ち尽《つ》くしていると、リフレイアまでもが「かまわないわ」と声をあげた。

「あなたも席につきなさい、シフォン＝チェル。客人の要望に応じるのも、あなたの仕事でしょ？」

「はい……」

以前のリフレイアであったなら、決して侍女を同席させることなど許さなかっただろう。シフォン＝チェルは新たな食器を運ぶとともに、生まれて初めて主人と食卓《しょくたく》を囲むことになってしまった。

「いやー、実はあんたにも話があったんだよ。アスタに言伝《ことづて》を頼《たの》まれててさ」

料理を取り分けながら、ディアルはさらにそのように言いたてた。

「あんたの兄さんの話はきちんと伝わったのか、それを確認《かくにん》してきてほしいって頼まれちゃったんだよ。ずいぶん昔の話らしいけど、どうなのかな？」

「はい……それはダレイム伯爵家の使者から、きちんと伝えていただきましたが……どうしてアスタ様がそのようなことを……？」

「うん？　なんか復活祭で慌《あわ》ただしかったから、アスタもなかなかダレイムの人らと話ができなかったんじゃない？　あんたにきちんと伝わってるのか、それであんたが嫌な気持ちになったりはしてないかって、アスタはずいぶん気にしてるみたいだったね」

住まいがこの公邸に移されてしまったために、シフォン＝チェルとアスタの縁《えん》はぷつりと途《と》絶《だ》えてしまっていたのだ。また、そうでなくともシフォン＝チェルは侍女であり奴隷《どれい》である。貴族に客人として招かれるアスタと対等に言葉を交わせる立場ではない。

「で、僕が今日リフレイアのところに遊びに行くんだーって自慢《じまん》してたら、あんたのことを聞かれたのさ。あんたって、アスタと知り合いだったんだね。ここに来るたび顔をあわせてたのに、全然知らなかったよー」

「はい……」

「で、別に問題はなかったでしょ？　家族が生きてるって知らされて、嫌な気持ちになったりはしないよね？」

「……もちろんです」と、シフォン＝チェルは答えてみせた。兄の無事を知らされて、正体のわからない感情を抱《かか》え込むことにはなったが、それが悪い感情であるはずがない。また、わざわざシフォン＝チェルなどのために使者まで遣わしてくれたアスタには、どれほど感謝しても足りないぐらいであった。

「アスタ様には、とても感謝しています……もしも言伝などが許されるのでしたら、そのようにお伝えしていただきたく思います……」

「うん。僕もそんなしょっちゅう宿場町まで足はのばせないけどさ。次に行くときは、必ず伝えておいてあげるよ」

ギバの肉に串を刺《さ》しつつ、ディアルはにっと白い歯を見せる。南の民たる彼女には、北の民を蔑む理由もないのだ。

「さ、それじゃあ食べようよ！　できるだけ冷めないように、大急ぎで帰ってきたんだからさ！」

黙って二人の問答を聞いていたリフレイアも、それで匙を取り上げる。シフォン＝チェルはいっそう胸の中をかき回されながら、ギバの料理を口に運んだ。

数ヶ月ぶりに口にする、アスタの料理である。溜息《ためいき》が出るほど、それは美味であった。

シフォン＝チェルは毒見役として数々の高名なる料理人たちの料理を口にしてきたが、アスタの手腕《しゅわん》はそれに劣《おと》るものではなかったし、しかも彼《かれ》はこの数ヶ月でいっそう腕《うで》を上げたようにも感じられた。

なおかつ、これこそがアスタの本来作るべき料理――森辺のギバ料理であるのだ。アスタの料理は美味であったし、ギバの肉自体も美味であった。ギバとはこれほど美味な肉なのかと、思わず匙を取り落としそうになるほどであった。

ディアルが『はんばーぐ』と呼んでいたのは、こまかく刻んだ肉をまた丸めて焼いた料理であるようだった。噛むと、肉はあっけなく口の中でほどけていく。そして、その内に隠されていた脂《あぶら》や肉汁《にくじゅう》が、煮込《に》まれたタラパとからみあい、えもいわれぬ旨《うま》みを味わわせてくれた。

それに、こんなにこまかく刻まれた肉であるのに、噛み心地《ここち》はとてもしっかりとしている。噛めば噛むほど味がわきだしてくるようで、ギャマやムフルの大熊にも負けない力強さであった。

『ほいこーろー』という料理には、実にさまざまな調味料が使われていた。シフォン＝チェルには、その名前がわからない。わからないが、美味であることに間違いはなかった。甘《あま》くて、辛《から》くて、酸《す》っぱくて、塩気が強く、香りも素晴《すば》らしい。城下町の料理人たちも複雑な味付けというものを重んじていたが、これは複雑でありながら、とても均整が取れていた。甘さも辛さも酸っぱさも、この料理にはすべて必要なものであったのだ。

こちらの肉は一口ぐらいの大きさで切り分けられており、いっそう噛み心地もしっかりしている。ときおりくっついている脂身がまた美味であり、舌がとろけそうなほどであった。一緒に使われているアリアやプラやネェノンといった野菜たちも、この味付けにはとても合っているように感じられる。

「どう？　美味しいでしょ？　こっちの『はんばーぐ』ってのはアスタじゃなくって森辺の女衆が作ったみたいだけど、アスタに負けないぐらい美味しいよねー！」

「はい……ギバの肉というのは、これほどまでに美味であったのですね……」

「こっちの『かるぼなーら』も食べてみなよ！　こうやってね、三股の串でくるくる巻き取ると食べやすいから！」

「……ディアル、これは『ぱすた』という料理じゃなかったかしら？」

「あー、こういうにょろにょろした料理はみんな『ぱすた』で、味付けによって名前が変わるみたいだよ。だからこれは、『かるぼなーらのぱすた』っていうんだってさー」

「ふん。まるであなたの嫌《きら》いなシムの呪文《じゅもん》みたいな名前ね」

リフレイアは仏頂面《ぶっちょうづら》であったが、アスタの料理とディアルとの会話に楽しさや喜びを感じていることは明白であった。最近は食も細くなってきていたのに、ディアルに負けない勢いで料理を食べている。もともと彼女《かのじょ》は、父親ゆずりの美食家であったのだ。

（このディアルという娘が、どういうつもりでリフレイア様に近づいているのかはわからないけれど……なんだか、年の離《はな》れた姉妹《しまい》みたいだわ……）

外見も気性も生まれた国すら違《ちが》うはずであるのに、シフォン＝チェルはそのように思ってしまった。そういえばシフォン＝チェルは北の民《たみ》であるし、サンジュラは東の血を引く若者だ。四大王国の人間がこのように集結する地など、ジェノスを置いて他にはなかなかないのだろうと思える。

「そういえばさー、あの東の民のアリシュナってやつ、しょっちゅうアスタの料理を城下町の屋敷《やしき》にまで運ばせてるんだよ！　それって、ずるくない？」

「別にずるくはないでしょう。ずるいと思うなら、あなたも真似をすればいいじゃない」

「えー？　だって僕は、貴族の晩餐会に招かれることも多いからさー。届けてもらっても、なかなか食べる機会がないんだよ！　どうして貴族ってのは、あんなに客を呼ぶのが好きなんだろうね」

「知らないわ。自分たちがどれだけ豊かであるかを競《きそ》っているのかもね」

「うーん、アスタを料理人として呼んでくれれば、こっちからお願いしてでも駆《か》けつけるのになー」

そうしてポイタンの生地というものにギバ肉をくるんで食してから、ディアルは「あ、そうだ！」と瞳を輝《かがや》かせた。

「今度、この屋敷にアスタを呼んでみたら？　そうしたら、またみんなで一緒にギバの料理を食べられるじゃん！」

「……森辺の民を勝手に呼びつけることは禁じられているし、わたしにはそれをジェノス侯爵に願い出る力も資格もないわ」

「資格って何さ？　いちおうリフレイアは、トゥランの領主なんでしょ？」

「名ばかりの領主よ。後見人のトルストだって無駄《むだ》に銅貨をつかうことを嫌うから、わざわざ外から料理人を呼びつけたりはしないでしょうね」

「ちぇーっ！　いい考えだと思ったんだけどなー」

「……それに第一、アスタだってわたしなんかのために料理は作りたくないでしょう。わたしは森辺の民の仇《かたき》の娘なのだし、森辺の民はわたしの父の仇なのだからね」

ディアルは鼻白んだように、リフレイアを見つめ返した。

「リフレイアはさ、アスタや森辺の民のことを恨《うら》んでいるの？」

「……罪を犯していたのはわたしの父のほうなんだから、それを恨んだら逆恨《さかうら》みよ」

「そっか。だったら、問題ないんじゃない？　森辺の民ってアスタも含めて、罰《ばつ》が下されればそれでおしまいって考え方らしいしさ。いまだにリフレイアやリフレイアの父親を恨んでる人間なんて、たぶん一人もいないと思うよ？」

リフレイアは答えずに、串からこぼれてしまった『かるぼなーら』をちゅるちゅるとすすっている。その幼子めいた姿を見ながら、ディアルは「ごめん」と眉を下げた。

「差し出がましいことを言っちゃったね。僕もそんな話を蒸《む》し返すつもりはなかったんだ」

「……南の民であるあなたに、そのような配慮は期待していないわ」

「何だよー。嫌な気分になったんなら、きちんと怒《おこ》ってよ。じゃないと僕も、反省できないじゃん」

「わたしは西の民だから、思ったことをそのまま口にしたりはしないの」

ディアルは「もー！」と短い髪をかきむしった。しかし、ディアルが心配しているほど、リフレイアは沈《しず》んでいないだろう。人を恋《こい》しいと思っている日にディアルがやってきてくれたのだから、その嬉《うれ》しさのほうがいまだにまさっているように思える。やはりリフレイアにとって、ディアルはかけがえのない存在になりつつあるのだ。

（それを恨んだら逆恨み、か……）

すべての人間がそのように考えていたら、セルヴァとマヒュドラもこのように憎《にく》しみの歴史を紡《つむ》いでいくことにはならなかったのだろうか。

そのようなことをぼんやり考えながら、シフォン＝チェルもにゅるにゅるとした『かるぼなーら』を串で巻き取った。

そうして食事を進めていく内に、ようやく中天の鐘の響《ひび》く音色が窓の外から聞こえてくる。外の世界から隔絶《かくぜつ》されたこの部屋で、今日も時間はゆったりとなだらかに過ぎ去っているようであった。

3

翌日である。

今日もシフォン＝チェルは、石の壁《かべ》に囲まれた次の間で無聊《ぶりょう》をかこっていた。

リフレイアのもとを訪《おとず》れる客人は少ないし、また、リフレイアもめったに部屋を出ようとはしないので、シフォン＝チェルは朝の沐浴《もくよく》と二度の食事、あとはせいぜいお茶汲《ちゃく》みぐらいでしか用事を申しつけられることもなかったのだ。

以前であれば、洗い物をしたり宴衣装《うたげいしょう》の手入れをしたり、なかなか休んでいる時間も与《あた》えられなかった。しかし、そうして動いているほうが、まだしも楽な面はあっただろう。シフォン＝チェルはリフレイア専属の侍女となってから、時間の流れを倍ほども長く感じるようになってしまっていた。

「他の侍女、仕事がないときは、刺繍《ししゅう》などをしているようですよ？」

そのように呼びかけてきたのは、同じ場所でくつろいでいたサンジュラであった。彼もリフレイアに呼ばれないときは、こうして次の間にこもるか、あるいは表で剣技《けんぎ》の修練を積むぐらいしか為《な》すこともないようである。

「……刺繍をして、それをどうするのでしょう……？」

「さあ？　身を飾ったり、誰かに贈《おく》ったり、するのではないでしょうか？　私、男なので、あまりわかりません」

「そうですか……」

このサンジュラともずいぶん長い時間をともに過ごすようになっていたが、あまり気心は知れていない。シフォン＝チェルにわかるのは、彼がリフレイアのことを何よりも大事に思っているという一点だけであった。どうして大事に思っているのか、どういう関係をリフレイアに求めているのか、それはわからない。ただ彼はリフレイアのそばにいたいだけであり、彼女を守るために剣技の修練を積んでいるように思えた。

「……シフォン＝チェル、最近、元気がないようですね」

と、そんなサンジュラが言葉を重ねてくる。

「しかも、昨日からいっそう、打ち沈んでいるように思えます。やはり、同胞《どうほう》のこと、心配なのでしょうか？」

「いえ……心配というほどのことではないのですが……」

それ以上は、言葉が続かなかった。一日が経《た》っても、シフォン＝チェルは自分の気持ちに整理をつけられずにいたのだ。

兄たちのことを思うと、胸が騒ぐ。しかし、その身を心配しているのかと問われると、それは違うように思えてならなかった。

森辺の集落は、危険な場所だ。どれぐらい危険なのかはわからないが、とにかくモルガに住むギバというのは危険な獣《けもの》なのだと聞いている。鎖《くさり》で繋《つな》がれている奴隷たちが襲《おそ》われれば、生命《いのち》に関わるのかもしれない。しかし、森辺の民が力を添えてくれるというのならば、これ以上シフォン＝チェルが心配をする甲斐もないように思えるし――極端《きょくたん》な話、生命を落として何が悪いのだろう、とさえ思えてしまう。

奴隷は生き永らえても、奴隷のままなのだ。この地では鞭《むち》で打たれることも少なく、食事や眠《ねむ》りも十分に与えられているが、かといって、奴隷であることに変わりはない。行動の自由もなく、銅貨を与えられることもなく、子を生すことも許されない。それで、身体《からだ》が動かなくなるまで働かされるだけの生であるのなら、いつ生命を失っても同じことなのではないのか――シフォン＝チェルには、そのように思えてしまうのだった。

死にたいと思うほど苦しいわけではなく、生きたいと願うほど幸福なわけではない。それがこの地におけるマヒュドラの民の生であるのだ。それは兄たちと引き離される前から、シフォン＝チェル自身が抱《いだ》いていた心情であった。

シフォン＝チェルはまたわけもなく胸がざわつくのを感じながら、サンジュラの姿を見つめ返した。

「サンジュラ……あなたはリフレイア様のお付きの武官になるまでは、前当主の言いつけでさまざまな土地を巡《めぐ》っていたのだというお話でしたね……？」

「はい、その通りです」

「それでは……余所の地でも、奴隷として使役《しえき》される北の民を見かけたことはあるのでしょうか……？」

「ええ、何度かは。ですが、それほどジェノスを離れること、なかったので、機会は少なかったです。北の民、奴隷として使われるのは、もっと北部の地なのでしょう」

サンジュラは、とても穏やかに微笑んでいる。しかし、彼の心情を読み取るのは難しい。彼はシムの民のように無表情ではなかったが、その微笑みによって己の感情を隠《かく》しているようにも感じられるのだ。

「……それらの地で、北の民はどのように扱《あつか》われていたのでしょう……？」

それでもシフォン＝チェルは、そのように問うてみせた。仕事ではなく、自分の気持ちに従って言葉を伝えるのは、ずいぶんひさしぶり――それこそ、アスタと言葉を交わしたとき以来であるように思えた。

「そうですね。あまり近づくことなかったので、確かなこと、言えませんが……やはり、鎖で繋がれ、畑の仕事、任されていることが多かったようです。あと、材木の切り出しや、石切り場でも、北の民、見かけました」

「そうですか……」

そこでサンジュラが、何かを思い出そうとするかのように視線を天井《てんじょう》に向けた。

「そういえば……町の名前、忘れましたが、一度だけ、珍《めずら》しいものを見たように思います」

「珍しいもの……？」

「はい。北の民、孕《はら》み女《め》です」

シフォン＝チェルは軽く息を呑《の》んだが、すぐに考えなおしてゆるゆると首を振った。

「西の民は北の民を蔑《さげす》んでいるので、あまりそういうことも起きないようですが……しかし、わたくしの同胞でも年齢《ねんれい》を重ねていた女衆は別の地に売られていきました……そうして北と西の血がまざることもあるのでしょう……」

「はい。私、同じことを考えましたが、でも、違うようなのです」

「……違う……？」

「はい。言葉、交わしてはいないので、事実、わかりませんが――その孕み女、とても幸福そうであったのです」

そう言って、サンジュラはまた微笑んだ。

「彼女たち、男衆のため、食事の準備をしていました。他の女衆、やはり、孕み女を祝福しているようでした。父、西の民であるならば、他の女衆、祝福するでしょうか？」

「………………」

「私、東と西の混血です。母、家族と引き離され、西の地に生きていました。そして、とても優《やさ》しかったですが、とても苦しそうでした。私、父の命令によって、西方神の子として定められたためです」

同じ表情のまま、サンジュラは何かを懐かしむように目を細める。

「友好国の東と西でさえ、そうなのです。北と西では、子を授《さず》かることさえ、幸福に思えないことでしょう。ましてや、他の女衆、祝福するのは余計に難しい、思います」

「…………」

「ただ、奴隷同士で子を生すこと、許されるか、私、わかりません」

「噂《うわさ》ですが……それが許される地もあるのだとは聞いたことがあります……」

「そうですか。では、あの地、そうだったのでしょう」

結論として、シフォン＝チェルはいっそう落ち着かない気持ちを抱えることになった。冷たく凍《い》てついた表層の下で、自分の感情がうねりをあげているのが感じられる。アスタに兄の無事を知らされてから、ずっとわだかまっていた何かが、激しく刺激《しげき》されてしまったようだ。

そのとき、鈴《すず》の鳴る軽妙《けいみょう》な音色が扉《とびら》の向こうから聞こえてきた。リフレイアが、シフォン＝チェルを呼んでいるのだ。

「……失礼いたします」とサンジュラに頭を下げてから、シフォン＝チェルは扉を引き開ける。

いつもの長椅子《ながいす》にリフレイアの姿はなく、彼女は窓辺にたたずんでいた。格子《こうし》の嵌《はま》った小さな窓で、逃げ出すことはもちろん、手を出すことさえ難しい。しかもここは三階であるから、屋外の人間と密会できないよう手立てが重ねられている。

「リフレイア様……何かお申しつけでしょうか……」

「ええ」とリフレイアは答えたが、そのまましばらくは動こうとしなかった。それから、ゆっくりとシフォン＝チェルのほうに向きなおってくる。

「……少し散歩がしたいの。サンジュラにもそのように伝えてくれる？　それから、着替《きが》えを手伝って」

「かしこまりました……少々お待ちください……」

シフォン＝チェルは次の間のサンジュラにその旨《むね》を告げてから、部屋の隅の衣装棚《いしょうだな》へと移動した。

「リフレイア様、どのお召《め》し物にいたしましょうか……？」

「何でもかまわないわ。なるべく簡単なものでお願い」

シフォン＝チェルはしばし思案し、淡《あわ》い黄色をした長衣《ながぎぬ》とシムの刺繍が入った肩掛《かたか》けを手にリフレイアのもとへと引き返した。

まずはリフレイアの纏《まと》っていた白い長衣を脱《ぬ》がせると、それよりも白い肌《はだ》があらわになる。まるで北の民のように白い肌だ。きっと屋内に引きこもっているものだから、このように白くなってしまったのだろう。

それからすぐ、自分の指先がそれとも比べ物にならぬほど白くなっていることに気づき、シフォン＝チェルは苦笑《くしょう》する。シフォン＝チェルはリフレイアよりもさらに長い期間、石の壁の中だけで暮らしてきたのである。この屋敷に住まいを移す前からも、客人の案内で庭園に出るぐらいしか、シフォン＝チェルはまともに日の光を浴びる機会もなかったのだった。

(でも、西の民というのは北の民よりもきめのこまかい肌をしているから、とても綺麗《きれい》……まるで陶磁《とうじ》の作り物みたいだわ)

それに十二歳《さい》ともなると、だんだん娘《むすめ》らしい身体つきになってくる。少し前までは小さな子供にしか見えなかったリフレイアも、いつのまにかその身体はやわらかい曲線を描《えが》きつつあり、ほのかな色香さえ感じられるようになっていた。

己の罪を贖《あがな》うためにばっさり切り落としてしまった髪《かみ》も、そろそろ肩《かた》より長くなりかけている。鼻筋や頬《ほお》の線からも少しずつ幼さが抜《ぬ》けていき、彼女は開花しかけのつぼみのように可憐《かれん》な存在に見えた。

(それで立派な娘に成長し、伴侶《はんりょ》を娶《めと》って家督《かとく》を譲《ゆず》れば、リフレイア様も今よりは自由に生きられるのかしら……)

シフォン＝チェルは、同情などをしていない代わりに、リフレイアを恨んだりもしていなかった。以前はけっこうな癇癪《かんしゃく》持ちであったものの、シルエルなどに比べれば可愛《かわい》いものであったし、鞭で打たれた記憶《きおく》もない。それに、たった一人の家族である父親にかえりみられることもなく、甲高《かんだか》い声でさえずることしかできなかった彼女は、傷ついた小鳥のように見えることすらままあったのだった。

(頑丈《がんじょう》な石の家だって、自由に出ることができないのなら、檻《おり》と同じだもの……自分もリフレイア様も、檻に捕《と》らわれた小鳥のようなものなのだわ……)

そのようなことを考えながら、黄色い長衣をリフレイアに纏わせて、最後に織物の肩掛けを掛《か》ける。せめて髪飾《かみかざ》りでも準備しようかと思ったが、リフレイアには「いいわ」と拒絶《きょぜつ》されてしまった。

そうして次の間を抜けて回廊《かいろう》に出ると、サンジュラの他に二名の武官が立ち並んでいた。見張りのための、兵士である。それらの兵士に前後をはさまれつつ、階段を下りて屋外に出た。

この屋敷は、貴族のために準備された公邸《こうてい》である。力のある貴族は城下町に立派な屋敷をかまえているので、この公邸に住まっているのは侯爵家《こうしゃくけ》や伯爵家の傍流《ぼうりゅう》の血筋、騎士や官人やその家族たちなどであった。

右手を仰《あお》げば、ジェノス城の威容《いよう》もうかがえる。それに背を向けるようにして、リフレイアは中庭のほうへと歩を進めた。

トルストの許可がなければ、この公邸の敷地《しきち》を出ることは許されない。敷地は石塀《いしべい》で囲まれており、門は衛兵に守られている。中庭にはどこぞの貴婦人が育てた花が咲《さ》いており、石塀にはたくさんの蔓草《つるくさ》がからんでいた。

トトスを走らせることができるぐらいには、広い中庭である。現在は昼下がりであり、見渡《みわた》す限り人影《ひとかげ》はない。その外周を囲む形で敷《し》かれている石の道を歩きながら、リフレイアはやがて「サンジュラ」と従者の名を呼んだ。

「少し離れてもらえるかしら？　わたしは、話がしたいのよ」

「話、誰《だれ》とですか？」

「……シフォン＝チェルの他に、誰かいる？」

シフォン＝チェルは驚《おどろ》いたが、サンジュラは微笑した。

「了解《りょうかい》しました。兵士も、下がらせましょう」

兵士はいぶかしそうにしていたが、どうせ石塀に囲まれた空間であるし、シフォン＝チェルが相手では密談もへったくれもない。兵士たちはサンジュラとともに十歩ほどの距離《きょり》を取り、会話の聞こえない場所から見張りの役を果たすことに決めたようだった。

「どうされたのですか、リフレイア様……？　わたくしなどに、いったい何のお話が……？」

リフレイアは、しばらく無言で歩いていた。サンジュラたちも、同じ距離を保ちながらついてきている。やがてリフレイアが口を開いたのは、広い中庭を半周ほど進んでからのことであった。

「シフォン＝チェル。あなたは家族がトゥランで働かされているのよね？　その家族というのは、あなたとどういう間柄《あいだがら》なの？」

「それは……わたくしの兄となります……」

「兄」と言って、リフレイアは軽く唇を噛む。歩きながら、その視線はずっと自分の足もとに向けられたままであった。

「でも、あなたはわたしが幼い頃から、ずっと屋敷で働かされていたわよね？　その兄とは、いったいいつから顔をあわせていないの？」

「わたくしは、五年前から伯爵《はくしゃく》様のもとで働くことになり……それ以降は、兄とも同胞とも顔をあわせてはおりませんが……」

どうしてリフレイアがそのようなことに関心を持ったのか、シフォン＝チェルにはまったく理解できなかった。

リフレイアは、沈んだ声で「五年……」とつぶやく。

「あなたたちは、五年前に奴隷として捕らわれたのね？」

「いえ……わたくしたちが故郷を失ったのは、十三年前です……セルヴァの別の地で八年を過ごし、それからトゥランに連れてこられたのです……」

「……………」

「どうして今さら、そのようなことをお気になさるのでしょうか……？　西の民が北の民を奴隷として買いつけるのは、何も珍しい話ではないでしょう……？」

「でも、このジェノスで奴隷を使うのは父様だけだったわ。こんな南寄りの地でわざわざ奴隷を買いつけるような人間は、他にいなかったという話だもの」

「ええ……マヒュドラとジェノスは、トトスの荷車を使ってもひと月以上はかかるぐらい遠く離れていますので……なかなかそのような時間と手間をかける人間はいないのでしょうね……」

リフレイアは足を止め、シフォン＝チェルの顔を見上げてきた。幼き暴君であった時代のように、その眉《まゆ》が吊《つ》り上がっている。が――その淡い色合いをした瞳《ひとみ》に宿されているのは、不安と悲しみの光であった。

「シフォン＝チェル、あなたはさぞかし、わたしや父様のことを恨んでいるのでしょうね。奴隷として買われたあげくに、こうして家族たちとも引き離されてしまったのだから」

「恨む……というのは、どうでしょう……？　わたくしの故郷を焼き、奴隷にするために捕縛《ほばく》したのは、ジェノスとも関わりのない他の土地の兵士たちであったのでしょうから……」

「でも、あなたと家族を引き離したのは、わたしの父様だわ」

それが、何だというのだろう。リフレイアの心情を理解できぬまま、シフォン＝チェルは小首を傾げてみせる。

「確かに兄と引き離されて、わたくしは心が虚《うつ》ろになりました……でも、兄とともにトゥランで働いていた時代が幸福であったか、と問われると……べつだん、そのようにも思えないのです……」

「奴隷である以上、家族がそばにいようがいまいが、苦しいことに変わりはないということ？」

「そう……なのでしょうか……わたくしには、よくわかりません……今ではもう、奴隷でなかった頃のことを思い出すのも難しいので……」

リフレイアは、きゅっと口を引き結んでしまった。これもまた、昔はしょっちゅう見せていた表情だ。しかしやっぱり、今は泣くのをこらえているように見えてしまう。

「……わたしはたった一人の家族である父様と引き離されることになったわ。でも、それは父様が大罪を犯《おか》していたのだから、誰を恨むこともできない。父様が伯爵家の当主でなかったら、きっと首を刎《は》ねられていたぐらいの大罪だったのだもの」

「はい……」

「でも、あなたたちは何の罪を犯したわけでもないのでしょう？　それなのに、故郷を奪《うば》われて、家族と引き離されて……それで、誰のことも恨んでいないというの？」

シフォン＝チェルは、胸もとに手を置いて考えてみた。

凍てついた心の下で、何かが激しくうねっている。

しかし、これが恨みや憎しみの感情であるとは思えなかった。

「恨んでは、いません……誰かを恨むという気持ちは、もうずっと昔になくしてしまったようなのです……」

「それじゃあわたしは、どうしたらいいの？」

駄々《だだ》っ子のように、リフレイアが述べたてた。その目に、うっすらと涙《なみだ》が浮《う》かんでしまっている。

「あなたが兄のもとに帰りたいというのなら、そのように取り計らうよう、トルストに告げるつもりだったわ。でも、それでもあなたが幸せになれないというのなら……わたしはいったいどうしたらいいの？」

「それは……どうしてリフレイア様が、そのようなことを……？」

「だって！　家族というのは、一番大事なものでしょう？　何の罪も犯していないなら、それを引き離すことなんて誰にも許されないはずよ？」

リフレイアは、その家族をすべて失ってしまったのだ。失って、初めてその大事さを思い知らされたということなのだろうか。

かつて彼女は、アスタを城下町にさらってきた。それを救い出したのは、アスタの家族を名乗る森辺の女狩人だ。罪のない人間を家族から引き離したリフレイアが、今その苦しみに涙を流している。これも西方神の導きであったのだろうか。

シフォン＝チェルは、正体の知れぬ激情が勢いを増すのを感じていた。それを封《ふう》じ込めている表層が、ぴしぴしと軋《きし》む音をたてているかのようだった。

「シフォン＝チェル、もう一度よく考えて。兄のもとに帰りたいとは思えない？　それはトゥランでの生活のほうが、奴隷にとっては苦しいものかもしれないけれど、それでも家族と一緒にいられるのよ？　あなたにとって、少しでも幸福に思えるのはどちらなの？」

「それは……」

「それとも、あなたの兄を城下町に呼び寄せる？　それは少し――いえ、かなり難しいかもしれないけれど、あなたがそれを望むのなら、わたしがトルストやジェノス侯《こう》の靴《くつ》を舐《な》めてでも嘆願《たんがん》してみせるわ」

「ど、どうしてリフレイア様がそこまでして、わたくしや兄の行く末をお気にかけられるのですか……？」

平常心を失いつつ、シフォン＝チェルが身を引こうとすると、リフレイアに両手をつかまれてしまった。なめらかな白い頬に、涙が伝っている。その顔は怒ったまま、リフレイアは泣いていた。

「今、わたしのそばにいてくれるのは、あなたとサンジュラの二人だけだわ。その内の一人が、わたしや父様のせいで不幸であることが、わたしには耐《た》えられないのよ。あなたを失いたくはないけれど……それ以上に、あなたには不幸であってほしくないの」

「わたくしは……銅貨で買われた奴隷なのですよ……？」

「関係ないわ！　わたしにとっては、ただの侍女《じじょ》よ！」

視界の端《はし》で、兵士たちが身じろぎしているのが感じられた。しかしサンジュラがそれを押《お》し留《とど》めているらしく、こちらに近づいてこようとするものはない。

シフォン＝チェルは、惑乱《わくらん》してしまっている。いきなり思いも寄らなかった激情を叩《たた》きつけられて、シフォン＝チェルの内なる激情も、それに呼応してしまったかのようだった。

「わたしは、どうしたらいいの？　あなたにとっては、どのようにするのが一番幸福なの？　何でもいいから、それを教えて！　わたしには何の力も残されていないけれど、少しでも自分と父様の罪を贖いたいの！」

「わたくしは……わたくしはもう、人間らしい気持ちなど失ってしまっているのです……何が幸福で何が不幸か、そんなことすら見分けがつかないようになってしまっているのですよ……」

言いながら、シフォン＝チェルはリフレイアの手を握《にぎ》り返した。

それはとても小さくて、とても温かい手であった。

「でも……リフレイア様のおかげで、ようやくわかりました……わたくしが求めていたのは、リフレイア様のように人間らしく振《ふ》る舞《ま》うことであったのです……」

「どういうこと？　わかるように言って！」

「はい……わたくしは、兄のもとに戻《もど》ることが幸福であるかもわかりませんでした……そんな自分が、嫌でたまらないのです……兄が無事だと知らされたのに、それを喜ぶべきか悲しむべきかもわからないなどという、自分やこの世界の有り様が嫌でたまらないのです……」

固く凍てついたシフォン＝チェルの心の表層は、その内側の濁流《だくりゅう》に蹂躙《じゅうりん》されて亀裂《きれつ》だらけになりながらも、いまだ強《こわ》ばったままである。十三年もの歳月《さいげつ》をかけて凝《こ》り固《かた》まったこの心は、それほど容易《たやす》く打ち砕《くだ》くことはできないのだ。

シフォン＝チェルには、怒《いか》りも悲しみも喜びもない。シフォン＝チェルは、そのこと自体を疑問に思うべきであった。何が幸福かもわからないなら、それを知るために、全力で抗《あらが》わなくてはならなかったのだ。

かつてのアスタがそうしたように、今のリフレイアがそうしているように、自分の身に訪れた運命に抗いたい。運命の流れに身をまかせるのではなく、自分の手の届く限りの幸福をつかみたい。――いや、幸福をつかみたいと思える人間らしい感情を取り戻したいのだ。

「リフレイア様……わたくしが望むのは、兄や同胞が幸福に生きることです……そして、自分自身も同じものを幸福と感じ、ともに生きることです……」

「うん……それには、どうしたらいいの？」

「はい……奴隷を解放するというのは、セルヴァの何者に願ってもかなわぬ夢想でしょう……北の民とて西の民を奴隷として使役しているのですから、わたくしたちだけを解放せよというのは、かなわぬ願いです……また、セルヴァとマヒュドラの戦いが終わらぬ限り、奴隷を解放するというのは敵方に与《くみ》する行為《こうい》になってしまうのでしょうから、なおさらそのような真似《まね》はできないはずです……」

「うん」

「でも、西の地においても北の民が幸福に生きることはできるかもしれません……余所《よそ》の町では、奴隷に銅貨を与えたり、子を生すことを許す領主もいるという話なのです……そういう町からトゥランに買われてきた奴隷たちの何人かは、この地における生活に耐えかねて脱走《だっそう》を試みて、処断されることになりました……その者たちにとっては、生命を賭《と》すほどに、そういった生活が幸福に感じられたという証《あかし》ではないでしょうか……？」

「うん」と、リフレイアはひたすらうなずいている。シフォン＝チェルが何を言いたいのか、何を求めているのか、必死に理解しようと努めてくれているのだろう。

「このジェノスには、さまざまな土地からの旅人が集まります……それらの者から話を集めれば、どうして余所の土地では奴隷に銅貨を与えているのか、子を生すことを許しているのか、その理由を知ることもできるでしょう……それで、奴隷はそのように扱ったほうが領主にとっても利になるのだと、ジェノス侯爵に思わせることができれば……トゥランの奴隷たちも、そのような生活を送ることが許されるようになるかもしれません……」

「それがあなたの望みなのね、シフォン＝チェル？」

「はい……わたくしの兄たちには、もはや西の王国から逃《に》げるという気力も残されてはおりません……ならば、この地で幸福に生きていく道を求める他ないのではないでしょうか……？」

そのように語りながら、シフォン＝チェルは自然に微笑《ほほえ》むことができた。

そんな風に勝手に微笑《びしょう》がこぼれるのは、アスタと別れて以来、初めてのことであった。

「兄たちには、貴族に言葉を伝えるすべもありません……でも、わたくしのそばにはリフレイア様がおられます……そして、わたくしなどのために、力になりたいと仰《おっしゃ》ってくれています……北の民の奴隷としてジェノスの貴族に言葉を伝えられるのは、この世でわたくしだけなのです……わたくしは、いまだにそれが正しいことなのか、幸福なことなのかも判ずることはできませんが……今が幸福でないならば、幸福になるためにすべての力を尽くしたいと思います……」

「うん」と、リフレイアはまたうなずいた。その目はまだ涙に濡《ぬ》れたままであったが、これまでにないほど強くきらめいていた。

「あなたはマヒュドラの奴隷だし、わたしは何の力も持たない名目だけの貴族だけど、頭を振り絞《しぼ》れば、少しは運命を動かせるかもしれない。トルストもジェノス侯爵も、それにダレイム伯爵家《はくしゃくけ》のポルアースだって、ジェノスの得になるような話だったら、手間を惜《お》しむような人間ではないもの。そこのところをうまくつつけば、あなたの兄たちにもっと安楽な生活を与えることはできるかもしれないわ」

「はい……でも本当に、わたくしなどのためにそこまで力を尽くしてくださるのですか……？」

シフォン＝チェルが問うと、リフレイアは眉を吊り上げたまま笑った。もはや笑っているのか怒っているのか泣いているのかもわからない顔つきだ。

「わたしには、もうあなたとサンジュラしか残されていないのよ。たった二人しかいない従者の面倒《めんどう》も見られない主人なんて、折れた刀よりも意味のない存在なのじゃないかしら」

そうしてリフレイアは小さな手の甲《こう》で涙をぬぐうと、片手でシフォン＝チェルの指先をとらえたまま歩き始めた。

「そうと決まったら、部屋に戻って作戦を立てましょう。まずはトルストを言いくるめて、ポルアースあたりに渡《わた》りをつけるか……ああ、もうじき闘技会《とうぎかい》なんてものもあったわね。そこならジェノス侯爵と直接口をきく機会もあるし、それに侯爵の跡継《あとつ》ぎの伴侶であるエウリフィアという貴婦人も、妙《みょう》にわたしにかまってくるのよね。あのあたりも巻き込んでしまえば、いっそう話は早いかもしれないわ」

「リフレイア様……くれぐれも無茶《むちゃ》はなさらないでくださいね……？」

「いいじゃない。どうせわたしたちなど飼い殺しにされている小鳥みたいなものなのだから、力いっぱいさえずってやらないと見向きもされないわよ」

やはりリフレイアもそのような気持ちで日々を過ごしていたのかと、シフォン＝チェルはまた微笑することになった。

この凍てついた心はいずれ砕くことがかなうのか、兄との幸福な生など得られることはできるのか、そんなことは神の御心《みこころ》ひとつであったが、進むべき道は定まったのだ。何も失うものなどなかったし、その道をともに歩こうとしてくれている存在がある。これが間違《まちが》った道であるならば、西方神と北方神が二人がかりで立ちはだかればいい。

セルヴァとマヒュドラが争いを始めて、数百年――その歴史の中で、西の貴族と北の奴隷《どれい》が仲良く手を繋いで歩くことなど、一度としてあっただろうか？

そのように考えると、シフォン＝チェルはいっそう清々《すがすが》しい気持ちで笑うことができたのだった。

あとがき

このたびは本作『異世界料理道』の第二十五巻を手に取っていただき、まことにありがとうございます。

ついに今巻で、二十五巻です。毎度毎度のことですが、ここまで巻数を重ねることがかなったのは、ご愛顧くださる皆様のおかげでございます。心より、感謝の言葉を述べさせていただきたく思います。

自分は読む側としても長大なシリーズものを好む一面がありますため、本作も充足した心地で書き進めることができております。短編にも長編にもそれぞれ美点というものが存在するかと思われますが、自分はとりわけ長い長い物語の中で紡がれていく人間関係の変転や交錯といったものを好む傾向にあるようです。

本作などは膨大な数のキャラクターが登場する反面、舞台がほとんど動かないという、いささか奇異なる作風となってしまいました。これだけ長大な内容になりながら、地元を離れたのはダバッグ旅行の一度きりという。我ながら、なかなか呆れる仕上がりでございます。今後もアスタはジェノスという土地に根を生やし、さまざまな人々と交流を結んだり深めたりしていきますので、どうぞ末永くお見守りいただけたら幸いでございます。

そうして活動圏を変えないまま変化をつける手段として、今巻では雨季が到来いたしました。四季も存在しないジェノスにおける、唯一の気候の変動です。今回はその前半戦として、アスタも小さからぬ異変に見舞われることと相成りましたが、それも含めてお楽しみいただけたら何よりであります。

書き下ろしの箸休めも、そのまま雨季のエピソードといたしました。主人公は、ユン＝スドラです。こうした番外編に選ばれるのは、本編において書き足りないと感じたキャラクターになるわけですが、自分としてはユン＝スドラやトゥール＝ディンの頻度が高いように感じております。最近はご無沙汰ですが、以前はララ＝ルウもそうでしたね。自分にとっては誰もが愛着のあるキャラクターたちですので、本編では描ききれない内面や魅力などを多少なりともお伝えできればと念じております。

そして群像演舞は、ククルエルとシフォン＝チェルのエピソードを収録させていただきました。ククルエルは過去に一度だけちょろっと登場しただけの端役でありますので、皆様のご記憶に留められているかどうか、いささか不安なところです。アスタと関わりの薄い人間から見た、ジェノスの移り変わりを描きたかった所存であります。

いっぽうシフォン＝チェルは、その半生です。群像演舞においては、時おりこういったエピソードをお届けしております。これまでにお届けできたのは、テイ＝スンと玲奈あたりでしょうか。こういったエピソードは本編とまったく異なる没入感のもとに書き進めておりますため、皆様ともこの楽しさを分かち合えたら嬉しく思います。

さて――今巻についてはおおよそ語り尽くしたかと思うのですが、まだ一ページ分のゆとりが残されております。あとがきというのは製本上の都合で生じた余りページをいただくものでありますため、書きたいことが書ききれなかったり、こうして書くことが尽きたりしてしまうことがままあるものなのですね。

余興として、クイズを出題しようかと思います。

膨大なキャラ数を誇る本作でありますが、エピソードの終了とともに出番が失われて、そのまま忘却される不憫なキャラたちも存在いたします。以下のキャラたちは、いったい何者でしょうか?

①マロッタ　②ジモン　③ザイラス

すべて覚えておられる方々は、作者を遥かに上回る記憶力の持ち主でございましょう。自分も秘蔵のキャラ一覧表を見返すまで、一人として名前を思い出すことができませんでした。

ちなみにマロッタは第十七巻、ジモンは第十二巻、ザイラスは第十三巻に登場しております。ジモンあたりは再登場も考えていたのに、けっきょくそれを果たせないまま現在に至ってしまいました。いつか遊び心が爆発したら、再登場するやもしれません。

という感じで、かろうじてページも埋まったようであります。

しょうもない余興におつきあいくださり、ありがとうございました。

ではでは。本作の出版に関わって下さったすべての皆様と、そしてこの本を手に取って下さったすべての皆様に、重ねて厚く御礼を申し述べさせていただきます。

次巻でまたお会いいたしましょう！

二〇二一年五月　ＥＤＡ

どうにか病を乗り越え、屋台に復帰したアスタ。
そんな彼を待っていたのは雨季だけに
栽培される新たな食材たちだった。
一つ一つ吟味しながら、アスタは皆と
美味なる食事を作り上げていく。
Author EDA
Illust. こちも
異世界料理道
VOLUME 26
Cooking with wild game.

そして、アイ＝ファの生誕の日に向けて、
準備を進めていき――
雨続きでも楽しいことがいっぱいな第26巻!!
2021年秋発売予定!

HJ NOVELS
HJN04-25

異世界料理道25

2021年6月19日　初版発行

著者——EDA

発行者—松下大介
発行所—株式会社ホビージャパン
〒151-0053
東京都渋谷区代々木2-15-8
電話　03(5304)7604（編集）
03(5304)9112（営業）

印刷所——大日本印刷株式会社

装丁——AFTERGLOW／株式会社エストール

Printed in Japan

ISBN978-4-7986-2512-6　C0076